AF409684

RILEY

Du même auteur

En auto-édition :

Grand Lake Stories

Super connard et moi

Super connard et elle

Love **Twice**

Love for Two

ASSASSIN

Célibataire, maman et débordée

Désirs Ardents : La série qui réchauffera vos nuits

Propose-moi - Tome 1

Choisis-moi - Tome 2

Une semaine aux Bahamas - Nouvelle 1.1

Apprivoise-moi - Tome 3

En maison d'édition :

Chez Reines-Beaux

Un nouveau départ

Sentinelle, volume 1

Sentinelle, volume 2

Sentinelle, volume 3

RILEY²

Ce livre est une œuvre de fiction. Les noms, les personnages, les lieux et les événements sont le fruit de l'imagination de l'auteur ou sont utilisés fictivement. Toute ressemblance avec des personnes réelles, vivantes ou mortes, des établissements d'affaires, des événements ou des lieux serait pure coïncidence. Le Code de la propriété intellectuelle interdit les copies ou reproductions destinées à une utilisation collective. Toute représentation ou reproduction intégrale ou partielle faite par quelque procédé que ce soit, sans le consentement de l'auteur ou de ses ayants cause, est illicite et constitue une contrefaçon, aux termes des articles L.335-2 et suivants du Code de la propriété intellectuelle.

Copyright © 2017 Clémence Lucas

ISBN: 9791095565024
ISBN-13: ISBN : 979-10-95565-02-4

Tous droits réservés.
Illustrations © William Salvatore
Crédit photos © Depositphotos
Relectures et Corrections : Team C&C

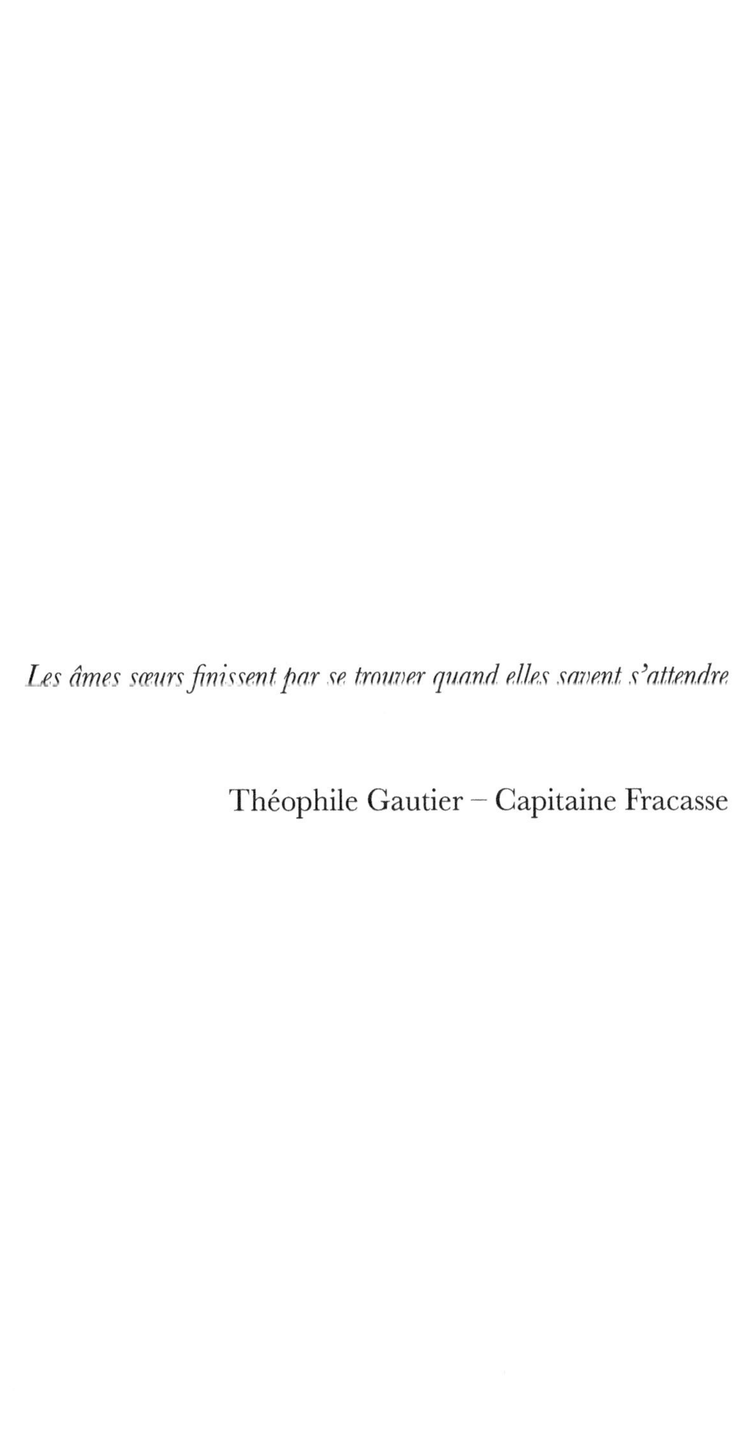

Les âmes sœurs finissent par se trouver quand elles savent s'attendre

Théophile Gautier – Capitaine Fracasse

Riley[2]

Clémence Lucas

PROLOGUE

JULIA

Bon nombre de personnes pensent qu'être une mère célibataire signifie qu'on a échoué quelque part dans sa vie, mais qui sont-ils pour nous juger ? Je pense qu'un enfant n'a pas forcément besoin de ses deux parents pour être heureux et en bonne santé – il ne suffit qu'à lire la page des faits divers pour le comprendre.

Je pense que ma fille en est le parfait exemple.

Je l'élève toute seule depuis seize ans et il ne me semble pas qu'elle souffre d'un manque quelconque.

Croyez-moi, sa vie est bien meilleure sans son géniteur. La seule chose qu'ont en commun ma fille et son père biologique est leur prénom : Riley. Bon, OK, peut-être pas seulement ça. Malheureusement, on peut dire qu'elle a hérité du

Riley[2]

sale caractère de cette espèce d'enfoiré.

Ce type n'est qu'un crétin. Un très beau crétin. Mais un crétin quand même.

C'est un bad boy. Un vrai. Il est membre des Hellys Angels, ne sort jamais sans sa veste de cuir et sa bécane, fait toujours partie des coups fourrés… Enfin… Tout cela, c'était aux dernières nouvelles… le jour de la naissance de Riley.

Il est parti chercher la valise dans le coffre de la voiture et ne me l'a jamais rapportée. J'ai mis mon bébé au monde *toute seule*.

Je venais de vivre le plus beau jour de ma vie et pourtant, j'étais brisée.

J'ai attendu durant trois jours qu'il me rejoigne à l'hôpital. Je suis allée chez lui lorsque j'en suis sortie mais n'ai trouvé qu'une porte close. Pareil du côté de sa bande de motards. Ils étaient *tous* partis.

J'étais folle amoureuse de lui.

J'adorais son genre mauvais garçon.

Je me sentais en sécurité.

Nous étions jeunes.

Il avait tout juste vingt-et-un ans alors que je n'en avais que dix-sept.

J'étais stupide.

Ma grossesse était un accident.

Pourtant, durant ces neuf mois, il avait été à mes côtés, affrontant la colère de mon père tandis que ma mère digérait les informations à sa manière – à savoir : s'enfermer dans le mutisme. En apprenant la nouvelle, il avait commencé à faire des efforts, je pensais même qu'il pouvait changer, mais j'avais tort. Après cela, je suis retournée chez mes parents et même s'ils n'étaient pas d'accord pour que je garde le bébé, ils l'ont immédiatement aimée et m'ont aidée.

Bien sûr, tout n'a pas toujours été rose.

Continuer mes études, tout en m'occupant d'un nourrisson, a été compliqué mais j'ai tenu bon pour nous deux. J'avais peut-être fait l'erreur de tomber amoureuse du mauvais garçon mais il n'était pas question que ma fille subisse les conséquences de mes actes.

Depuis sa naissance, elle est ma priorité. Je prends la moindre de mes décisions en fonction d'elle. Et d'ici quelques années, elle va partir à la faculté et je ne sais pas ce que ma vie va devenir sans elle.

J'ai bientôt trente-trois ans, une ado de seize ans, un boulot d'institutrice d'école primaire que j'adore mais, depuis Riley, je n'ai pas eu de relations sérieuses avec un homme.

En réalité, on peut dire que depuis la naissance de ma fille, dès qu'un homme m'approche et que cela commence à devenir sérieux, je fuis. J'ai quelques relations passagères de temps en temps – après tout, être mère ne veut pas dire que j'ai fait le vœu d'abstinence – mais je ne veux plus m'impliquer dans une histoire. J'ai perdu toute confiance en la gent masculine, même si je sais que c'est injuste de jeter la pierre sur tous les hommes par la faute de l'un d'eux, mais c'est comme ça : je ne peux pas contrôler mes émotions.

— Maman ? Je peux aller chez Jessica ?

Riley[2]

Surprise, je tourne la tête et ne réponds pas tout de suite à Riley.

Comme souvent, la ressemblance entre elle et son géniteur est tellement frappante qu'il me faut quelques secondes pour recouvrer mes esprits.

Mouais… J'ai peut-être oublié de vous signaler ce détail.

Riley est aussi blonde que je suis brune, a la peau couleur pêche alors que la mienne est mate, ses yeux sont bleus tandis que les miens sont noir de jais. Si elle n'avait pas hérité de ma taille moyenne, de mes lèvres pulpeuses, de ma fossette au menton et de quelques-unes de mes réparties, on pourrait me prendre pour sa nanny plutôt que sa mère.

— Alors, maman ? Jess est au bout du fil, elle attend une réponse ! s'impatiente ma fille.

— Excuse-moi, ma puce. Oui, tu peux aller chez elle, à condition que ses parents aient bien dit oui *avant* que tu me poses la question.

— C'est bon, maman, t'inquiète ! Sa mère a déjà donné son accord.

— Dois-je te rappeler que c'est aussi ce que tu as dit la dernière fois et que ce n'était pas vrai ?

— Ça va ! On ne l'a fait qu'une fois, on ne va pas en reparler à chaque fois que je vais vouloir aller chez elle, si ? s'offusque-t-elle, hautaine.

— Dis donc, jeune fille, si tu continues à me parler sur ce ton, je crois bien que tu vas rester à la maison, rétorqué-je d'une voix dangereusement calme.

Clémence Lucas

Les bras croisés sous notre poitrine, nous nous affrontons du regard pendant de longues secondes puis ma fille baisse les yeux et murmure entre ses dents serrées.

— Désolée. Je peux toujours… ?

— Oui, mais je veux que tu sois rentrée pour le dîner et tu m'appelles quand tu es arrivée là-bas. Deux filles ont été attaquées et l'agresseur court toujours. Je ne suis pas vraiment rassurée de te savoir seule, dehors.

— Maman, on est en pleine journée !

— L'une des deux filles a été attaquée le matin. Je sais que ça peut te sembler vieux jeu, mais je suis ta mère et je m'inquièterai toute ma vie pour toi. C'est comme ça.

Riley lève les yeux au ciel – mais j'aperçois un léger sourire sur ses lèvres – puis elle acquiesce d'un signe de tête et reprend sa conversation avec son amie en quittant la pièce.

Les joies de l'adolescence…

Parfois, je donnerais tout pour revenir à l'époque où la seule chose qui l'intéressait était de se maquiller et se déguiser en princesse. La vie était bien plus simple.

Aujourd'hui, elle a beau n'avoir que seize ans, elle a déjà le corps d'une femme, sort avec des garçons et nous avons déjà dû aborder le sujet des rapports sexuels protégés. Seigneur, ce jour-là, j'ai cru mourir ! Même si c'est une étape cruciale pour son avenir, il n'est jamais évident de parler sexualité avec son enfant. Si vous n'êtes pas encore passés par là, profitez encore de ces moments, vous êtes chanceux. Ils vont arriver plus vite que vous ne le pensez.

Enfin, bref, il est bien loin le temps où ma fille n'était encore qu'un bébé.

Riley[2]

16

Chapitre 1

Riley

Il y a des jours où je me dis que ma mère est complètement cinglée.

Je sais qu'il n'a pas été facile pour elle de tomber enceinte adolescente, de m'élever, qu'elle s'est sacrifiée pour que je ne manque de rien mais il faudrait qu'elle arrête d'avoir peur pour moi, dès que je franchis la porte de la maison.

Comme si je ne savais pas que deux nanas s'étaient fait agresser – l'une d'elles va au même lycée que moi. Mais avait-elle vraiment besoin de me le rappeler ? Non, parce que cela fait maintenant cinq minutes que je marche dans la rue et que je ne cesse de jeter des regards par-dessus mon épaule afin de vérifier que je ne suis pas suivie !

Riley[2]

Merci, maman, grâce à toi, je vais devenir paranoïaque !

J'adore ma mère. Elle est mon ancre mais parfois, j'aimerais qu'elle arrête de penser un peu à moi et qu'elle s'occupe un peu plus d'elle.

D'aussi loin que je m'en rappelle, je n'ai jamais vu maman avoir une relation sérieuse avec un homme. Pourtant, elle est de loin la plus belle femme que j'aie jamais vue et je ne dis pas ça parce que c'est ma mère. Sérieusement, il faudrait être aveugle pour ne pas le reconnaître. Même si elle m'a très peu parlé de mon père − et que je sais qu'il lui a brisé le cœur − je n'arrive pas à comprendre pourquoi elle n'a jamais voulu refaire sa vie. Peut-être qu'inconsciemment, elle est toujours amoureuse de mon géniteur ?

Perdue dans mes pensées, je ne fais pas attention où je vais et percute un mur, tombant à la renverse sur les fesses.

— Vous allez bien ?

Un peu sonnée, je relève la tête et m'aperçois qu'en réalité, je viens de percuter un homme. Face à mon silence, il me regarde avec inquiétude tandis que je ne peux toujours pas prononcer un mot. Je ne sais pas pourquoi je réagis de cette façon-là mais il y a quelque chose chez ce type qui m'interpelle. Peut-être est-ce dû à son regard intense ? Ou à ses poings qui n'arrêtent pas de s'ouvrir et de se refermer comme s'il tentait de se maîtriser ? Ou juste à ces deux attaques de filles dans le coin ? Lorsqu'il me tend sa main pour m'aider à me redresser, je me surprends à avoir un vif mouvement de recul.

—Je ne veux vous aucun mal, dit-il d'une voix éraillée.

— Je suis certaine que c'est ce que doit dire un tueur en série à chaque victime qu'il rencontre.

L'homme fronce les sourcils puis éclate de rire.

— Vous marquez un point mais je peux vous assurer que je ne suis pas ce que vous dites.

— Je suis sûre qu'il doit dire ça, aussi.

— Vous avez une sacrée répartie.

— Il paraît que je tiens ça de mon père, réponds-je en me relevant.

Une fois sur mes pieds, j'époussette mon pantalon et remarque que l'inconnu n'a toujours pas bougé et m'observe.

Je dois avouer que je serais déçue s'il était un psychopathe, déjà parce que cela voudrait dire que je serai morte et que par conséquent, je ne reverrai jamais ma mère. Mais aussi car ce mec, bien que trop âgé pour moi – mais peut-être pas trop pour ma mère – est carrément canon. Grand, musclé, blond aux yeux bleus, des fossettes encadrant son sourire, jean troué et veste de cuir, il pourrait facilement faire la une des magazines féminins.

— Vous êtes sûre que vous vous sentez bien ?

Je sursaute en m'apercevant que je suis en train de le dévisager et toussote afin de masquer mon embarras.

— Oui, ça va. Merci. Je vais y aller, mon copain m'attend.

À l'évocation de mon petit ami imaginaire, le type fronce de nouveau les sourcils et instinctivement, je serre mon sac devant moi.

Riley[2]

— Vous avez raison, vous feriez mieux d'aller le retrouver. Les rues ne sont pas très bien fréquentées, par ici.

Cette fois, c'est à mon tour de froncer les sourcils.

S'il y a quelques secondes, j'imaginais ce gars rencontrer ma mère puis former un joli couple avec elle, sa dernière remarque me fait l'effet d'une douche froide et me rappelle l'avertissement de maman avant de partir.

Discrètement, je jette un regard autour de moi et je ne suis pas rassurée de constater que l'avenue est déserte. Si jamais ce mec décidait de m'enlever, personne n'en serait témoin. Oh. Merde.

Allez calme-toi, Riley. Ce n'est qu'un type bizarre. Sexy pour un vieux mais bizarre. Il ne va rien t'arriver.

Alors que l'homme s'écarte pour me laisser passer, je sens les battements de mon cœur s'affoler. J'ai l'impression qu'on pourrait presque le voir essayer de sortir de ma cage thoracique afin de se barrer en courant.

Je passe à côté de l'inconnu, serre machinalement l'anse de ma besace – comme si elle pouvait me protéger – et accélère le pas. Je me concentre sur le chemin que j'ai à faire, visualisant chaque maison, chaque panneau de signalisation et commence à respirer normalement lorsque je me rends compte que l'homme est parti dans la direction opposée.

Soulagée, je lâche un profond soupir et ris nerveusement.

Ce mec n'était pas le dangereux-fou-furieux-qui-se-balade-dans-la-ville-à-la-recherche-d'une-fille-à-agresser.

Il était seulement étrange.

Clémence Lucas

Vingt minutes plus tard et sans avoir croisé personne d'autre, j'arrive enfin chez ma copine Jessica.

— Ça va, Ri ? Tu es toute pâle, dit-elle en m'invitant à entrer.

—J'ai eu la peur de ma vie, réponds-je en ôtant ma veste de cuir.

— Qu'est-ce qui t'est arrivée ?

—J'étais perdue dans mes pensées et je suis rentrée dans un homme.

— Et il était comment ?

— C'est tout ce qui t'intéresse ?

Elle m'offre un sourire mutin et remet une mèche de cheveux derrière son oreille.

— Franchement, Riley, à quoi veux-tu que je pense d'autre ?

Je lève les yeux au ciel.

—Je ne sais pas, moi ! Avec ce qui se passe dans le coin, ces derniers temps, tu aurais pu avoir peur qu'il m'ait agressée.

— Il t'a agressée ? hurle-t-elle en me faisant tourner sur moi-même pour m'inspecter sous toutes les coutures. Tu vas bien ? Qu'est-ce qu'il t'a fait ? Tu as appelé la police ?

Riley[2]

— Quoi ? Non !

— Eh bien, il faut le faire !

— Jess, calme-toi. Il ne m'a rien fait du tout.

— Mais, tu viens de dire que…

— … Tu aurais pu penser à autre chose qu'à la beauté du mec.

Tandis que nous montons à l'étage, ma meilleure amie me met un coup de poing dans le bras.

— Aïe !

— Ça t'apprendra à me faire des coups pareils ! T'as vraiment un grain !

Nous arrivons dans sa chambre. Jessica referme la porte derrière nous tandis que j'enlève mes chaussures et m'installe sur son lit, le regard fixé au plafond.

Jess ouvre la fenêtre, s'assoit sur le rebord et allume une cigarette.

— Tu ne devrais pas faire ça.

Elle expire dans ma direction et comme elle escomptait, je me mets à tousser.

— Ni ça. Le tabagisme passif tue aussi.

— On doit bien mourir de quelque chose, non ? répond-elle en continuant à fumer.

Même si elle est ma meilleure amie, Jessica est sortie pendant quelques mois avec Tobias Andrews, qui l'a incitée à se mettre fumer. Selon lui, ça faisait d'elle une fille plus cool et elle l'a cru. Elle a commencé par quelques clopes pendant les soirées mais depuis cet été, elle est devenue accro. J'ai beau essayer de la faire arrêter, elle s'en moque.

— Ce n'est pas une raison pour te détruire la santé !

— Et toi, tu devrais te décoincer un peu plus.

— Je te demande pardon ?

— Riley, je t'adore, tu le sais. Tu es comme ma sœur mais on ne peut pas dire que ta cote de popularité te permette de remporter l'élection de la Reine du bal de promo, si tu te présentais.

— Je ne vois pas le rapport.

— Le rapport, Ri, c'est que tu as seize ans et que la dernière fois que tu as été avec un mec remonte à plus de six mois…

— Quatre.

— C'est pareil. Sous prétexte que ta mère t'a eu à dix-sept ans, tu as peur de sortir avec des garçons et de répéter les mêmes erreurs qu'elle. Mais justement : c'est là que tu te trompes. C'est parce que ta mère t'a eu à dix-sept ans que tu sais ce que tu ne dois pas faire.

— Je ne savais pas que tu voulais devenir psy, lâché-je, sarcastique.

— C'est pas la peine de prendre ce ton avec moi, Ri, tu sais que j'ai raison. Il faut que tu sortes avec des mecs et pour cela, tu devrais tenter le coup avec le nouveau, je crois bien que tu lui plais.

— Le nouveau ?

Riley[2]

— Mais oui, tu sais, Cameron ! T'es à côté de lui en histoire.

— Euh, nope. Je t'arrête tout de suite. Je suis à côté de Shannon en histoire.

— T'es sérieuse ? demande-t-elle d'une voix montant légèrement dans les aigus.

Je fronce les sourcils.

Il me semblait pourtant que c'était elle, ou serait-ce Hannah ? À vrai dire, si ça se trouve, ça fait des mois qu'elle n'est plus à côté de moi. Ce n'est pas ma faute, j'adore l'histoire et je rêve d'en faire mon métier. Dès que je suis ce cours, plus rien ne compte à part ce que dit le professeur. En revanche, je suis sûre à cent pour cent d'être capable de dire qui est assis à mes côtés aux autres matières.

— Donc, je suis assise à côté d'un nouveau ?

— Pas un nouveau, *le* nouveau. Cameron James. Ce mec est carrément canon. Grand, brun, yeux verts, fossettes autour du sourire, jean troué, veste de cuir et à ce qu'il paraît, tatoué également. Je t'assure, Ri, ce mec est un dieu vivant !

— Si tu le dis.

— Si je le dis ! Toutes les filles du lycée – du moins, celles qui sont *normalement constituées* – tueraient pour être la petite amie de ce mec et *toi*… tu ne sais même pas que c'est ton voisin en histoire. Tu… Tu es… Incroyable ! Sors un peu la tête de tes bouquins !

Je me redresse sur mes coudes et lui tire la langue tandis qu'elle éteint sa cigarette.

— Je te promets que demain, je ferai plus attention.

— Ouais, t'as plutôt intérêt. Et s'il-te-plaît, Riley, essaie de ne pas passer pour une geek.

— Ce n'est pas du tout mon genre, rétorqué-je d'un air ingénu.

— Mais bien sûr.

Jessica se laisse tomber sur le lit et passe ses bras sous sa tête.

— Et sinon, c'est quoi cette histoire avec le mec que t'as percuté ?

— Il était étrange. Beau, mais étrange.

— Ah ! Tu vois que ma première question avait de l'importance !

Je tourne la tête et regarde, perplexe, ma meilleure amie.

— T'as vraiment osé dire ça ?

— Yep. Bon et pourquoi il était louche ?

— Je ne sais pas. Il me regardait bizarrement.

— Il t'a peut-être simplement trouvé jolie. Il faudrait être aveugle pour ne pas voir à quel point tu l'es.

— Jess, il avait l'âge d'être mon père, pas d'être mon mec.

— Ah ben oui ! Maintenant, je comprends. Mais t'as raison : les vieux font toujours flipper. T'as l'impression qu'on est du gibier et…

J'éclate de rire.

Riley[2]

— Mais non, il n'était pas si vieux que ça !

— Alors, s'il n'était pas *si* vieux et qu'en plus, il était beau gosse, c'est quoi le problème ?

— Je ne sais pas… Son regard était genre… intense et puis, je ne l'avais encore jamais vu.

— C'est peut-être l'oncle de Cameron.

— Quel Cameron ?

— *Le nouveau* ! s'exclame-t-elle en levant les yeux au ciel. T'es irrécupérable !

— Quel rapport avec lui, encore ?

— Il paraît que ses parents sont morts et que c'est le frère de sa mère, donc son oncle, qui l'élève. Ils sont arrivés à Fort Hood il y a quinze jours. Donc, puisque tu n'as jamais vu cet homme avant aujourd'hui, je pense que tu as dû rencontrer l'oncle de Cameron.

— Peut-être. Mais dis-moi : tu sais bien des choses sur ce Cameron, je trouve…

— Comme je l'ai dit, ce type est canon et toutes les filles du lycée ont déjà flashé sur lui. J'ai donc mené ma petite enquête ! dit-elle, toute fière.

C'est tout Jessica.

Lorsque ma meilleure amie a une idée derrière la tête, elle se donne les moyens pour avoir les informations qu'elle désire. C'est fou ce que cette fille arrive à avoir rien qu'avec son sourire légendaire ! Et ce qui est encore plus dingue, c'est que nous soyons amies depuis que sa mère a été mutée dans le coin alors que nous sommes de parfaites opposées. S'il y en a bien une de nous deux qui pourrait être élue Reine du bal de promo, c'est bien elle et pas moi.

Jessica est tout ce que les filles du lycée rêvent d'être. Elle est belle, intelligente, capitaine de l'équipe de cheerleaders ; a de nombreux prétendants et pour couronner le tout, elle est riche. Enfin, pas elle, réellement mais disons que ses parents gagnent assez bien leurs vies pour assurer l'avenir de leurs enfants et petits-enfants, si ce n'est aussi leurs arrière-petits-enfants. Sa mère, Joanne, est instructeur à la base militaire de Fort Hood tandis que son père n'est autre que le dirigeant d'une des plus grandes entreprises de construction de Dallas.

Tout bien réfléchi, je crois que je peux dire que ma meilleure amie représente le modèle américain par excellence tandis que… moi…

Eh bien, pour commencer, je ne connais pas mon père et ne sais presque rien de son histoire – à part les quelques bribes d'informations que ma mère a bien voulues me lâcher.

Pendant les sept premières années de ma vie, j'ai vécu à Dallas avec une mère adolescente et des grands-parents plutôt du genre conservateur. Jusqu'au jour où maman a eu son premier poste de titulaire à l'école Meadows et que nous avons déménagé pour Fort Hood. Contrairement à ma meilleure amie, dès mon plus jeune âge, j'ai appris que l'argent ne poussait pas sur les arbres et que chaque centime était important. Même si ma mère s'est assurée que je ne manque jamais de rien, nous avons connu les fins de mois difficiles et les nombreux dîners composés de gratins de pâtes. Ma meilleure amie et moi venons de deux mondes aux antipodes l'un de l'autre, pourtant, je n'ai jamais ressenti de différence entre nous.

Riley[2]

Ensuite, je crois que l'on peut dire que je suis la fille passe-partout. Je ne fais jamais de vagues, suis invitée à des soirées uniquement parce ma meilleure amie n'est autre que *Jessica Shaw*, suis membre d'un club de jeu de rôles historique et pour finir, je sors peu avec des garçons car je suis terrifiée à l'idée de reproduire les erreurs de ma mère – en tombant enceinte du mauvais garçon. Dès que l'un d'eux commence à vouloir passer à la vitesse supérieure, je préfère prendre la tangente.

Et dire que ma mère pense que j'ai une vie sexuelle active !

Un jour, j'ai rendu service à Jessica en lui achetant des capotes. Malheureusement pour moi et ma maladresse légendaire, j'ai fait tomber mon sac à dos, dévoilant les préservatifs. Maman ne m'a pas laissé en placer une et est partie dans un discours sur les rapports sexuels… *Bonjour le plus grand moment de solitude de ma vie !*

Tout ça pour dire que malgré nos différences, ma meilleure amie et moi sommes inséparables.

Chapitre 2

Riley

Après un après-midi passé à papoter et regarder la dernière saison de *The Vampire Diaries*, le père de Jessica a préféré me ramener chez moi.

Lorsque j'arrive à la maison, maman est dans la cuisine, en train de préparer le repas.

— Je suis rentrée !

Comment s'est passée ta journée ? demande-t-elle en se tournant vers moi, une spatule à la main.

— Bien.

Riley[2]

J'avance jusqu'à elle, lui retire la cuillère en bois et la porte à ma bouche.

— Mmm…

— Hey ! Tu la nettoies, maintenant !

Je glousse car je sais qu'elle déteste quand je fais cela et passe la spatule sous l'eau. Ensuite, je l'aide à dresser la table puis je m'assois autour de l'îlot central. Maman nous sert une part de rôti accompagnée de tomates et de pommes de terre et nous commençons à manger.

Durant plusieurs minutes, je sens que ma mère m'observe mais à chaque fois que je la regarde, elle m'offre un sourire et prend une bouchée de nourriture. J'ai l'impression qu'elle attend que je lui raconte quelque chose mais je ne vois pas du tout pourquoi elle agit ainsi plutôt que de me le demander franchement.

— Quoi ? demandé-je, excédée par son attitude.

— Rien. C'est bon ? Tu ne trouves pas que ça manque un peu d'assaisonnement ?

— Maman ! Ne change pas de sujet. Qu'est-ce qu'il y a ?

— Jessica ne t'a rien dit ?

— Dit *quoi*, maman ?

Ma mère pousse un profond soupir et se pince l'arête du nez. Je ne l'ai jamais vue comme ça enfin, si : la dernière fois qu'elle a eu cette attitude, c'était pour m'annoncer que Grand-Pa était malade.

Prise de bouffées de chaleur, j'attrape mon verre d'eau et le vide d'une traite.

Elle me fait peur.

— Maman ?

— Je ne sais pas comment t'annoncer ça.

— Elle… est malade ?

— Non, non, rassure-toi, ma puce : Jessica est en parfaite santé.

— Alors pourquoi tu fais cette tête ?

— Sa mère a été promue Major et par conséquent, sa famille et elle vont devoir déménager.

— Quoi ? Quand ? crié-je en laissant tomber mes couverts dans mon assiette.

— À la fin de la semaine prochaine.

— Non ! Ce n'est pas possible ! Jess ne me ferait jamais un coup pareil !

— Riley, je sais que ça doit être dur pour toi mais Jessica n'y est pour rien.

— Pour rien ! Elle n'y est pour rien ! C'est ma meilleure amie, maman ! Elle allait me prévenir *quand* ? La veille de son départ ? demandé-je, les larmes au bord des yeux.

— Peut-être. Peut-être pas. Je pense qu'elle a eu peur de te faire de la peine.

Parce que me décevoir, c'est mieux ?

Ce n'est pas ce que j'ai dit, Ri, mais essaie de te mettre à sa place.

Riley[2]

— Est-ce qu'elle s'est mise à la mienne ? Je ne crois pas, non !

— Riley, calme-toi, dit maman d'une voix douce.

Je regarde ma mère et même si c'est la personne la plus importante de ma vie, à cet instant précis, je n'ai plus envie de la voir. Pourquoi a-t-elle dû m'apprendre une nouvelle pareille ? Pourquoi ma meilleure amie ne m'a-t-elle rien dit ?

Folle de rage, je me lève en faisant grincer mon tabouret.

— J'ai plus faim !

— Riley…

Je sais que je me comporte comme une petite fille gâtée mais je n'ai plus envie de l'écouter. Elle vient de m'envoyer une bombe en pleine figure : je vais perdre ma meilleure amie.

Je traverse la maison en pleurs et entre dans ma chambre. Je claque violemment la porte derrière moi et me laisse tomber sur le lit. Je n'arrive pas à croire que ma meilleure amie m'ait caché une chose pareille ! Nous avons passé tout l'après-midi ensemble, avons discuté de tout et de rien. Et dire qu'elle a préféré me bassiner avec son nouveau plutôt que de m'avouer qu'elle m'abandonnait.

Je dois peut-être être maudite… D'abord, mon père. Maintenant, ma meilleure amie. Et après ? À qui le tour ?

Pourquoi les gens m'abandonnent ?

Le lendemain matin, c'est en retard, d'une humeur massacrante et en mode zombie que j'arrive au lycée.

La plupart des élèves que je croise s'écartent sur mon passage, comme s'ils avaient peur d'être mes prochaines victimes et ils ont raison. Je suis tellement en colère après Jess que je pourrais passer mes nerfs sur le premier abruti qui ouvre la bouche.

— Riley !

En parlant du loup.

— Riley ! Attends !

Ignorant volontairement Jess-la-traîtresse, je continue ma route.

Je me fraye un chemin au milieu des étudiants et me dirige vers la salle de cours. Soudain, je me retrouve nez à nez avec des membres de l'équipe de foot qui s'amusent à se bousculer dans le couloir. L'un d'eux ne fait pas attention à moi et je me prends un coup de coude dans l'épaule qui me déséquilibre. Alors que je tente de ne pas me vautrer lourdement au sol en battant des bras dans le vide, je sens des mains passer sous mes aisselles et me retenir.

— Vous pouvez pas faire attention !

La voix grave et sexy de *mon sauveur* résonne dans tout mon être et un frisson incontrôlable s'empare de moi.

Riley[2]

— Ça va ? T'as rien ?

Je me retourne et me retrouve face à un mec que je n'ai encore jamais vu. Grand. Brun. Plutôt pas mal. *Oh mais, ça doit être lui, le nouveau !*

— Juste une douleur dans l'épaule, ça va passer.

— Putain ! murmure-t-il entre ses dents.

Sans que je ne comprenne sa réaction, il m'attrape par le bras et m'entraîne à sa suite dans le couloir.

— Je peux savoir ce que tu fais ? demandé-je, incrédule.

— Je t'emmène à l'infirmerie !

Je m'arrête net, manquant au passage de nous faire tomber tous les deux et éclate de rire.

— Ça va ! C'est pas grand-chose. Pas besoin d'en faire tout un plat !

— Tu as mal.

Non. Jure !

— Parce que je me suis pris un coup. D'ici quelques minutes, ça sera passé !

Il relâche mon bras et met ses mains dans ses poches, les sourcils froncés.

— OK. Si tu le dis. Mais tu devrais faire plus attention.

— Hey ! m'offusqué-je. Je te signale que c'est lui qui m'est rentré dedans !

— Peut-être que tu aurais dû t'écarter en les voyant foncer sur toi.

—Je peux savoir pour qui tu te prends ? D'abord, tu joues au sauveur et maintenant au moralisateur !

— Je… Laisse tomber.

— Ouais, c'est ça.

— Je crois que je préférais quand tu ne me parlais pas, dit-il en me passant devant.

— Quoi ? Qu'est-ce que tu viens de dire ?

— Écoute, c'est dommage qu'une si jolie fille puisse sortir autant de merdes de sa bouche, c'est tout. Si tu étais un peu moins agressive, peut-être que tu n'aurais pas qu'elle, en amie.

— Quoi ?

— La fille, derrière toi. Je crois qu'elle attend que tu la regardes.

Je tourne la tête sur le côté et remarque que Jessica n'est qu'à quelques mètres de nous et je suis certaine qu'elle n'a rien loupé de mon échange avec le nouveau.

Je lui lance un regard noir et reporte mon attention sur l'autre abruti.

— Qui te dit que je n'ai qu'elle ?

— Tu sais, en quinze jours, j'ai vu beaucoup de choses. Je suis très… observateur.

— Je crois que le mot juste est plutôt pervers.

— N'importe quoi ! s'offusque t il.

Riley[2]

Le professeur Wilson arrive dans le couloir, interrompant notre échange pour le moins énervant et nous le suivons sans un mot dans la salle de classe.

Alors que je m'installe à ma place habituelle, je remarque que mon ex meilleure amie avait raison : le nouveau s'assoit juste à mes côtés.

Super !

— Pervers, pesté-je entre mes dents.

— Emmerdeuse, rétorque-t-il de la même manière.

Cela fait déjà trente minutes que le cours a commencé et autant que je rêve de le quitter. Et ça, c'est une première.

Si d'ordinaire, je ne serais pas contre sécher un cours ou deux – OK, peut-être même une journée – jamais il ne m'est arrivé d'avoir envie de louper l'histoire. D'habitude, rien ni personne n'arrive à me déconcentrer mais ça, c'était avant que cet idiot de nouveau se mette sur ma route.

Depuis que nous sommes assis, je sens son regard sur moi. J'ai la sensation de ressentir chacun de ses gestes, chacune de ses respirations, je n'ai que trop conscience de sa présence à mes côtés et j'en suis passablement irritée. Mais pas que… Je ne saurais dire exactement ce que je ressens, c'est étrange…

Clémence Lucas

Décidément, ces derniers temps, il y a beaucoup de choses étranges *dans ma vie.*

Tout à coup, le nouveau lève la main et le professeur Wilson interrompt son cours.

— Oui ? Un problème Mr James ?

— Ma voisine ne se sent pas très bien. Je peux l'emmener à l'infirmerie ?

Quoi ?

— Mais qu'est-ce que tu fais ?

— Mrs Emerson, tout va bien ?

— Elle s'est pris un mauvais coup avant de rentrer dans la classe, Monsieur, répond mon voisin à ma place.

— OK, vous pouvez y aller, mais ne traînez pas !

Cameron se lève et me fait de gros yeux pour que je le suive.

Bien qu'agacée par son comportement, je ne veux pas lui causer d'ennuis avec le prof et décide de faire ce qu'il me dit. En bon acteur, Cameron passe son bras autour de ma taille et me guide jusqu'à la sortie mais lorsque la porte se referme derrière nous, je m'écarte vivement et le repousse à deux mains.

— Je peux savoir ce qui t'a pris ?

— Moins fort, il pourrait nous entendre, répond-il en m'écartant de la porte.

— T'es pas sérieux, là ?

Riley[2]

En guise de réponse, il m'offre un sourire faisant apparaître les fossettes dont m'avait parlé Jessica.

Putain ! C'est vrai qu'il est canon. Eh merde !

— On est partis sur de mauvaises bases, toi et moi. Je voulais qu'on reprenne à zéro et je savais que je si tentais de te parler pendant le cours, tu m'aurais envoyé bouler.

Il n'a pas tort.

— Ça ne pouvait pas attendre la fin de l'heure ?

— Et risquer que tu t'échappes dès que la sonnerie aura retenti ?

Encore une fois, il n'a pas faux.

— Donc… Cameron James, enchanté, ponctue-t-il en tendant sa main.

Je le regarde pendant de longues secondes, sceptique. Puis je saisis sa main, après tout, qu'est-ce que j'ai à perdre ?

— Riley Emerson.

— Un prénom de mec pour une fille, je crois que je comprends mieux ton caractère.

— Sérieusement ? On ne t'a jamais appris à la boucler ? dis-je en ôtant vivement ma main de la sienne.

— C'est bon, l'emmerdeuse ! C'était pour te taquiner. Allez viens !

— Mais qu'est-ce que tu fais ?

— Eh bien, on va à l'infirmerie ! Tu crois que le prof va nous laisser revenir sans un mot ?

Clémence Lucas

Je lève les yeux au ciel et secoue la tête. Ce mec est vraiment bizarre mais je ne sais pas pourquoi, quelque chose au fond de moi m'intrigue et en même temps, me pousse vers lui.

Et s'il y a une demi-heure, je ne voyais pas qui il était, je crois que maintenant, je ne vais jamais réussir à l'oublier…

Je crois que je suis dans la merde.

Riley[2]

Chapitre 3

Cameron

Je ne sais pas pourquoi j'ai agi comme ça avec Riley mais il y a quelque chose chez elle qui me pousse à avoir envie de la connaître mieux. Peut-être simplement parce que c'est la seule fille qui n'a pas essayé de me sauter dessus depuis mon arrivée au lycée ? Peut-être est-ce mon ego qui ne supporte pas qu'elle ne me remarque pas ? Ou alors, peut-être que je vais vers elle uniquement parce que c'est la plus jolie fille que j'aie jamais vue.

Riley Emerson est assurément ce qu'on appelle un canon. C'est simple : son corps est parfait et en plus de cela, elle est intelligente. En revanche, elle a une sorte de bouclier invisible qui l'entoure, comme si elle essayait de garder les gens à

Riley[2]

distance et d'une certaine manière, j'ai envie de briser cette barrière. Et ça, c'est nouveau pour moi.

Depuis la mort de mes parents, j'ai appris que la vie est trop courte et j'ai décidé que je ne devais pas perdre de temps avec les filles. Bien sûr, je ne suis pas contre un coup vite fait, de temps en temps, mais il n'est pas question de m'impliquer dans une relation. *Jamais de la vie.* Aussi, je ne comprends pas pourquoi je suis autant intéressée par cette Riley.

J'arrive dans le bar que tient mon oncle Bobby et m'assois au comptoir.

— Comment c'était les cours, *buddy* ?

Buddy. Aussi loin que je m'en rappelle, il m'a toujours appelé comme cela. Et si quand j'étais enfant, j'adorais ce surnom, à seize ans, ça m'horripile. Pourtant, je ne lui en fais jamais la remarque. *C'est le seul parent qu'il me reste.*

Je lève les yeux au ciel et attrape le verre de soda qu'il me tend.

— Normal.

— Comment elle s'appelle ?

— Qui ? demandé-je en fronçant les sourcils.

— La fille qui se trouve là-dedans, rétorque-t-il en tapotant ma tête.

— Je ne vois pas de quoi tu parles.

— Hey, Cam ! On me la fait pas, à moi. Je connais cet air sur ton visage et je suis sûr de moi, c'est à cause d'une nana. Comment elle s'appelle ?

— C'est rigolo, à vrai dire. Elle s'appelle Riley, avoué-je en buvant une gorgée de ma boisson.

— Riley…

La voix d'oncle Bobby n'est plus qu'un murmure et je l'observe attentivement. Je ne l'ai vu que quelques fois avec cette expression sur le visage et la dernière, c'était le jour des funérailles de mes parents.

— Oncle Bobby, ça va ?

— Oui, oui. Tu as raison, c'est pas commun comme nom pour une fille !

— Yep ! Mais ce qui est encore plus surprenant, c'est que ça lui va bien.

— Je n'en doute pas une seule seconde.

— Pourquoi tu dis ça ?

— Parce que sinon, elle n'aurait pas réussi à faire tourner la tête à mon neveu, répond-il en me donnant une claque à l'arrière de mon crâne. Allez, finis ton verre et va faire tes devoirs ! Ensuite, tu viendras me donner un coup de main au comptoir, d'accord ?

— Oui, m'sieur !

Je m'exécute, termine mon soda et monte à notre appartement.

Je n'arrive pas à croire que ça fait seulement trois semaines que nous sommes arrivés à Fort Hood alors que j'ai l'impression d'y avoir passé toute ma vie.

Riley[2]

Cela fait maintenant quatre ans que je vis avec mon oncle et avant, nous étions installés à Dallas. Enfin, je vivais là-bas avec mes parents et c'est pour cela que Bobby est venu dans cette ville mais je ne sais pas pourquoi, il n'a jamais aimé vivre là-bas. Aussi, quand Mark – un des membres des Hellys Angels – lui a proposé de venir récupérer son affaire à Fort Hood, incluant un appartement juste au-dessus, mon oncle a sauté sur l'occasion. *Et nous voilà !*

J'avais peur de changer d'air et d'un autre côté, j'étais heureux de pouvoir avancer. Ce n'était pas évident de vivre dans la maison de mon enfance, entouré par tous les souvenirs de mes parents. Après leurs morts, j'ai eu la sensation que tout avait changé – jusqu'à mes amis. On aurait dit qu'ils faisaient tout pour m'inclure dans le moindre événement pour ne pas que je me sente abandonné mais ils n'avaient rien compris. Je n'avais pas besoin d'un traitement de faveur. J'avais seulement besoin qu'on me traite comme d'habitude. Je ne me sentais plus vraiment à ma place. Alors, j'ai commencé à faire des conneries, traîner avec les mauvaises personnes et l'année écoulée ne mérite pas d'entrer dans les annales, loin de là.

Enfin, je suis content d'être arrivé dans cette nouvelle ville, de repartir à zéro et de pouvoir enfin me comporter comme je le veux. Être celui que je suis. Et notamment, en apprenant à connaître cette fille au prénom de garçon qui semble faire ressortir le Cameron que j'étais avant le drame. Un Cameron sûr de lui, boute-en-train...

Et, putain ! Qu'est-ce que ça fait du bien !

Le lendemain matin, j'arrive au lycée avec un peu d'avance, dans l'espoir de voir Riley avant son premier cours. Je ne sais pas trop ce que je veux à cette fille mais je crois qu'être son ami pour commencer est un bon début.

Tout à coup, je la vois.

Comme hier, elle est en train d'ignorer son amie qui la suit comme un petit toutou auquel on a confisqué son jouet préféré. Je ne sais pas ce qui se passe entre elles mais visiblement, leur belle amitié vient de subir un coup difficile à encaisser.

Discrètement, j'avance vers elles et lorsque Riley sent ma présence, elle tourne la tête dans ma direction.

— Super ! Il ne manquait plus que lui ! râle-t-elle entre ses dents.

— Content de te voir aussi, Emmerdeuse.

— T'as trouvé personne à espionner, Pervers ?

— Nope.

Je lui offre mon plus beau sourire, fais un pas vers son amie et tends ma main vers elle.

— Enchanté, je suis Cameron James.

Contrairement à Riley, sa copine me serre vigoureusement la main en me souriant exagérément.

Riley[2]

— Jessica Shaw. Mes amis m'appellent Jess. Alors, c'est toi, *le nouveau* du bahut ?

— Il semblerait, oui, réponds-je en riant.

— C'est sympa que tu aies fait la connaissance de Riley, elle va bientôt avoir besoin de soutien…

— La ferme, Jess !

Riley lui lance un regard noir et la fille se mord les lèvres, nerveuse. J'avoue que je le suis aussi. Je ne sais pas d'où sort cette sensation mais je n'aime pas le sous-entendu de Jessica.

— Un problème ? demandé-je en regardant Riley.

— Rien qui te regarde.

— Riley !

— Jessica, rétorque-t-elle d'une voix faussement calme.

OK… Je pense qu'il vaut mieux que je les laisse terminer leur petite querelle avant de subir leurs foudres.

— Je dois y aller. Ravi d'avoir fait ta connaissance, Jessica. Riley, on se voit plus tard ?

— Dans tes rêves.

J'éclate de rire et entre dans le bâtiment.

J'adore cette fille. Je sais qu'à première vue, elle a l'air féroce mais je suis certain que c'est une simple carapace. Et puis… elle est tellement canon que je peux supporter son caractère de merde même si je suis certain que je ne l'intéresse pas. Vous vous rappelez ce que j'ai dit sur les nanas qui me courent après ? Prenez sa copine, Jessica. C'est le genre de fille qui est systématiquement collé à mes baskets. Elle est incapable de masquer que je lui plais tandis que Riley… je vois qu'elle en a rien à foutre et… ça me va. Même si moi, j'aimerais apprendre à la connaître.

Je crois bien qu'elle va me donner du fil à retordre !

À l'heure du déjeuner, j'entre dans la cafétéria et repère immédiatement Riley, assise à côté de Jessica. Elle semble toujours lui faire la tête et je suis bien décidé à élucider ce mystère. Je sais que cela ne me regarde pas mais depuis le premier jour où je suis arrivé au lycée, elles sont inséparables. Et là, cela fait deux jours qu'elles ne font que se disputer. Et je suis prêt à parier que ce n'est pas normal.

Je récupère un plateau et pendant que je fais la queue au self, je réfléchis à un plan de bataille.

Je sais d'avance que Riley va m'envoyer promener mais quelque chose me dit que Jessica appuiera ma demande. Une fois que je serai installé avec elles, j'essaierai de les faire parler et là encore, je suis certain que Jessica sera plus bavarde que sa meilleure amie. Enfin, j'espère, sinon je suis bon pour manger encore une fois avec cet abruti de Tobias Andrews qui a décidé que j'allais devenir son nouveau meilleur ami depuis qu'il m'avait vu jouer sur le terrain. Ce jour-là, j'aurais mieux fait de me casser une jambe plutôt que de vouloir intégrer l'équipe du lycée

— Hey ! Cam ! Par ici !

En parlant du loup…

Riley[2]

Je lui adresse un signe de tête, récupère une salade de fruits et tente d'aller rejoindre Riley. Malheureusement pour moi, Tobias et sa cour en ont décidé autrement. Rick ou Richard – je ne sais plus – me barre le passage et tire une chaise devant moi.

Vaincu, je m'assois et pose mon plateau sur la table.

— Alors, Cam, tu te plais au Early ?

Je prends un morceau de viande et le porte à ma bouche. Je mâche plus doucement que d'ordinaire, essayant de comprendre à quoi joue ce type. Malgré son ton gentil, il y a quelque chose qui ne me plaît pas chez lui. J'avale ma bouchée et prends une gorgée d'eau.

— Ça va. Y a pas beaucoup de changement avec Dallas.

— Tu m'étonnes… À ce propos… j'ai entendu des rumeurs sur la mort de tes parents et…

— *Quoi ?*

— Rassure-toi, je ne les ai pas crues mais tu dois savoir qu'ici, les gens ont tendance à beaucoup parler et si tu veux que je te donne un petit coup de main pour les faire taire, ça sera avec plaisir.

— En échange de quoi ?

— Voyons, voyons, Cameron, je ne suis pas comme ça ! Nous sommes amis et c'est ce que sont censés faire des amis, l'un pour l'autre : s'entraider.

— C'est bien ce que je dis, Tobias. Tu veux quoi en échange ?

— Que tu ne t'approches plus de Jessica et Riley.

— T'es sérieux, mec ? demandé-je, incrédule.

— Complètement. Je vous ai vus parler ensemble, tous les trois, ce matin et je n'aime pas trop l'attention qu'elles te portent.

— Parce qu'elles font pas partie de ta cour ?

— Fais attention à ce que tu dis, Cameron ! Je peux encore faire le choix de ne pas être ton ami. Tu es le nouveau, je te rappelle.

J'éclate de rire. Cette mascarade a assez duré.

— Écoute, Tobias… Tu n'es pas mon ami. Si ça t'amuse de raconter des ragots sur moi ou pire, sur la mort de mes parents, grand bien t'en fasse ! Mais n'essaie pas de jouer les héros en les faisant taire alors que c'est toi qui les as balancés. On ne me la fait pas, à moi. Les types comme toi, je connais.

— Je ne vois pas ce que tu insinues, dit-il d'un ton suffisant.

— Au contraire, je crois que tu l'as très bien compris. Va te faire foutre, Tobias. Toi et toute ta bande. Et un conseil : si tu essaies encore de me la faire à l'envers, tu n'aimeras pas la façon dont je vais m'y prendre pour que tu ne recommences pas.

— C'est une menace ?

— Comme je l'ai dit : un conseil

Sans quitter le regard de cette face d'abruti, je me lève et récupère mon sac à dos. Lorsque Ducon baisse ses yeux, je tourne les talons, laissant mon repas sur la table car après cette altercation, je n'ai plus faim.

Riley[2]

Je m'apprête à sortir de la cafète lorsque je sens une main se poser sur mon avant-bras et me retenir. Prêt à me confronter une nouvelle fois à Tobias, je me retourne vivement et surpris, me retrouve face à Riley.

— Tu veux manger avec nous ?

Pour la première fois, elle me parle d'une voix douce et me sourit. J'acquiesce d'un signe de tête et sans ôter sa main, elle m'entraîne jusqu'à sa table. Je ne sais pas ce que j'ai bien pu faire pour mériter ce geste mais j'avoue que je ne vais pas m'en plaindre… bien au contraire.

Chapitre 4

Riley

Je ne sais pas ce qui m'a pris mais lorsque j'ai vu que Cameron tenait tête à Tobias et qu'en plus, il lui faisait fermer son clapet, j'ai eu envie de le remercier. Cela faisait des mois que je rêvais que quelqu'un remette en place ce connard et le nouveau l'a fait.

C'était dément.

En plus, il émanait de Cameron quelque chose de dangereux, de fascinant, je ne sais pas… une sorte d'aura. Il ne ressemblait plus à l'emmerdeur qu'il est mais plutôt à un mec à qui on n'a pas envie de chercher des noises. Et croyez-moi ou non, mais je n'avais jamais été aussi excitée de toute ma vie. Jamais aucun garçon n'avait réussi à me faire ressentir

Riley²

ce genre de choses alors qu'en quelques secondes, en voyant Cameron, mon esprit a été envahi par des millions d'idées. Des fantasmes… Et ça, c'est une grande première.

Ma main est toujours posée sur son avant-bras et je le tire jusqu'à notre table. Je devrais le lâcher. C'est comme si mes sens étaient exacerbés. L'impression de chaleur qui se dégage de son corps, ses muscles sous le tissu de son vêtement…

Mon cœur recommence à se taper un sprint.

Mes joues me brûlent.

Si je me tourne vers Cameron, je suis certaine qu'il verra à quel point je suis troublée par sa proximité. Alors pourquoi je ne le relâche pas ? Tout simplement, car je n'en ai pas envie. Aussi nouveau et étonnant que ça puisse paraître, j'aime les sensations qu'il éveille en moi, alors j'en profite encore un peu car il ne se passera jamais rien entre nous. Même si j'avoue que subitement j'en ai très envie, c'est impossible. Je me suis fait une promesse : je ne coucherai pas avec un garçon avant d'avoir terminé le lycée. J'ai érigé des barrières autour de moi pour qu'aucun mec ne m'approche *réellement*. Sauf que lui, en un claquement de doigts, a tout l'air d'être en mesure de les faire s'effondrer. *Cameron James peut tout faire foirer… Il semblerait bien que ce type soit ma kryptonite.*

Nous arrivons à la table et je me remets aux côtés de ma meilleure amie tandis que Cameron s'installe face à nous.

— Bravo, Cameron. C'était osé ! Personne n'avait jamais remis Tobias à sa place. Bien joué, mec !

— Euh… merci, Jessica.

— Alors, pourquoi Ducon-Le-Roi s'en est pris à toi ?

demandé-je, curieuse.

En entendant le surnom donné à Tobias, Cameron éclate de rire.

— Je vois qu'il n'a pas trop la cote avec vous, non plus.

— C'est un crétin, affirmé-je en lançant un regard lourd de sens à Jessica.

— Je ne te le fais pas dire ! Pour répondre à ta question, je crois qu'il voulait montrer qui était le patron, ici.

— Eh bien, je crois qu'il a retenu la leçon, dit Jess.

— S'il ne l'a pas comprise, je me ferai une joie de lui réexpliquer, rétorque-t-il avec un sourire. Et vous deux ?

— Quoi, nous deux ? demandé-je en prenant mon soda sur la table.

— Pourquoi vous vous faites la tête ?

— Ça ne te regarde pas.

— Je pars à la fin de la semaine, répond en même temps Jessica.

— Où ça ?

— À San Diego.

— Combien de temps ?

Quatre ans, peut-être cinq.

Pourquoi ?

— Cameron ! Occupe-toi de tes affaires, m'immiscé-je dans leur échange.

Riley[2]

— Ma mère vient d'être promue Major et a donc eu une mutation, continue Jessica sans prêter attention à moi.

— Et donc, *toi*, tu lui en veux ! affirme Cameron en me regardant droit dans les yeux.

Face à sa remarque, je m'insurge.

— Non !

— Alors pourquoi tu lui fais la gueule ?

— Ça ne te regarde pas.

Il m'ignore et continue :

— Jessica part à la fin de la semaine et c'est comme ça que tu veux passer les derniers jours qu'ils te restent ? Sérieusement, Riley, tu mérites le titre de la pire meilleure amie de l'année !

— Cameron, n'exagère pas, me défend Jess.

— À une autre échelle, je sais ce que c'est que de perdre des personnes que l'on aime. Si j'avais su qu'il ne me restait qu'une semaine avec mes parents… je… j'aurais profité d'eux différemment. Je ne me serais pas disputé avec mon père parce que j'avais loupé un entraînement pour m'amuser dans les vestiaires avec Leslie Freemont. Croyez-moi, vous avez de la chance. Jess ne va pas mourir. Vous pourrez peut-être vous revoir un jour et en attendant, il vous reste encore cinq jours à profiter l'une de l'autre avant qu'elle ne s'en aille. Alors, Riley arrête de te comporter comme une sale gosse capricieuse et égoïste et faites la paix, OK ?

Mais pour qui il se prend, lui ? Et depuis quand les mecs pensent à autre chose que baiser et se prennent pour un psy ? Quand je disais qu'il était bizarre ! Beau comme un Dieu mais bizarre. Et le pire, c'est qu'il a raison.

Les larmes aux yeux, ma meilleure amie et moi nous regardons puis tombons dans les bras l'une de l'autre.

— Je suis désolée, Jess, murmuré-je entre deux sanglots.

— Moi aussi, Ri.

Nous pleurons durant de longues minutes puis Cameron casse l'ambiance avec une blague à deux balles.

— Bon, on est d'accord que c'est grâce à moi que votre amitié est sauvée ; donc je propose que vous m'appeliez « mon sauveur » ou encore « Dieu » quand vous vous adresserez à moi, OK ?

Jessica et moi nous détachons et éclatons de rire puis d'une même voix, nous lui répondons :

— Pervers !

À la fin de la journée, Jessica et moi, nous retrouvons sur le parking. N'ayant pas encore eu le courage de passer ma licence de conduite ; le matin, je prends le bus scolaire pour venir mais le soir, ma meilleure amie me ramène en voiture.

Soudain, j'aperçois Cameron. J'ai l'impression qu'il vient vers nous mais au dernier moment, il bifurque vers les emplacements réservés aux deux roues. Il s'approche de l'une

Riley[2]

d'entre elles et je remarque qu'il attrape un casque et se coiffe avec, puis enfourche une moto. Attention, pas n'importe laquelle. Une de ces vieilles Harley Davidson dont sont friands les membres des bandes de motards.

Rien que ça…

Il démarre sa bécane et le ronronnement de l'engin résonne jusque dans mes os.

Maman m'a toujours dit de me méfier des motards et à ce moment précis, je comprends exactement pourquoi.

Putain de merde !

Cameron passe devant nous et nous adresse un signe de la main auquel nous répondons machinalement, ma copine et moi, puis littéralement ébahies, nous le suivons du regard tandis qu'il quitte le parking.

— Wouah…, murmuré-je pour moi-même.

— Quand je te disais que ce mec est canon !

— J'avoue : tu as raison mais il n'est pas pour moi.

— Ah bon ? Et je peux savoir pourquoi Cameron James n'est pas assez bien pour toi ?

— Ce n'est pas ce que j'ai dit. J'ai juste dit qu'il est *pas* pour moi.

— Et pourquoi ça ?

— Jess… Ma mère est tombée enceinte d'un motard à l'âge de dix-sept ans. On connaît le résultat. Cameron est exactement le genre de mec dont je dois me méfier.

<h1 style="text-align:center">Clémence Lucas</h1>

— Pourquoi ? Tu crois que c'est dans les gênes ? Chérie, j'ai aucun ADN en commun avec ta mère et je pourrais presque vendre la mienne ne serait-ce que pour sortir avec lui !

J'éclate de rire. Ma meilleure amie n'est vraiment qu'une obsédée.

Elle va tellement me manquer.

Il est un peu plus de dix-sept heures lorsque j'arrive à la maison. Maman n'est pas encore rentrée de l'école et j'en profite pour faire mes devoirs. Je n'ai pas beaucoup de choses à faire ce soir et si lorsqu'elle rentre du boulot, je les ai terminés et que j'ai préparé à manger, avec un peu de chance, elle me laissera aller voir un film chez Jessica.

Même si Cameron est vraiment un gars étrange, je dois avouer qu'il a eu raison de me souffler dans les bronches comme il l'a fait. J'étais tellement aveuglée par ma colère que je ne m'étais pas rendu compte que dans moins d'une semaine, je ne la verrai plus. À quoi bon continuer de se disputer alors que nous devrions profiter de chaque moment ? Ainsi, nous avons décidé de nous voir le plus possible avant son départ.

Tout d'abord, Jess va venir me récupérer tous les matins et continuera à me ramener le soir. Ensuite, une fois nos devoirs terminés — car nous ne sommes pas bêtes, nous savons très bien que nos parents seront intransigeants là-dessus —

Riley[2]

nous irons chez l'une ou chez l'autre. Histoire de regarder un film ou papoter. Être ensemble, tout simplement.

Nous savions que ce jour pouvait arriver et j'ai honte de l'avouer mais nous avons même prié pour que sa mère ne soit pas promue, en vain.

Cela fait maintenant quatre ans que nous sommes aussi soudées que les doigts d'une main et je sais que rien ne sera plus pareil sans elle à mes côtés. Quand je pense que j'ai gâché deux jours avec elle, tout ça parce qu'elle n'avait pas osé m'en parler dimanche ? J'ai été tellement égoïste ! J'ai rejeté l'abandon de mon connard de père sur ma meilleure amie alors qu'elle, elle n'a pas eu le choix. Elle est autant prisonnière de cette situation que moi. Nous sommes toutes les deux sur le même bateau… enfin pas vraiment… chacune se trouve dans un bateau différent, aux directions différentes pourtant avec la même sensation de vide à l'intérieur.

Finalement, d'un côté, je n'en veux pas à mon père d'être parti le jour de ma naissance. Je dois bien reconnaître une chose : grâce à ça, je n'ai pas à souffrir du manque de sa présence puisqu'il n'a jamais été à mes côtés. Il m'a évité cette peine incommensurable qui s'empare de moi à l'idée de perdre la seule meilleure amie que je n'ai jamais eue.

Chapitre 5

JULIA

Je suis inquiète pour Riley. Jessica doit partir dans deux jours et je suis certaine que ma fille ne va pas bien vivre la situation. Comment pourrait-il en être autrement ? Je sais qu'elles sont comme des sœurs et j'ai toujours été heureuse qu'elles se soient trouvées pourtant, je savais que cette situation arriverait. Avec le métier qu'exerce la mère de Jessica, il était évident qu'elle ne resterait pas toute sa carrière à Fort Hood.

Génial pour Joane Shaw et sa promotion. Dommage pour nos filles.

Plus la date butoir approche, plus j'ai l'impression de devenir une véritable cocotte-minute, prête à bondir sur le champ de bataille. Ne me regardez pas comme ça, vous avez des ados ? Si oui, vous comprenez. Si non, vous verrez, j'exagère à peine.

Ce soir, afin de leur faire plaisir à toutes les deux, j'ai proposé aux Shaw que Jessica dorme à la maison. Ainsi, ils peuvent terminer leur rangement de dernière minute tandis que nos filles profiteront de leur avant-dernière soirée ensemble. Tant pis pour la fatigue le lendemain matin, on ne perd pas tous les jours sa meilleure amie.

Alors que je suis en train de préparer des pancakes, la sonnette de la porte d'entrée retentit.

— Riley ! Jess est là ! Tu peux aller ouvrir ?

Ma fille ne me répond pas mais je l'entends descendre l'escalier en courant puis la porte s'ouvrir.

— Salut. Qu'est-ce qu'il fiche, ici ?

Face au ton de ma fille, je me crispe légèrement et écoute leur conversation.

— Eh bien, étant donné que je pars dans deux jours, j'ai pensé que vous devriez faire plus amples connaissances. Après tout, il est censé prendre ma place quand je ne serai plus là !

— Tu déconnes ! lâche Riley.

— Nope ! Elle m'a tenu le même discours pour que je vienne avec elle.

Tiens… c'est qui, lui ?

J'éteins la gazinière, sors les pancakes du feu puis je m'essuie les mains avec un torchon avant d'aller rejoindre ma fille et ses amis dans l'entrée.

— Bonjour ! m'exclamé-je en entrant.

— Hey, bonjour Julia. Vous allez bien ? me demande Jessica en me prenant dans ses bras.

— Et toi ? Tu tiens le coup ?

— Ces deux-là m'aident, répond-elle en me faisant un signe de la tête en direction du jeune homme.

Mal à l'aise, le garçon n'ose pas vraiment me regarder et triture ses doigts nerveusement.

— Bonjour, je suis Julia, la maman de Riley et tu es… ?

Il relève la tête et pendant un instant, j'ai l'impression d'être dans le passé face à Michaël, le meilleur ami de Riley. C'est impressionnant comme ce jeune lui ressemble.

— Cameron James, Madame. Ravi de vous rencontrer.

— Pas de madame avec moi, tu peux m'appeler Julia.

— OK, très bien, ma… Julia. Avec plaisir.

— Ne sois pas si guindé, Cameron ou ces deux-là ne feront qu'une bouchée de toi !

— Heureusement pour lui, je pars dans quarante-huit heures.

— Sérieusement, Jess ? C'était complètement nul comme remarque, rétorque ma fille.

— Bon, les filles, pas la peine de s'énerver pour si peu. Si vous preniez les pancakes que je vous ai préparés et pendant ce temps, je vais boire un verre chez Lydia, OK ? Mais ne faites pas n'importe quoi pendant mon absence, c'est d'accord ?

Riley[2]

— Comptez sur nous, Mada… euh… Julia, répond Cameron.

— C'est bon, maman. On a plus dix ans !

Je dois me mordre la langue pour ne pas lui dire que peu importe son âge, elle sera toujours mon bébé. Il ne faudrait pas que je lui fiche la honte devant ses amis. Notamment, la première fois qu'elle ramène un mec à la maison.

Est-ce vraiment une bonne idée de les laisser tous les trois ? Pourquoi, tu crois qu'ils vont faire une partouze ?

Mentalement, je me fiche une claque afin de chasser loin de mon esprit ces pensées. J'ai confiance en ma fille. *Même si je sais qu'elle utilise des préservatifs.* Oui… J'ai confiance en elle…. Enfin… Je crois ?

Bon sang ! L'adage qui dit : petit, petit souci, grand, grand souci est bien vrai. *Où est passé mon bébé qui voulait simplement jouer à la barbie ? La vie était tellement plus simple !*

Quinze minutes plus tard, je me gare devant la maison de Lydia. Nous nous connaissons depuis l'adolescence et c'est la seule amie que j'ai gardée de cette période de ma vie. Même si nous avons été séparées pendant quelques années, nous nous sommes retrouvées à Fort Hood lorsque son mari, Erik, a été muté sur la base militaire. Il est parti en mission et ne rentrera pas avant trois mois aussi, j'essaie un maximum de venir lui tenir compagnie.

Clémence Lucas

Je frappe à la porte et suis accueillie par les aboiements de Roukie, son berger australien. Lorsque ma meilleure amie ouvre la porte, la bête me saute dessus et tente de me lécher le visage. Je le repousse puis je lui caresse la tête en lui parlant.

— Mais oui, mais oui, bonjour à toi aussi. T'es un gentil chien. Allez, rentre !

Comme toujours, il me tourne autour une dernière fois avant de repartir à l'intérieur de la maison et d'aller se coucher dans son panier.

— Salut ! Franchement, Lydia, tu pourrais, toi aussi, me faire la fête quand j'arrive ! dis-je en riant et la serrant dans mes bras.

— Je ne suis pas sûre que ça fasse le même effet, répond-elle en gloussant.

Je crois que, comme moi, elle vient d'imaginer la scène et nous ne pouvons pas nous empêcher d'exploser de rire et entrons, toujours hilares.

Ma meilleure amie me propose un verre de vin que j'accepte en m'installant sur le canapé.

— Alors, qu'est-ce qui t'arrive ? demande-t-elle en me tendant mon verre.

— Pourquoi tu demandes ça ?

— Julia, je te connais depuis toujours. Tu t'es assise directement sur le canapé et tu as commencé à taper du pied tout en grattant inconsciemment ton tatouage. Tu es nerveuse, donc qu'est-ce qu'il y a ?

Elle me connaît si bien !

Riley[2]

Je prends une profonde inspiration et avant de parler, avale une grande lampée de vin.

— Tu te souviens de Michael ?

— Michael ? Michael ? *Le* Mic…

— Oui, celui-là.

— Oh oui, je m'en souviens ! Pourquoi tu penses à lui ?

— Eh bien, aujourd'hui, Jessica est venue à la maison avec un ami.

— Venant d'elle, ça n'a rien d'étonnant.

— Ce n'était pas son mec. C'est un copain… des filles.

— Attends ! Tu veux dire que ta fille a enfin ramené un mec à la maison ?

— Mais non ! Je te dis que c'est Jessica qui l'a ramené ! Mais dans un sens, oui, c'est la première fois que Riley a un ami… *de sexe masculin* et tu ne me croiras jamais…

— Dis pour voir.

— C'est le portrait craché de Michael, à cet âge.

— Attends, tu crois qu'il aurait eu un fils et qu'il se retrouve au même endroit que nous ?

— Je sais que ça a l'air dingue dit comme ça, mais je t'assure que si tu le voyais, tu serais de mon avis.

Lydia me fixe durant de longues secondes sans rien dire. Je sais très bien ce qu'elle doit penser en ce moment : je perds la tête. J'avoue que si je n'avais pas vu Cameron de mes propres yeux, j'aurais du mal à le croire, moi aussi.

Michael était le meilleur ami de Riley. Ils ont grandi ensemble et lui aussi faisait partie des Hellys Angels. Aux dernières nouvelles, Michael et sa petite amie de l'époque, Gwen, ont disparu de la circulation en même temps que le géniteur de ma fille. Je ne sais pas du tout dans quoi ils ont bien pu se fourrer pour disparaître comme ça, du jour au lendemain, et pendant seize ans, j'ai imaginé tous les scénarios… J'étais presque arrivée à me convaincre qu'ils étaient en train de pourrir dans un fossé. *Sinon pourquoi Riley se serait barré ?* Mais… Ce Cameron remet tout en question.

Je suis peut-être folle mais je suis certaine qu'il est le fils de Michael. Donc, si Mich est encore en vie… *Il y a peut-être une chance pour que Riley le soit, lui aussi, non ?* Mais alors, dans ce cas, pourquoi est-il parti ? Pourquoi nous a-t-il abandonnées ?

En réalité, la question qui me brûle les lèvres serait plutôt « *pourquoi n'est-il pas revenu ?* » Pourquoi ne m'a-t-il jamais donné les explications que je méritais ? Je sais très bien que notre histoire aurait été compliquée. Devenir parents à nos âges n'était pas supposé arriver. Mes parents étaient contre notre relation mais ensemble, nous les avons confrontés, nous avions réussi à les convaincre de nous laisser une chance. Nous nous aimions. Et, notre fille ? Il a pensé à elle ? Au fait qu'elle ait grandi toute sa vie sans père ?

Je jure devant Dieu que si je le trouve en vie, c'est moi qui l'enverrai dans sa tombe ! Oui, je sais, ma réaction est un peu excessive mais là, tout de suite, je suis révoltée alors que je ne suis même pas sûre que tout cela soit bien réel.

— Julia ?

Riley[2]

La voix douce de ma meilleure amie me sort de mes pensées et je tourne la tête vers elle.

— Tu sais que ça ne veut rien dire, n'est-ce pas ?

Je lâche un profond soupir puis termine ma boisson.

— Et si… ? demandé-je, le cœur battant et les larmes aux yeux.

— Ma puce… Avec des si…

— On refait le monde, je sais.

— Ce n'est pas ce que j'allais dire, rétorque-t-elle en penchant la tête sur le côté.

— Ah bon ?

— Non, j'allais dire : avec des scies, on coupe du bois !

Je la regarde un instant sans comprendre puis éclate de rire. Depuis l'adolescence, ma meilleure amie a le don de me remonter le moral et là, c'est exactement ce dont j'avais besoin.

Et dire que je suis venue ici pour lui remonter le sien…

Chapitre 6

Riley

Je n'arrive pas à croire que Jess m'a fait un coup pareil. Elle. A. Ramené. Cameron. À. La. Maison.

Avant aujourd'hui, seuls ses petits-amis étaient venus chez moi et généralement, seulement pour récupérer ma meilleure amie. Jamais, je n'ai eu envie de faire venir un garçon à la maison et Cameron est… tout ce que dois éviter et Jessica le sait ! Ce n'est pas comme si nous n'avions pas abordé le sujet une bonne dizaine de fois depuis le début de la semaine. Elle sait ce que je pense de lui et ce qu'il me fait ressentir. Je suis certaine qu'elle l'a fait exprès !

Ma mère est partie voir Lydia et nous voilà tous les trois, assis par terre autour de la table basse en train de nous régaler

Riley[2]

avec les pancakes.

Il n'y a pas à dire, ma mère est vraiment la meilleure pour les faire !

— Bon, qui commence ?

— On est déjà en train de manger, rétorque Cameron.

— Yep ! approuvé-je.

Cameron me tend son poing et je tape avec le mien en souriant. Jessica nous regarde, blasée et se tape le front sur la table. Puis, elle relève un peu la tête, ses cheveux lui couvrant les trois quarts du visage et dit :

— Dites-moi que vous le faites exprès ? Pitié.

— Moi que vous le faîtes exprès. Pitié, répète bêtement Cameron.

— Mec ! Sérieusement ?

— Avoue qu'elle était bonne, dit-il en lui adressant un sourire.

Jessica se redresse complètement et remet de l'ordre dans ses cheveux.

— Désolée, Riley.

— Pour… quoi ?

— À cause de moi, tu vas devoir te coltiner Cameron toute seule quand je serai partie. Je ne suis finalement plus si sûre que ce soit une bonne idée d'être amie avec ce type. Il est tellement bizarre. Après tout, au début, on l'appelait le pervers. Ce genre de surnom n'est jamais de bon augure. Tu ne crois pas ?

Jessica parle en exagérant et fait plein de grimaces. Elle se fout clairement de sa tête.

— Jess, commence Cameron d'une voix dangereusement calme.

— Mmmm…

— Tu t'es déjà pris du sirop d'érable en pleine figure ?

Jess n'a pas le temps de répondre que Cameron s'est déjà emparé de la bouteille posée sur la table basse et lui asperge le visage.

— Cameron ! Non ! Arrête ! Je vais te tuer ! hurle-t-elle alors que nous sommes hilares.

Cameron s'arrête et Jessica l'insulte de toutes les injures qu'elle a dans sa collection avant d'aller se nettoyer dans la salle de bains. Nous rigolons encore lorsqu'elle claque la porte derrière elle.

— Tu sais qu'elle va te détester ?

— Ça durera pas, répond-il en haussant les épaules.

— C'est sûr… elle part dans quarante-huit heures, murmuré-je pour moi-même.

Sentant les larmes me monter aux yeux, je me tourne afin que Cameron ne les remarque pas et commence à ranger le bazar que nous venons de mettre. J'empile les assiettes les unes sur les autres et lorsque je m'apprête à nettoyer les taches de sirop d'érable, je sens une larme rouler sur ma joue, puis une autre et encore une autre. Je me mets à trembler et soudain, je sens des bras forts se refermer autour de moi.

— C'est rien, Riley, tu as le droit de pleurer. Ça va aller, murmure Cameron à mon oreille.

— Elle… va tellement… me manquer.

— Je sais mais tout ira bien, tu verras.

Pendant de longues secondes, nous ne parlons plus. Cameron me garde dans ses bras, mon dos collé contre son torse – sa chaleur m'enveloppant tel un cocon protecteur et rassurant – son souffle caressant mon oreille. Même si je suis triste et pleure en silence, bizarrement, je me sens bien.

Soudain, un raclement de gorge nous fait sursauter – aucun de nous n'a entendu Jessica sortir de la salle de bains. Nous nous écartons vivement l'un de l'autre et j'essuie rapidement mes joues avant de me retourner vers ma meilleure amie, un sourire forcé plaqué sur le visage.

— T'as pleuré ! dit-elle en fronçant les sourcils.

— Nope, réponds-je toujours en souriant.

— Arrête de faire ça, murmure Cameron.

— Quoi ?

— T'as l'air complètement folle. On dirait le Joker, continue-t-il en me donnant un coup de coude.

— N'importe quoi, grincé-je entre mes dents.

— Vous êtes mignons, tous les deux.

— Quoi ? répondons-nous d'une même voix.

Jessica nous sourit puis elle attrape la pile d'assiettes et l'emporte dans la cuisine. Cameron et moi échangeons un regard et nous terminons de ranger le salon sans plus jamais nous regarder dans les yeux.

Clémence Lucas

Une fois le rangement de la pièce terminé, nous nous sommes posés sur le canapé, nous avons mis un temps fou pour nous mettre d'accord et choisir le film que nous allions regarder. Cela fait à peine trente minutes que *Fast & Furious* a commencé et autant que Jessica n'arrête pas de souffler et de bouger dans tous les sens.

— Bon et si nous en apprenions plus les uns sur les autres ?

C'est pas vrai ! Voilà qu'elle remet ça !

— Jess, le film, grogne Cameron.

Ma meilleure amie l'ignore, attrape la télécommande et met le film sur pause.

— Sérieusement, Jessica ? demandé-je en levant les yeux au ciel.

— C'est qu'un film et un mauvais, si vous voulez mon avis.

— T'y comprends rien, rétorquons-nous, encore à l'unisson.

— Vous êtes vraiment trop mignons.

— Arrête avec ça, pesté-je entre mes dents.

— Bon, qui commence ?

Et voilà, elle ne lâche jamais l'affaire !

À chaque fois que nous nous retrouvons tous les trois, Jessica essaie de nous faire parler. Comme si en une semaine, on pouvait se raconter toute notre vie. Comme si nous allions dévoiler tous nos péchés inavoués. Et puis d'abord, elle voudrait que je dise quoi ? Je suis une fille tout ce qu'il y a de plus normal. Bon, d'accord, peut-être pas tout à fait. Je connais peu de filles de mon âge qui vouent une passion à l'histoire, font des reconstitutions costumées des plus célèbres batailles et ne me demandez pas pourquoi, mais Gettysburg est, de loin, ma préférée.

— Riley ?

Je lance un regard noir à ma meilleure amie qui me répond par un sourire mutin.

— Je peux le faire, intervient Cameron.

— Oh oui ! Quelle bonne idée ! renchérit Jess en tapant dans ses mains.

Quand elle agit comme cela, j'ai l'impression qu'elle est sur le terrain, en train de tenir son rôle de capitaine des cheerleaders. Il ne lui manque plus que les pompons aux couleurs de l'équipe de foot et ses acolytes pour scander le prénom de Cameron.

Je veux un C ! Un A…

Imaginant la scène, je pouffe de rire.

— Tu as quelque chose à partager avec nous, Riley ?

— Tu t'es prise pour un prof, Jessica ?

— Nope. Mais tu verrais ta tête… J'ai comme l'impression que tu penses à quelque chose et que tu ne veux pas nous en faire profiter, continue-t-elle.

Je pique un fard et ris nerveusement tandis que je peux sentir le regard de Cameron posé sur moi. Depuis le petit incident de tout à l'heure, j'évite autant que je le peux de me tourner vers lui. Et même si j'empêche tout contact visuel, je ne comprends pas pourquoi à chaque fois que ses yeux se posent sur moi, je pourrais jurer qu'ils me brûlent. *Oui, je sais, c'est dingue !*

— Allez, Ri-Ri, fais-nous plaisir ! À quoi tu penses ? minaude Jessica.

— Ri-Ri ? T'es sérieuse, là ? Tu m'as pris pour Rihanna ?

— Pour ce que ça vaut, je te trouve bien plus jolie qu'elle, murmure Cameron.

Quoi ? Il se fiche de moi ou quoi ?

— N'importe quoi ! Par contre, je veux bien son compte en banque !

— Tu m'étonnes ! renchérit Jessica.

Nous rions comme des imbéciles puis une fois que nous sommes calmés, je suis surprise en entendant Cameron commencer à parler.

— Il y a des rumeurs au lycée… sur moi… enfin… sur mes parents et…

— Hop ! Hop ! Hop ! Je t'arrête tout de suite, mon gars. Riley et moi, on en a rien à foutre des rumeurs. Tu n'as te pas à justifier avec nous, Cameron. Les amis ne se jugent pas entre eux, dit Jess d'une voix douce.

Vous comprenez pourquoi j'adore cette fille ? Même si c'est la reine des emmerdeuses et que parfois, elle me donne des envies de meurtres – j'exagère à peine – elle est d'une loyauté sans faille et a le cœur sur la main.

— Merci, Jess, c'est gentil.

— Ne me remercie pas. N'oublie pas que dans deux jours, je vous abandonne et que je te confie ma meilleure amie. Je compte sur toi pour prendre soin d'elle. Tu sais, elle a beau faire la forte, c'est une nana fragile et…

— Hey ! Je suis là, je te rappelle.

— Riley ! Tu viens de casser tout mon laïus.

— Laïus, vraiment ? T'as appris un nouveau mot dans le dictionnaire ?

Cameron glousse tandis que Jessica me tire la langue. Je sais qu'elle ne pense qu'à mon bien mais ce qu'elle s'apprêtait à dire à Cameron… Je ne suis pas prête à l'entendre.

Je sais que le compte à rebours est lancé et que rien ne pourra l'arrêter. Je sais que je suis en train de vivre mes derniers moments avec ma meilleure amie. Aussi, je n'ai pas envie de l'entendre dire à Cameron – qui plus est – qu'il doit faire attention à moi.

Et elle ? Qui va faire attention à elle lorsqu'elle sera à San Diego ?

Depuis près d'une semaine, je n'arrête pas de me demander ce que sera ma vie sans Jessica à mes côtés alors que j'ai la chance de rester chez moi, avec mes repères, le même lycée et maintenant un nouvel ami. Alors que Jess ? Elle va devoir, encore une fois, repartir de zéro.

Je suis triste. Triste pour moi. Triste pour elle.

Encore une fois, je sens une larme rouler sur ma joue.

Puis encore une autre et enfin, j'éclate en sanglots dans les bras de ma meilleure amie.

Sans bruit, Cameron se lève du canapé et éteint la télévision puis il récupère ses clés et sort de la maison, nous laissant seules, Jess et moi, face à notre chagrin. Il n'a pas essayé de nous réconforter. Il a compris que nous venions de prendre conscience que c'était la fin et que nous avions besoin de laisser notre peine s'exprimer.

J'espère qu'il sait que je lui suis reconnaissante d'avoir fait cela.

Riley[2]

Chapitre 7

Cameron

Je sors discrètement de la maison de Riley et referme la porte derrière moi. Chamboulé par la scène à laquelle j'ai assisté, je pose mon front contre le montant et ferme les yeux. Bien que l'on puisse me qualifier de dur à cuire – si, si, je vous assure qu'à une époque ce surnom m'allait plus que bien – je ne supporte pas de voir des filles pleurer et encore moins les deux seules amies que je viens de me faire à Fort Hood.

Ces deux nanas sont aux antipodes l'une de l'autre pourtant, elles semblent partager un lien indestructible et je suis triste pour elles qu'elles soient obligées d'être éloignées. On ne devrait *jamais* être séparé des gens que l'on aime… Croyez-moi, j'en sais quelque chose.

Riley[2]

— Cameron ?

Je sursaute et me retrouve face à la mère de Riley.

— Qu'est-ce que tu fais dehors ? Les filles ne t'ont quand même pas mis à la porte ?

— Non, rassurez-vous : je suis parti de moi-même. Elles ont besoin d'être un peu seules.

— Je vois, dit-elle en remettant une mèche derrière son oreille.

Lorsqu'elle fait ce geste, j'aperçois l'ombre d'un tatouage sur son avant-bras.

— Vous êtes tatouée ? demandé-je, surpris, en montrant son bras du doigt.

— Tout le monde fait des erreurs de jeunesse, répond-elle en tirant sur sa manche pour le cacher.

— Est-ce vraiment une erreur ? Enfin… je veux dire : bien sûr, nos goûts changent au fil des ans et j'imagine que vous n'aimez sûrement plus les mêmes choses que lorsque vous aviez vingt ans mais… Si vous avez fait ce tatouage, c'est qu'il comptait, non ?

Julia penche la tête sur le côté. Elle semble partir loin dans ses souvenirs et je crois même apercevoir ses yeux briller.

— Tu as raison, à l'époque où je l'ai fait faire, il était important.

— Donc, comme le dirait mon oncle Bobby : tout ce qui a eu de l'importance n'est pas une erreur mais une leçon. Elle te rappelle ce que tu as fait un jour et te permet de ne pas te faire avoir deux fois.

— Ton oncle Bobby semble être un homme avisé.

— Avec tout ce qu'il a vu dans sa vie, il peut l'être, rétorqué-je en mettant mes mains dans mes poches.

Je ne sais pas pourquoi nous avons cette conversation avec Julia. J'aurais pu partir immédiatement lorsqu'elle est arrivée pourtant, en voyant le dessin sur son bras, j'ai eu envie de lui poser des questions, de parler.

Julia a l'air gentille et lorsque je suis à ses côtés, elle me fait penser à ma mère.

Pendant toute mon enfance, je l'ai vue réaliser de magnifiques œuvres sur plusieurs motards. Elle avait un don, elle était de loin la meilleure tatoueuse de Dallas et peut-être que j'exagère mais c'était aussi la meilleure maman au monde. Nous avions une vie peu commune pour la plupart des gens pourtant, nous avions trouvé notre équilibre mais ça... c'était avant.

— Ça va, Cameron ?

Je tourne la tête et surprends le regard inquiet de Julia. Elle me dévisage, les sourcils froncés.

— Oui, désolé. Je... euh...

Julia me tend la main et m'invite à m'asseoir avec elle sur les marches du perron.

Tu veux en parler ?

— De quoi ?

— De ce qui vient de te donner un air si triste. Tu l'étais déjà quand je suis arrivée mais là... c'était autre chose, non ? continue-t-elle d'une voix douce.

Riley[2]

Pourquoi les mamans arrivent-elles toujours à lire en nous ? Même si ce n'est pas la mienne ?

Tout à coup, la tristesse que j'avais tenté d'éloigner de mon esprit me revient avec une force décuplée. J'ai l'impression que je viens de recevoir une enclume sur la tête et soudain, je me mets à pleurer. Je n'avais plus versé une larme depuis le jour des funérailles de mes parents et la douleur est tellement forte que c'est comme si je revivais ce moment une nouvelle fois.

Troublée, Julia me regarde quelques instants sans rien dire puis elle passe ses bras autour de moi et me serre fort contre elle.

— Ça va aller, murmure-t-elle à mon oreille. Tu verras, tout ira bien…

C'est étrange. C'est exactement ce que j'ai dit à Riley tout à l'heure mais dans ce cas, elle a tort. Pour moi, ça n'ira jamais mieux. Je suis orphelin. Je n'ai aucune chance de revoir un jour mes parents contrairement à Riley et Jess qui pourront toujours se revoir, si elles s'en donnent les moyens.

J'inspire profondément et reprends le contrôle de mes émotions. Je repousse doucement Julia et essuie mon visage.

— Désolé… Je ne…

— Tu n'as pas à t'excuser, Cameron. Tu es un ami de ma fille et si un jour, tu ressens le besoin de te confier à quelqu'un, sache que je peux être cette personne.

Je lui souris et nous nous relevons.

— Merci. Bonne nuit, Julia.

— Bonne nuit, Cameron.

Je lui tourne le dos et marche jusqu'à ma Harley. Je récupère mon casque, le mets puis monte sur mon engin. Lorsque je mets les gaz, son ronronnement m'apaise. Je passe devant la maison de Riley et Julia me suis des yeux, les sourcils froncés.

Je ne sais pas ce qui m'a pris, ce soir. Je m'étais promis de ne plus craquer. La dernière fois… on a vu le résultat ! Je ne dois pas recommencer mes conneries. Oncle Bobby me tuerait si je repartais en vrille !

Maintenant, je n'ai plus que lui. Je ne dois plus le décevoir.

Une demi-heure plus tard, je pousse la porte du bar et salue les habitués sur mon passage. Je m'arrête au comptoir et Oncle Bobby fait glisser un soda jusqu'à moi.

— Tu rentres tôt, *buddy*.

J'acquiesce d'un signe de tête et bois une gorgée.

— Cette fille te donne du fil à retordre ?

— Nous sommes amis.

— Tu sais que l'amitié homme-femme n'existe pas ! Il y en a forcément un des deux qui tombera amoureux, Cam. Et si ce n'est pas réciproque, ça finira mal.

Riley[2]

— Depuis quand t'es conseiller matrimonial ? demandé-je, sarcastique.

— Bien envoyé, gamin !

Le rire gras de T. Dog emplit le bar alors que mon oncle lui lance un regard noir. Le géant assit à mes côtés me donne une tape magistrale dans le dos, propulsant mon visage à seulement quelques centimètres du zinc, le faisant rire de plus belle.

— Hey ! Bobby ! Tu devrais donner un peu plus d'épinards au gosse !

Je me redresse en lui faisant un doigt d'honneur.

— Je crois plutôt que tu ferais mieux de te mettre au régime, oui ! rétorque mon oncle en me faisant un clin d'œil.

— Je t'emmerde, Bobby !

Mon oncle éclate de rire et sert un autre client. Je bois une nouvelle gorgée de ma boisson et regarde la pièce autour de moi.

Le bar est aux couleurs des Hellys Angels, la majorité des clients sont des membres de la bande de motards et chacun arbore fièrement son tatouage à l'effigie des Hellys – j'ai moi-même le mien sur le mollet gauche. Pour la plupart des gens, se retrouver au milieu de cet attroupement leur ferait peur. Alors que moi, ici, je me sens chez moi.

Je sais que tous ces mecs ne sont pas des anges, loin de là même, les Hellys sont réputés pour divers trafics comme la drogue, le recel… le trafic d'armes. Mais lorsqu'ils viennent ici, c'est uniquement pour se retrouver et passer un bon moment en famille. Parce que oui, nous sommes une famille.

Clémence Lucas

Différente des autres, avec une hiérarchie, mais une famille quand même.

Prenez par exemple T. Dog, avec ses deux mètres et ses cent trente kilos, ses innombrables tatouages, on pourrait croire qu'il est le numéro un de la bande. En réalité, il fait seulement partie des lieutenants. Alors qu'oncle Bobby à côté de lui, ne paye pas de mine – même s'il a une carrure à en faire trembler plus d'un – qu'il tient un bar… Il est le numéro deux de Fort Hood, juste derrière Snake, le big boss.

Ce qui peut paraître bizarre, c'est pourquoi un type qui est l'un des cerveaux d'une bande de motards ne tolère pas que son neveu en fasse partie ? OK, je n'ai que seize ans, mais lui ? Il est entré dans la bande à quel âge ?

Je sais très bien que, comme mon père, il a grandi au milieu de tout ça, donc je ne vois pas pourquoi cela lui pose un problème que, moi aussi, j'en fasse partie. L'année dernière, il a carrément pété les plombs et c'est pour cela qu'il a accepté de déménager à Fort Hood quand l'occasion s'est présentée.

C'est vrai que je lui en ai fait voir de toutes les couleurs. Je me suis rapproché des mauvaises personnes – ceux qui voulaient intégrer une bande de motards juste pour faire des conneries. Je me suis laissé embarquer dans tout un tas de mauvais plans jusqu'au jour où je me suis fait prendre. Lorsque mon oncle est arrivé au commissariat, je jure qu'on aurait pu entendre les mouches voler. Il était tellement en colère que même les officiers s'écartaient sur son passage. Et alors que je pensais qu'il venait pour payer ma caution, il a dit aux flics de m'envoyer dans une maison de correction et il est parti. Comme ça, sans un mot. J'ai eu un avocat commis d'office, suis passé au tribunal – mon oncle n'est pas venu – et j'ai eu ce que je méritais. J'y suis resté pendant onze mois.

J'en suis sorti le mois dernier, juste avant que nous déménagions.

À ma libération, j'avais compris de plein de trucs. Et lorsque j'ai vu Bobby devant la grille, j'ai été soulagé. Durant mon incarcération, j'ai pris conscience que la bande était une chose mais mon oncle était la seule personne qu'il me restait. Il a marché rapidement vers moi et m'a pris dans ses bras dans une étreinte bourrue. Puis il s'est écarté.

— Putain ! Tu m'as manqué, buddy ! Ne me refais plus jamais un coup pareil, c'est compris ?

J'ai acquiescé d'un signe de tête et il m'a expliqué qu'il voulait que je sois heureux et qu'il ferait tout pour que je reste aussi loin que possible des ennuis. C'est là que j'ai appris pour Fort Hood et c'est là que je me suis dit que je ne foutrais pas en l'air ce nouveau départ.

Je secoue la tête et termine ma boisson. Je décide d'aller m'occuper de ma bécane.

Avec les derniers événements de la journée, j'ai besoin de faire le point, de me ressourcer et comme toujours, c'est seulement en la bichonnant que j'y arriverai.

Chapitre 8

Riley

Après une nuit où nous n'avons pas arrêté de pleurer dans les bras l'une de l'autre, Jessica et moi arrivons au lycée pour notre dernier jour ensemble, complètement dépitées.

Prise de nostalgie, ma meilleure amie n'arrête pas de dire que tout et n'importe quoi va lui manquer. La dernière en date… une poubelle ! Non mais vous le croyez, vous ?

—Jess, c'est qu'un vieux tas de ferraille rempli d'ordures !

— Peut-être mais il était parfaitement situé. À dix pas de la porte d'entrée principale et à douze de l'aire de repas. C'était pratique, dit-elle en renâclant.

— Sérieusement, Jess ? T'as compté ?

Riley[2]

— Ben quoi ? Tu sais, j'ai l'habitude de déménager mais il n'y a qu'à Fort Hood que j'ai eu l'impression d'être chez moi. Tout va tellement me manquer, ici.

Et voilà ! Moi qui essayais de ne plus pleurer, je me retrouve encore avec les larmes aux yeux.

Je passe mon bras autour de ses épaules et nous continuons notre chemin, entrant dans l'enceinte de l'établissement. Soudain, nous nous retrouvons face à Tobias et son troupeau de moutons qui nous barrent le passage.

— Salut, les filles ! Alors, votre nouveau petit toutou n'est pas avec vous ? dit l'abruti en nous regardant de haut.

S'il croit nous intimider, il se trompe !

— Laisse-nous passer, Tobias, réponds-je, en ancrant mon regard au sien.

— Sinon, quoi ? Ton cher Cameron va venir m'en coller une ? Tu sais, Riley, on n'a peut-être pas toujours été sur la même longueur d'ondes, toi et moi, mais je ne pensais pas que tu avais un si mauvais jugement concernant tes amis. Tu devrais faire plus attention, si tu ne veux pas avoir d'ennuis.

— Si tu veux garder toutes tes dents, tu ferais mieux de les laisser tranquille !

Cameron.

Je ne l'ai pas vu arriver et lorsque je me retourne vers lui, il n'est pas le Cameron qui a passé la soirée avec Jess et moi, hier soir. Bien qu'il me sourie, il est devenu à nouveau le Cameron qui a déjà renvoyé Tobias dans ses vingt-deux mètres. Celui dont l'aura vous donne le frisson.

Putain ! Il est encore plus canon.

— Ne joue pas avec moi, James, tu pourrais te faire mal.

Le regard de Cameron passe à Tobias et le sourire qu'il lui adresse n'augure rien de bon.

— Tu sais, *Toby*, ça me ferait *tellement* plaisir de te faire fermer ta grande gueule, une bonne fois pour toutes. Tu ne devrais pas continuer à m'énerver.

— Ah oui ? Et qu'est-ce que tu attends, hein ? Ah ! mais bien sûr ! J'avais oublié ! Tu ne peux pas, à moins que tu ne préfères retourner dans ton camp de redressement ?

Qu'est-ce qu'il vient de dire, là ?

J'attends que Cameron le contredise mais il n'en fait rien. Au lieu de ça, je le vois serrer et desserrer ses poings, comme s'il tentait de se maîtriser et je pourrais jurer voir son regard lancer des éclairs.

— Alors ? On la ramène moins, hein, p'tite frappe ?

Soudain, je ne comprends pas ce qui se passe. Tout le monde se met à crier et à former un cercle autour de nous. Jessica me prend par la main et me tire en arrière tandis que Cameron se jette sur Tobias. Ni une ni deux, il lui envoie un coup de poing en pleine figure suivi d'un autre dans l'estomac tandis que l'autre idiot essaie de se protéger.

Alors que le couloir est en effervescence, Mr Wilson pousse les élèves et interrompt la bagarre.

— James ! Andrews ! Dans le bureau du Principal ! Maintenant !

Les deux garçons récupèrent leur sac à dos et suivent le

professeur tandis que tout le monde va en classe. Jessica, qui me tient toujours par le bras, m'entraîne au fond de la salle et murmure à mon oreille.

— À ton avis, de quoi parlait Tobias ?

— J'en sais rien, réponds-je en sortant mes affaires.

— Tu crois que c'est vrai ? continue-t-elle.

En réalité, j'aimerais pouvoir lui répondre que non, que ce n'est pas vrai. Tobias est un connard-égoïste-manipulateur mais son père travaille dans la police et je suis certaine qu'il lui a demandé de faire des recherches sur Cameron. Et étant donné la réaction de mon nouvel ami, il semblerait que cet abruti n'a pas dit de conneries.

Qu'est-ce que Cameron a fait ?

Durant les quatre heures de cours qui nous séparent de l'heure du déjeuner, je ne cesse de penser à ce qu'a dit Tobias. Je sais que je ne devrais pas porter autant d'attention à ses paroles mais je ne peux contrôler mon cerveau de tourner à plein régime. Aussi, quand la sonnerie de la dernière heure de cours retentit, je me surprends à me lever la première pour récupérer vivement mes affaires et partir en trombe de la classe.

Clémence Lucas

Je traverse le couloir à la recherche de Cameron mais je ne le vois pas. Je décide d'aller directement à la cafétéria, à la place que nous occupons tous les trois depuis le début de la semaine mais n'y trouve que Jessica.

— T'as vu Cameron ? demandé-je en m'installant à ses côtés.

— J'ai entendu dire que lui et Tobias ont été renvoyés pendant trois jours.

— Quoi ? m'insurgé-je. Mais pourquoi ?

— Tu veux que je te rappelle leur bagarre ?

— Non, mais c'est Tobias qui a commencé !

— Et c'est Cameron qui a donné le premier coup de poing ou plutôt les seuls coups, puisque l'autre abruti n'a pas été en mesure de se défendre. N'empêche, Riley, je sais pas toi, mais moi, je l'ai trouvé super excitant notre Cameron, tout à l'heure !

Notre Cameron. Elle a craqué ou quoi ?

— Jess ! Je te signale que tu pars demain, ça ne sert à rien de commencer à baver sur lui.

— Ça ne fait pas de mal. Et puis, toi tu seras toujours là !

— Jess, je t'ai déjà dit qu'il ne se passera jamais rien entre lui et moi.

— Mais oui, bien sûr et moi, je vais épouser le Prince Harry !

— Je vois pas le rapport, rétorqué-je en levant les yeux au ciel.

Riley[2]

— C'est n'importe quoi, tout simplement ! Tu verras, écoute ta meilleure amie, Jessica, une dernière fois. Un jour, tu m'appelleras et tu me diras que vous êtes ensemble.

— N'importe quoi !

— Si je te le dis !

Le pire, c'est qu'à son regard, je sais qu'elle est persuadée d'avoir raison !

À la fin de la journée, Jessica et moi allons chez elle. Demain après-midi, elle part pour San Diego et nos parents ont accepté que nous passions notre dernière soirée ensemble. Après tout, pourquoi nous auraient-ils dit non ? Ils pourront profiter de leur fille dans deux jours alors que moi, je ne la verrai plus.

Oui, bon, je sais, elle ne va pas mourir mais toujours est-il que je ne suis pas certaine que nous nous reverrons. Tout d'abord, sa mère est militaire et peut encore être mutée n'importe où. Ensuite, parce que San Diego se trouve à plus de quatre heures de vol ou près de vingt heures de voiture – pour la deuxième option, comme vous le savez, je ne conduis pas. Alors, je ne vois pas bien comment nous allons pouvoir gérer cette distance entre nous. Bien sûr, il y a internet et les réseaux sociaux mais ce n'est pas pareil. Avec le temps, nous risquons de nous éloigner l'une de l'autre et je crois que c'est ce qui fait le plus mal. *Comment envisager de perdre ma meilleure amie ? Ma moitié ? Celle qui me comprend mieux que personne ? Même quand elle me tape sur les nerfs.*

Nous montons à l'étage et lorsque nous entrons dans sa chambre, Jess pousse un cri strident et un rire grave résonne dans la pièce.

— Cameron ! Mais qu'est-ce que tu fiches, ici ? demande ma meilleure amie, une main posée sur sa poitrine.

— C'est ton dernier soir, je me suis dit que je n'allais pas vous laisser toutes les deux seules à pleurer toute la soirée.

— OK… mais comment t'es entré ? demandé-je, cette fois.

— Par la porte.

— Cameron ! râlons-nous, d'une même voix.

— Ben quoi ? C'est vrai !

— Cam…

— Ta mère m'a ouvert la porte et m'a dit de vous attendre ici. C'est ce que j'ai fait.

— Et elle t'a laissé seul, dans la maison ?

— Yep !

— J'le crois pas ! dit Jess.

— T'as raison, rétorque-t-il en éclatant de rire. Quand je suis arrivé, y avait personne alors…

— T'es passé par la fenêtre ! affirmé-je, sûre de moi.

Au sourire qu'il m'adresse, je sais que j'ai vu juste et Jessica commence à pester entre ses dents.

Riley[2]

— Mais t'es complètement inconscient ! T'imagines si mes parents t'avaient surpris ! Ils auraient pensé à un cambrioleur et… Putain, on vit dans le Texas ! Tu veux recevoir une balle ?

— Ça va, respire, Jess. Personne ne m'a vu. Y a pas mort d'homme.

Ma meilleure amie continue de râler tandis que je m'assois sur le lit et Cameron, sur le sol.

— Bon, on fait quoi, maintenant ? demande-t-il, l'air de rien.

— On se mate un film ? demandé-je, incertaine.

— Ah ça non ! Avec vos goûts de chiottes, vous allez attendre que je ne sois plus là ! proteste Jess.

Nous éclatons de rire et finalement, nous passons le reste de la soirée à papoter de tout et de rien. Parfois, le silence envahit la pièce mais il n'est pas pesant. En compagnie de Jessica et Cameron, je me sens bien et même si je sais qu'il ne nous reste plus que quelques heures à passer tous les trois, je savoure chaque moment en leur compagnie.

Demain, Jessica s'en va. Demain, je n'aurais plus que Cameron pour m'épauler… Demain, tout va changer… Et je suis paniquée.

Chapitre 9

Cameron

Aujourd'hui, alors que la météo avait prévu un grand soleil, le ciel est couvert de nuages. C'est comme s'il était aussi triste que nous le sommes tous les trois.

Jessica va partir.

Après avoir passé toute la soirée à parler — et aussi à pleurer, pour les filles — nous nous sommes tous les trois endormis.

Au lever du jour, la mère de Jessica vient la réveiller et nous retrouve assoupis sur le sol. Si aux premiers abords, elle semble furieuse que je sois là, elle m'accueille avec un sourire et nous prépare le petit déjeuner sans faire nous faire

Riley[2]

de remontrances.

Je crois qu'elle a compris que nous n'avions pas fait exprès et que nous voulions profiter de nos derniers moments ensemble.

Cela fait moins d'une semaine que j'ai commencé à les fréquenter et pourtant, j'ai l'impression d'avoir toujours fait partie de la bande. S'il est vrai que je craque – un peu – pour Riley, ce n'est pas le cas pour Jessica. Bien que ce soit une fille très jolie, elle ne m'attire pas. En revanche, nous avons immédiatement eu une connexion et je suis certain que si nous avions eu plus de temps, elle aurait pu devenir ma meilleure amie. Car contrairement à ce que pense mon oncle, je crois qu'on n'est pas obligés de ressentir de l'attirance pour une personne du sexe opposé et que l'on peut être véritablement juste des amis.

Ensuite, tout se passe très vite. J'ai l'impression de voir défiler un film.

Le père de Jess commence à remplir le coffre de bagages puis les déménageurs arrivent. En moins de temps qu'il n'en faut pour le dire, la maison est vide et les Shaw sont prêts à partir.

Riley et Jess commencent à pleurer, se serrant – un nombre incalculable de fois – dans les bras. Puis, Jessica vient vers moi et m'attire contre elle.

— Promets-moi… de veiller sur elle, chuchote-t-elle entre deux sanglots.

— Promis.

Elle s'écarte de moi et m'offre un sourire triste.

Clémence Lucas

Mr Shaw demande à sa fille de monter dans la voiture et elle s'exécute, non sans revenir une dernière embrasser sa meilleure amie.

Alors que la voiture démarre, je passe un bras protecteur autour des épaules de Riley et celle-ci se rapproche un peu plus de moi, comme si elle avait besoin de ma présence à ses côtés.

Debout dans l'allée, nous regardons la voiture s'insérer sur la route et lorsqu'elle disparaît au coin de la rue, Riley se tourne contre mon torse et éclate en sanglots. Je passe mes bras dans son dos et la serre fort mais contrairement à la dernière fois, je ne lui dis pas que tout se passera bien car si je suis honnête rien qu'une seconde, je n'en sais absolument rien.

Alors, tout comme Julia l'a fait avec moi, j'offre à Riley le soutien dont elle a besoin en ce moment et me contente de lui transmettre ma chaleur.

Soudain, le grondement du tonnerre nous fait sursauter et lorsque nous relevons la tête vers le ciel, nous sommes surpris par une pluie diluvienne.

Sans réfléchir, j'attrape Riley par la main et nous courons en riant jusqu'au perron de l'ancienne maison des Shaw.

Essoufflée, Riley se penche en avant et tente de reprendre une respiration normale.

— On fait quoi, maintenant ? demande-t-elle en se redressant.

Je regarde ses longs cheveux former un arc de cercle et fouetter son dos. Tout à coup, ma pomme d'Adam tressaute et j'ai légèrement chaud. Sans le savoir — et surtout sans le

Riley[2]

vouloir – Riley vient de m'apparaître comme un mannequin sortant de l'eau et si j'avais déjà du mal à la sortir de ma tête avant cet épisode, maintenant… ça va être pire. J'ai soudain très envie de faire tout un tas de trucs avec elle mais ce n'est pas du tout ce qu'elle est train de suggérer, non ? Non, hein, on peut toujours rêver !

— J'sais pas, réponds-je en détournant les yeux.

Il ne manquerait plus qu'elle baisse les yeux et qu'elle se rende compte de l'effet qu'elle a sur moi !

Riley s'assoit sur la dernière marche du porche et regarde vers le ciel ; qui ne semble toujours pas vouloir s'éclaircir.

— On peut parler… ? propose-t-elle dans un murmure.

— Je croyais que tu n'aimais pas quand Jess proposait ça ?

— C'est vrai mais… non, rien, laisse tomber. C'est bête.

— Ne dis pas n'importe quoi ! Allez, qu'est-ce que tu voulais dire ?

— Eh bien, d'une certaine manière, faire comme si elle était toujours là… Enfin, je veux dire : proposer ce truc qu'elle aurait suggéré… C'est comme si, elle n'était pas vraiment partie, tu vois ?

— Yep. Je vois. Quand mes parents sont morts, durant la première semaine, j'allais dans leur chambre et je sentais leurs oreillers. Ils avaient toujours leur odeur et j'avais l'impression que je ne faisais qu'un cauchemar et que j'allais les retrouver.

— Comment ils sont morts ?

— Selon le rapport de police : dans un accident, lâché-je.

— Tu n'y crois pas, n'est-ce pas.

Ce n'est pas la première fois que Riley utilise ce ton avec moi. Elle affirme les choses, elle ne pose pas réellement la question. Comme si elle m'avait déjà cerné. Pourtant, je suis sûr qu'elle est loin, mais alors très loin du compte.

Je pousse un profond soupir et m'assois à mes côtés.

— Mon père était le meilleur mécano de tout Dallas. Il bichonnait chacun de ses véhicules. Il aurait dû voir qu'il n'y avait plus assez de liquide de frein dans la Mustang.

— Mais alors… tu crois que sa voiture a été sabotée.

Je lâche un rire amer et tourne la tête vers elle.

Riley m'observe attentivement, attendant ma réponse mais elle la connaît déjà. Comme je l'ai déjà dit, elle ne pose pas réellement de question.

— Mais dans ce cas… t'en as parlé à la police ?

— Je t'aime bien Riley.

— Quoi ? demande-t-elle la voix montant dans les aigus.

— T'es une chouette fille, continué-je.

— Tu changes de sujet !

— À vrai dire… ce n'est pas trop quelque chose dont j'aime me souvenir.

— Excuse-moi, je suis désolée, dit-elle en m'offrant un regard compatissant.

Riley[2]

Je lui souris en retour et à cet instant précis, la pluie s'arrête brusquement.

— On y va ? demandé-je en me levant et lui tendant la main et l'aide à se relever lorsqu'elle la saisit.

— Où ça ?

Pour toute réponse, je hausse simplement les épaules. Je n'en ai aucune idée mais une chose est sûre : si nous restons devant la maison des Shaw, notre morosité ne nous quittera pas de la journée et Riley va se remettre à pleurer.

J'ai promis à Jessica de m'occuper de sa meilleure amie et ainsi, je me suis juré de lui rendre son sourire.

Je crois que l'on peut dire que la mission *Faire sourire Riley* est un succès, enfin, pour le moment. Après avoir marché plus d'une heure sans rien dire, nous avons pris le bus et sommes allés au centre commercial. Là-bas, nous avons mangé des hot dogs, bu du soda et sur un « cap ou pas cap », j'ai pris Riley dans les bras et je l'ai traînée de force dans un manège pour enfants. Bien que nous n'ayons pas l'âge requis, le responsable du carrousel nous a laissé faire et pendant toute la durée du tour, Riley riait.

Bon sang ! J'adore son rire. Je crois que je pourrais l'enregistrer et l'écouter le soir avant de m'endormir.

Mouais… elle n'avait peut-être pas tort de me surnommer le pervers !

Après avoir mangé une glace, il est près de seize heures et je n'ai plus vraiment d'idées. D'un côté, je me dis qu'avec les émotions de cette journée, Riley doit avoir besoin de se reposer. Mais de l'autre, j'aimerais être égoïste et que cette journée ne se termine pas tout de suite.

— Alors, qu'est-ce qu'on fait maintenant, Cam ? demande-t-elle en prenant mon bras.

Cam.

Cela fait déjà trois fois qu'elle m'appelle ainsi aujourd'hui et si lorsque l'autre abruti de Tobias me surnommait ainsi, cela m'horripilait, dans la bouche de Riley, ces trois lettres ont une tout autre saveur.

— T'es pas fatiguée ?

— Nope ! Alors, qu'est-ce qu'on fait ?

— Franchement, Riley, j'en sais rien, avoué-je en me frottant l'arrière de la tête. Ça fait pas longtemps que j'habite ici et donc… je ne connais pas la ville aussi bien que toi.

— C'est vrai ! C'est tellement naturel de passer du temps avec toi que j'en oublie que tu es le nouveau ! Qu'est-ce que tu faisais avant de traîner avec nous ?

— Pas grand-chose… J'ai postulé pour un poste dans l'équipe de foot mais étant donné mes *très* bonnes relations avec le capitaine, je l'ai pas eu. Donc… euh… soit je donne un coup de main au bar de mon oncle soit je bricole sur ma Harley.

Soudain, elle relâche mon bras et se met devant moi.

— J'aimerais bien que tu me montres ta Harley.

Riley[2]

Mauvaise idée.

Hormis la mort de mes parents et mes doutes la concernant, Riley ne connaît rien de mon histoire. Et même si j'aimerais lui faire plaisir, si je voulais lui montrer la moto, cela voudrait dire qu'elle devrait forcément voir le bar et les personnes qui le fréquentent. Attention, je n'ai absolument pas honte d'où je viens, bien au contraire, mais Riley n'est pas de ce monde et je ne sais pas comment elle réagirait si elle se retrouvait face à un mec comme T. Dog.

— Ah oui ? Je n'aurais jamais pensé que tu puisses t'y intéresser, dis-je en haussant un sourcil.

— À vrai dire… moi non plus, répond-elle en rougissant.

Eh merde !

Cette rougeur sur son visage vient de causer ma perte. Après tout, si nous devons être amis, elle devra bien voir, à un moment ou à un autre, qui je suis vraiment.

— OK, viens ! On va prendre le bus !

Je ne suis pas sûr d'avoir pris la bonne décision mais le sourire rayonnant que m'offre Riley fait s'emballer mon cœur.

Faire sourire Riley : Check.

Chapitre 10

Riley

Je n'aurais jamais cru que cette journée puisse se passer aussi bien. Alors que je pensais rester chez moi à me morfondre et pleurer toutes les larmes de mon corps, je me retrouve à passer un agréable moment en compagnie de Cameron.

Il a accepté de me montrer sa moto et nous voilà dans le bus qui nous emmène chez lui. À mesure que nous traversons la ville, je prends conscience que nous nous rendons vers le quartier des Hellys Angels.

Si maman apprend que je suis venue par ici, elle va me scolariser à domicile à vie !

Riley[2]

Un frisson me parcourt l'échine et Cameron passe son bras autour de mes épaules.

— T'as froid ? chuchote-t-il à mon oreille.

— Non, ça va.

— OK.

Malgré ma réponse, Cam ne retire pas son bras et pour une raison que j'ignore, ça me plaît. Ça me plaît même beaucoup et je me surprends à sourire bêtement.

Le bus commence à ralentir à l'approche de l'arrêt et Cameron me tapote l'épaule, signe qu'il faut nous lever. Il passe devant moi et au passage, m'attrape par la main. Lorsque les portes s'ouvrent, il descend et tourne sur la gauche. Au bout de quelques mètres, il relâche ma main et passe de nouveau un bras autour de mes épaules, me rapprochant un peu plus de lui. Même si j'aime ce contact, il y a quelque chose qui m'intrigue dans son changement de comportement.

— Qu'est-ce que tu fais ? demandé-je en lui lançant un regard.

— Je montre que tu n'es pas à prendre.

— Je te demande pardon ? dis-je en freinant des quatre fers.

— Riley, tu es loin de chez toi. Ici, nous n'avons pas les mêmes règles.

— Je ne te suis pas, Cameron.

— Je t'expliquerai quand on sera seuls. Pour le moment, tu me laisses faire et tu me suis, OK ?

J'acquiesce d'un signe de tête et nous nous remettons à marcher.

L'avertissement qu'il vient de me donner me rappelle encore une fois celui de ma mère. Elle est venue dans le même genre de coin, le quartier des Hellys à Dallas par rébellion contre mes grands-parents. Elle y a rencontré mon père. Vous connaissez la suite.

Elle m'a toujours interdit de venir ici et si j'ai toujours cru qu'elle exagérait, là, tout de suite, je n'en suis plus si sûre.

Au bout de quinze minutes de marche, nous nous arrêtons devant un bar et mon cœur rate un battement en repérant le nombre de motos garées devant l'établissement.

— Bon, promets-moi de ne pas flipper.

— Quoi ? Comment tu veux que je te promette une chose pareille ? Tu viens à l'instant de me faire peur en posant cette question !

— Désolé, mais… Promets-le-moi. S'il te plaît.

— OK.

— Non pas juste *OK*, Riley…

— Je te le promets.

Cameron souffle un bon coup puis il me regarde droit dans les yeux.

Riley[2]

— Voici le bar de mon oncle et comme tu peux le constater, les gens qui viennent ici ne sont pas des enfants de chœur.

—Je vois… Alors pourquoi tu me fais venir là ? Je croyais que tu devais me montrer ta moto !

—J'y viens... J'habite avec Bobby… Ici… dans l'appartement du dessus…

Putain de merde ! Maman va me tuer !

— Et ta moto… ?

— Se trouve dans le garage. La porte est sur le côté gauche du bâtiment.

— Super ! Donc on n'est pas obligés de passer par le bar pour y aller. Je vois pas pourquoi je devrais flipper.

— Ouais… À ce propos… J'ai pas pris ma moto hier soir, donc… euh… j'ai pas les clés du garage sur moi. On va devoir entrer pour que je les récupère.

— Vas-y. Je t'attends dehors.

— Sûrement pas. Je te l'ai dit, Riley, mon quartier, mes règles. Tu viens avec moi.

OK… C'est pas du tout flippant.

J'accepte d'un signe de tête et cette fois, je lui prends la main. Nous passons entre les motos et lorsque Cameron ouvre les portes du bar, je prends une profonde inspiration et récite mentalement *Je vous salue Marie* alors que je ne l'ai jamais fait de ma vie.

Clémence Lucas

Lorsque nous entrons, la première chose qui me frappe est la forte odeur de bière et de tabac. Ensuite, ce sont les couleurs du bar : celles des Hellys Angels. Puis, je remarque que la plupart des clients en sont des membres à en croire les insignes et tatouages qu'ils arborent.

Cameron avance avec assurance, saluant sur notre passage plusieurs personnes qui me regardent avec curiosité.

J'ai l'impression d'être une bête de foire.

Nous nous arrêtons au bout du comptoir. Cameron tire un tabouret, me hisse dessus comme si je ne pesais qu'une plume tandis qu'il reste debout, derrière mon dos.

Soudain, deux sodas glissent jusqu'à nous et le barman apparaît comme par magie.

— Vous ! m'exclamé-je en reconnaissant l'inconnu.

— Toi ! rétorque-t-il en souriant. J'aurais dû m'en douter.

— Euh… Vous vous connaissez ? demande Cameron, déconcerté.

— Pas vraiment, répond l'homme en premier. Elle m'est rentrée dedans et… Elle a une sacrée répartie !

— Ça… c'est sûr, marmonne Cameron. Oncle Bobby, je te présente Riley Emerson. Riley, voici…

— Bobby Someren, le coupe-t-il en me tendant la main.

Je reste quelques secondes sans bouger. Comme la première fois où j'ai vu cet homme, il y a quelque chose chez lui qui m'interpelle pourtant, je n'arrive pas à mettre le doigt dessus.

Riley[2]

Cameron se presse contre mon dos et je me rends compte qu'ils attendent tous les deux que je fasse un mouvement.

Je me reprends et offre mon plus beau sourire à Bobby et serre sa main.

— Enchanté, Mr Someren.

— Tout le monde m'appelle Bobby, petite.

Il me lance un clin d'œil et lève deux doigts en direction d'un grand gaillard qui l'appelle à l'autre bout du zinc puis il fait un signe de tête à Cameron. Celui-ci s'écarte de moi et passe derrière le comptoir. Son oncle lui murmure quelque chose à l'oreille et Cameron acquiesce en hochant la tête. De là où je me trouve, je ne peux absolument pas entendre leur conversation et je me demande bien ce qu'ils se disent mais je n'ai pas le temps de me poser trop de questions que Cameron revient vers moi, prend nos bouteilles dans ses mains et me fait signe de le suivre.

Nous traversons le bar et Cameron s'arrête devant une porte. Il me tend les sodas, je les prends tandis qu'il insère une clé dans la serrure, déverrouille la porte et l'ouvre.

— Après toi, dit-il en souriant.

J'avance et remarque que la pièce est encore plongée dans le noir.

— Allez, continue-t-il en me poussant.

Soudain, le bruit d'un spot qui s'allume retentit et je lâche un cri strident puis la pièce est baignée de lumière et je remarque les motos et voitures garées dedans.

— Wouah ! murmuré-je en avançant au milieu des engins.

Cameron referme la porte derrière lui et vient se mettre à mes côtés.

— C'est pas mal, hein ?

Je regarde autour de moi et *pas mal* n'est pas le terme que j'aurais choisi. D'ailleurs, je ne sais pas comment qualifier tout ça.

— C'est… à ton oncle ?

— La plupart, oui. D'autres étaient à mes parents… Comme la Harley que je conduis.

Je marche jusqu'à sa moto mais je m'arrête devant une autre. Je penche la tête sur le côté et pose ma main sur le guidon.

— C'est celle de Bobby. Sa préférée mais il ne la conduit jamais.

— Pourquoi ? demandé-je en regardant Cameron.

— Il ne veut pas en parler. Tout ce que je sais c'est qu'il a arrêté de la conduire avant ma naissance.

— Mais… T'as seize ans ! m'exclamé-je.

— Je sais…

— S'il ne la conduit pas pourquoi ne la vend-il pas ? Excuse-moi mais une beauté pareille ne devrait pas rester dans un garage trois-cent-soixante-cinq jours par an !

— Peut-être qu'un jour, il changera d'avis. En attendant, il la bichonne, répond-il en haussant les épaules.

Riley[2]

— C'est triste, dis-je en regardant une dernière fois la moto.

— Yep. Par contre, tu sais ce qui est étonnant ?

— Quoi ? demandé-je, sceptique.

— Toi ! Tu n'es jamais montée sur une moto, tu n'as même jamais envisagé d'en toucher une pourtant, quand tu as vu celle-ci, tu as été attirée par elle et…

— Et… ?

— C'est fou mais… Tu parlais avec autant de passion que les nôtres.

— *Les vôtres ?*

Cameron me prend la main et m'amène jusqu'à sa Harley. Il me guide sur le côté de sa bécane et cale mon dos contre le flanc de sa moto.

— Ces types qui traînent dans le bar font partie des Hellys Angels. Ils ne s'en cachent pas. D'autres ne le crient pas sur tous les toits.

Il recule d'un pas puis il remonte le bas de son pantalon juste en dessous de son genou gauche et me montre son mollet.

— Tu…

— Mes parents… Mon oncle… Moi…

Jésus. Marie. Joseph.

— Pou... Pourquoi tu me dis tout ça ? demandé-je, mal à l'aise.

— Parce que nous sommes amis et que je ne veux pas te cacher qui je suis. D'où je viens. Mes parents sont morts et je dois à mon oncle de ne pas être en famille d'accueil.

C'est trop… Trop d'informations. Trop d'émotions pour une journée.

— Cam…

— Je m'appelle Cameron James. Je suis orphelin. Je vis au-dessus d'un bar avec mon oncle Bobby et je fais partie des Hellys Angels. J'ai fait des conneries mais aujourd'hui, je fais tout pour me tenir à carreau.

— Comme avec Tobias ? le coupé-je.

— C'est un crétin.

— C'est vrai.

— Donc je suis comme je suis, Riley, et si tu ne veux plus être mon amie, je ne t'en voudrais pas.

La raison me crie de lui dire au revoir et de ne plus jamais lui parler. Pourtant, mon cœur me hurle de lui donner une chance.

Maman m'a toujours appris qu'on ne doit pas juger les gens par rapport aux erreurs qu'ils ont pu faire par le passé. Mais… OK, il dit qu'il se tient à carreau, mais il fait partie d'une bande de motards et pas n'importe laquelle. Même si nous sommes seulement amis, si maman l'apprend, elle m'interdira de le revoir mais… Je ne suis pas *elle* ! Ce n'est pas parce qu'elle m'a eue à dix-sept ans avec un biker que je vais répéter ses erreurs. Car oui, ce ne sont pas mes erreurs mais les siennes.

Riley[2]

Je prends une profonde inspiration et me lance :

— Je suis Riley Emerson. Je vis seule avec ma mère. Mon père ? Connais pas. Il s'est barré le jour de ma naissance. Tout ce que je sais, c'est que c'était un motard et que depuis, ma mère m'a interdit d'en fréquenter de près ou de loin. Alors… même si elle ne serait pas d'accord avec mon choix… Amis ! terminé-je en lui tendant la main.

— Amis, répète-t-il en l'acceptant.

Je viens peut-être de faire la chose la plus folle de toute ma vie mais… J'ai l'intime conviction que je viens de faire le bon choix.

Chapitre 11

BOBBY

J'arrive pas à le croire ! J'avais tous les signes sous les yeux et pourtant… j'ai rien vu. Quand Cameron m'a parlé de cette fille qui avait un prénom de garçon et attention, pas n'importe lequel : *Riley*… Quand j'ai croisé cette gamine qui m'a mis KO d'un simple regard… J'aurais dû m'en douter. J'aurais dû comprendre.

Riley…

Riley Mc Call est mort pour moi depuis longtemps et je ne pensais pas qu'en déménageant dans ce coin, il me reviendrait tel un boomerang en pleine gueule !

Riley[2]

— Bobby ! Remets-moi un pur malt ! m'interpelle Francky.

Je me tourne vers mon bras droit, hoche la tête pour lui faire comprendre que je l'ai entendu et lui prépare sa boisson. Lorsque je pose son verre devant lui, Francky le repousse devant moi.

— Qu'est-ce que tu fiches, mec ! C'est ce que t'as commandé !

— C'est pour toi.

— Je bois pas, rétorqué-je en croisant les bras sur mon ventre.

— Bob… Ça fait combien de temps que toi et moi, on se connaît ?

Je fronce les sourcils et réfléchis à sa question. Francky est un des plus fidèles Hellys que je connaisse et… je crois bien que cela fait déjà une bonne décennie.

— J'sais pas, dix piges ?

— Exactement ! Et combien de fois, je t'ai vu dans cet état ?

— De quoi tu parles ?

— Bob, Bob, Bob… Il y a quelque chose qui te tracasse. Ça se voit comme le nez au milieu de la figure ! C'est parce que le petit a ramené une nana ? Tu sais, à son âge, moi… J'avais déjà couché avec tout un paquet de filles…

Tout à coup, les paroles de mon ami font sens dans mon esprit et j'imagine Cameron en train de batifoler avec Riley et…

Non ! Ils ne peuvent pas faire ça !

— Francky ! Garde le comptoir !

Et sans aucune autre explication, je jette mon torchon sur le zinc et traverse le couloir jusqu'à la porte intérieure du garage. Une fois devant, je prends une profonde inspiration et ouvre la porte. Cameron et Riley ne m'entendent pas arriver et je surprends leur conversation.

— Je suis Riley Emerson. Je vis seule avec ma mère. Mon père ? Connais pas. Il s'est barré le jour de ma naissance. Tout ce que je sais, c'est que c'était un motard et que depuis, ma mère m'a interdit d'en fréquenter de près ou de loin…

Sa mère… Julia…

Frappé par des souvenirs que je pensais avoir effacés définitivement de ma mémoire, je n'écoute plus leur discussion et fais un pas en arrière puis un autre et sans faire attention, je me cogne contre une moto.

Cameron m'entend et tourne la tête dans ma direction.

— Oncle Bobby ?

— Ouais, désolé, les jeunes. Je… euh… voulais prendre…

— Tu nous surveilles ?

Eh merde !

Je passe une main nerveuse sur ma nuque et souffle bruyamment.

— Peut-être… Un peu…

— J'le crois pas ! Oncle Bobby ! s'insurge-t-il en fronçant les sourcils.

Riley[2]

— Hey, *buddy* ! C'est pas parce que t'es avec une fille que ça te donne le droit de me parler sur ce ton !

— Ça va…

Riley se cache la bouche avec ses mains et se met à glousser. Aussitôt, le rire de Julia emplit mes oreilles et je dois user de tout mon self control pour ne pas péter un plomb et mettre un coup de pied dans une de mes bécanes.

Putain !

— Il commence à être tard. La petite devrait rentrer chez elle. Le bar va être bientôt bondé et ce n'est pas un endroit pour elle, *buddy.*

Riley ne rigole plus et me lance un regard noir quand je l'appelle la petite et là, tout de suite, je sais de qui elle tient.

Eh merde !

— OK, donne-nous encore cinq minutes et je la ramène.

— Ça marche. Prends la Shelby !

— À vrai dire, je pensais la faire monter sur ma Harley.

— La Shelby, Cameron. Je le répèterai pas encore une fois.

Et sans lui laisser le temps de protester, je quitte le garage et claque la porte derrière moi.

Si Julia voit sa fille arriver chez elle sur une Harley, je crois qu'elle pourrait pendre mon neveu par les couilles et même si cette petite tête de con en aurait parfois bien besoin, je n'ai pas trop envie que cela arrive. Et puis… même s'il est un très bon conducteur, s'il leur arrivait un accident à lui et

Riley, je ne sais pas comment je vivrais la situation.

Je ne préfère même pas imaginer une chose pareille.

Je retourne à mon comptoir et Francky m'accueille avec un regard libidineux.

— Alors, ça fornique ?

— Si tu tiens à tes dents, Francky : ferme ta gueule !

Mon bras droit éclate de rire puis retourne à sa place. Moi, je suis complètement sur les nerfs et me perds dans mes pensées…

— Mec, à quoi tu penses ?

Je tourne la tête vers Michael qui me regarde, amusé, et tire une taffe sur mon joint.

— Julia, avoué-je en recrachant la fumée.

Mickey éclate de rire et me donne une tape sur l'épaule.

— Elle te fait perdre la tête, hein ?

— Tu veux dire, comme toi avec Gwen ?

— Touché !

Je tire une autre latte et lui passe mon pétard.

— Tu sais, mec, contrairement à Gwen, Julia n'est pas de chez nous. Je ne pense pas que ça pourra marcher entre vous.

Riley[2]

C'est aussi ce que je n'arrête pas de me répéter mais l'entendre dire par mon meilleur ami, mon frère, me fait plus chier que ce que je pensais.

Énervé, je me lève et commence à faire les cent pas.

— *Je sais tout ça mais… Elle a quelque chose en plus, Mickey.*

— *Ouais, c'est ce que je dis. Elle n'est pas comme nous. Tu sais quoi ? Les opposés s'attirent.*

Est-ce qu'il a raison ? Est-ce que je suis seulement attiré par Julia car elle ne vient pas du même milieu que nous ?

Depuis le jour de ma naissance, je suis un Hellys Angels. Normalement, pour faire partie de la bande, il faut passer par la case bizutage et effectuer quelques missions afin d'obtenir le grade de lieutenant. Mais, en ce qui nous concerne, Michael et moi, nos parents sont des membres importants des Hellys et ainsi, nous faisons partie des lieutenants depuis déjà six années.

Julia, quant à elle… Elle vient d'un milieu aisé, ses parents sont conservateurs, elle est au lycée car elle a tout juste dix-sept ans et rien que ça, ça devrait m'éloigner d'elle. J'ai vingt et un ans, je suis majeur tandis qu'elle ne l'est pas. Si ses parents savaient que nous nous fréquentons, ils me feraient enfermer pour détournement de mineur, j'en mets ma main à couper.

— *Tu l'aimes, hein ?*

J'arrête de marcher et regarde Michael. Il tire une taffe sur le bédo et s'amuse à faire des cercles en expirant la fumée.

— *Je crois, ouais.*

— *Bon sang, mec… T'es dans la merde !*

Je ne te le fais pas dire…

— On y va, Oncle Bobby !

Cameron me tire de mes pensées et il me faut quelques secondes pour recouvrer mes esprits. J'acquiesce d'un signe de tête et offre un sourire à la petite. Riley me le retourne timidement puis Cameron l'attrape par la main et l'entraîne jusqu'à la sortie.

Je les regarde s'éloigner et je ne peux m'empêcher de faire la comparaison entre Riley et sa mère. Elle est blonde comme les blés alors que Julia est brune. Elle a les yeux bleus tandis que ceux de sa mère sont noirs. Sa peau est couleur pêche alors que celle de sa mère est plutôt caramel. Si elle n'avait pas hérité de ses lèvres, son menton et des courbes de son corps, elle n'aurait rien en commun avec Julia.

Riley a tout pris de… *Riley*… Son père… Et… C'est dingue. Complètement dingue. On dirait sa copie conforme au féminin.

Je pensais qu'en venant ici, nous pourrions prendre un nouveau départ. Que nous serions loin des ennuis pour que Cameron ait une adolescence normale – enfin, pour un gamin des Hellys, la normalité ne fait pas vraiment partie de notre style de vie. J'étais loin de me douter qu'en venant à Fort Hood, mon passé me rattraperait.

Elle ne doit pas savoir. Il en va de leur sécurité. À tous les trois.

Riley²

Chapitre 12

Cameron

Même si l'on peut dire que mon oncle Bobby est du genre bourru, avant hier après-midi, je ne l'avais jamais vu comme cela. Bien sûr, lorsqu'il a une idée derrière la tête, on ne peut pas dire qu'il l'ait ailleurs, et quand il veut m'imposer ses décisions, il me parle d'un ton sans appel.

Ça, j'ai l'habitude.

Mais, la façon dont il s'est comporté dans le garage… Cette nervosité… Je ne sais pas ce qu'il lui a pris. OK, je suis venu avec Riley au bar et ce n'est pas une fille de mon monde mais même si je n'ai que seize ans, ce n'est pas la première nana que je ramène et jamais il ne s'était soucié de la présence de l'une d'elles au milieu des bikers.

Riley[2]

Peut-être parce qu'à Dallas, il n'était pas aussi haut gradé dans l'organisation ? Peut-être simplement parce que je viens de passer près d'une année dans une maison de correction et qu'il a peur qu'en sortant avec des filles, je reparte en vrille ?

Mouais… La deuxième hypothèse est certainement la bonne.

Ce matin, mon oncle m'a demandé de nettoyer le bar et d'aller récupérer des courses pour lui en m'interdisant de prendre la moto ou une des voitures. Je ne sais pas pourquoi mais j'ai l'impression qu'il me fait payer quelque chose que je n'ai pas fait et c'est donc chargé comme un mulet que j'entre dans le bar.

Je traverse la salle et alors que je m'apprête à entrer dans la cuisine, je surprends Oncle Bobby au téléphone.

— Avant de me faire accepter ce poste, vous auriez pu me dire qu'elles vivaient là !

De qui il parle ?

Je fais un pas sur le côté afin qu'il ne me voie pas et j'écoute sa conversation.

— C'est ça, oui ! Vous pensez vraiment que je vais gober cette connerie ?

Il éclate d'un rire mauvais et raccroche en disant à la personne au bout du fil d'aller se faire foutre. Je ne sais pas qui est le type qui vient de le mettre en rogne mais toujours est-il que je pense qu'il vaut mieux pour ce mec qu'il ne croise pas Oncle Bobby pendant plusieurs jours. Je ne l'ai jamais vu aussi furieux de ma vie et n'aimerais pas être l'objet de sa colère.

Alors qu'il s'apprête à quitter la pièce et par ce fait de me prendre en flag, je fais volontairement du bruit avec mes sacs et entre dans la cuisine.

— Salut ! dis-je en passant à côté de lui et posant mes courses sur le plan de travail.

— T'as tout trouvé ? demande-t-il comme si de rien n'était.

— Yep.

— T'es sûr ?

— Yep.

En temps normal, je lui aurais certainement balancé une pique en pleine figure du genre : je sais lire et suis capable de ramener toute une liste de courses. Mais étant donné la discussion animée que je viens de surprendre, je préfère la jouer fine et éviter d'être dans ses mauvaises grâces.

— Cameron, il faut qu'on parle.

Cameron.

Il ne m'appelle comme ça uniquement quand il s'agit de quelque chose de sérieux et aussitôt, tous mes sens sont en alerte.

— Qu'est-ce qui se passe ? demandé-je en mettant mes mains dans mes poches.

— Pas ici. Finis de ranger les courses et rejoins-moi à l'étage.

— À l'étage ? répété-je, incrédule.

— Y a un problème ?

Riley[2]

— Aucun.

Il hoche la tête et quitte la pièce.

Pendant plusieurs secondes, je reste les bras ballants me demandant à quelle sauce je vais être mangé. Mon oncle n'est dans l'appartement que pour dormir. À partir du moment où il ouvre les yeux, il va dans son bar alors… qu'il me demande de le rejoindre en haut… C'est flippant. Carrément flippant.

Dix minutes plus tard, je monte à l'étage et retrouve Oncle Bobby, assis sur le canapé, un verre de whisky dans une main, une cigarette dans l'autre, le regard perdu.

Putain… Il va m'annoncer qu'il a un cancer ou un truc du genre. Pitié… Pas lui. Ne m'enlevez pas encore un parent !

J'avance dans le salon et me racle la gorge pour lui indiquer ma présence.

Il tourne la tête dans ma direction et m'invite à m'asseoir à ses côtés. Je vois qu'il cherche ses mots ou alors qu'il ne sait pas par où commencer ainsi, je prends les devants.

— T'es malade, c'est ça ? demandé-je, d'une voix fébrile.

— *Quoi ? Non !* Où vas-tu chercher ça, *buddy* ?

Je lâche un soupir de soulagement et recommence à respirer normalement.

— Eh bien… Depuis hier, t'es sur les nerfs et… Tu m'as demandé de te rejoindre en haut en m'appelant par mon prénom… J'ai cru que tu allais m'annoncer quelque chose de grave.

— Désolé de t'avoir fait peur, *buddy*, dit-il en passant son bras autour de mon épaule. Rassure-toi, ton oncle est solide comme un roc ! Je suis loin de passer l'arme à gauche !

Mes parents aussi étaient jeunes quand ils sont morts mais ça, je ne le dirai pas à voix haute…

— Donc si tu n'es pas malade… ?

— Écoute, Cameron, je sais que ça ne va pas te faire plaisir mais…

— Mais ?

— Je ne veux plus que tu voies Riley.

— *Quoi ?*

— Je sais que tu l'aimes bien et tout ça mais elle n'est pas de notre milieu et tu sais très bien qu'à cause de ça, ça ne marchera jamais.

Je proteste avec véhémence.

— Je te rappelle que ce n'est qu'une amie !

— Et je n'ai pas besoin de te rappeler ce que je pense de l'amitié hommes − femmes. Que des conneries ! rétorque-t-il en tirant nerveusement sur sa cigarette avant de l'écraser dans le cendrier.

— J'en ai rien à foutre de ce que tu penses. Je te dis que c'est mon amie et la seule, qui plus est, alors non, je n'arrêterai pas de la voir pour des prétextes à deux balles. Rien à foutre qu'elle ne soit pas une Hellys !

Riley[2]

— Surveille ton langage, Cameron.

— Sinon, quoi ? le défié-je en me levant.

— Assieds-toi !

— Non !

— Cameron Michael James, ne m'oblige pas à me lever !

Face à son ton menaçant et au fait qu'il vient de m'appeler par mon nom entier, je sais que je dois arrêter de lui tenir tête. Vaincu, je me laisse tomber sur le canapé en soufflant.

— Comme je le disais, je sais que tout ça ne te fait pas plaisir…

— Pas plaisir, tu parles ! C'est un euphémisme, le coupé-je.

— Cameron !

— Désolé, dis-je du bout des lèvres.

— Il y a des choses que tu ignores et dont je ne peux pas te parler. Peut-être qu'un jour, tu sauras tout mais pour l'instant, si je t'ai pris avec moi c'est pour te protéger et crois-le ou non, mais c'est exactement ce que je fais.

Il pose une main sur ma jambe, la presse doucement puis il se lève sans me donner d'autres explications et redescend au bar.

Je ne comprends pas ce qui vient de se passer. Pourquoi serais-je en danger en continuant d'être ami avec Riley ? Ça n'a aucun sens !

Le lendemain matin quand j'arrive au lycée, je fais tout le contraire de ce que m'a demandé mon oncle et vais directement rejoindre Riley. Elle m'attend – comme convenu samedi – assise sur un banc puisque nous partageons la première heure de cours ensemble : l'histoire.

Si la semaine dernière, je n'avais pas retenu Riley dans le couloir, je suis certain qu'elle ne m'aurait toujours pas remarqué. Je ne sais pas exactement ce qu'à cette fille avec cette matière mais maintenant que Jessica est partie pour San Diego, nous allons passer beaucoup plus de temps tous les deux et je compte bien le découvrir.

Je me rapproche de Riley et lorsque j'arrive à sa hauteur, je pose mes mains sur ses yeux.

— Très drôle, Cam !

Je lâche un ricanement bête.

— Comment t'as deviné ?

— Qui voulais-tu que ce soit d'autre ! rétorque-t-elle tandis que je fais le tour du banc.

Je lui tends la main pour l'aider à se redresser, elle lève les yeux au ciel mais l'accepte quand même et nous commençons à marcher.

— Ça a été, ton dimanche ?

— J'ai passé la journée au téléphone avec Jess.

Riley[2]

— Comment va-t-elle ?

— Bof, répond-elle en haussant les épaules. Selon elle, tout est nul : sa nouvelle maison, le quartier où elle habite… Ses parents lui ont montré son lycée et apparemment il ressemble à un préfabriqué sur le point de s'effondrer…

— Tu déconnes ?

— Ses mots, pas les miens.

— J'imagine que ça ne doit pas être facile pour elle de recommencer de zéro.

— C'est sûr que tu es bien placé pour le savoir : c'est toi, le nouveau, ici, me charrie-t-elle en me donnant un coup de coude.

Je fais semblant d'avoir mal et Riley éclate de rire mais elle s'arrête brusquement. Je tourne la tête et aperçois Tobias, devant la salle de classe.

— Je croyais qu'il était viré trois jours ? Oh mais attends ! s'exclame-t-elle en se retournant vers moi. T'étais pas censé être viré trois jours, toi aussi ?

— Nope. Seulement vendredi. Pareil pour l'autre abruti.

— Désolée de m'en inquiéter que maintenant mais avec le départ de Jess… ça m'est complètement sorti de la tête.

— Pas de problème.

Nous nous arrêtons à quelques pas de Tobias et celui-ci me regarde droit dans les yeux, un air suffisant sur le visage puis entre dans la salle, suivi par les autres élèves.

— Connard ! grince Riley entre ses dents.

— Yep.

Je la laisse passer en premier et…

Putain de bordel de merde. Pourquoi j'ai fait ça ?

Je ne peux empêcher mes yeux de suivre le balancement de ses hanches et je me racle la gorge, mal à l'aise. Riley s'assoit sur sa chaise et lorsque je me mets à ses côtés, elle me sourit en posant son cahier sur la table et mon cœur se tape un sprint…

Merde. Peut-être qu'Oncle Bobby a raison sur l'amitié homme – femme ?

Riley[2]

Chapitre 13

Riley

Je ne sais pas ce qui arrive à Cameron mais depuis deux jours, il agit bizarrement. Je sais, cela ne fait que dix jours que nous nous connaissons et je ne peux donc pas en être certaine mais il y a quelque chose chez lui qui n'est pas comme d'habitude.

Tenez par exemple, nous sommes en train de manger face à face à la cafet et il ne m'a pas regardé une seule fois dans les yeux ! *Pas une seule putain de fois.* Il évite tout contact visuel et ça m'horripile.

— Je peux savoir ce qui te prend ? demandé-je, excédée.

Riley[2]

— Je vois pas de quoi tu parles, répond-il en croquant dans son sandwich.

Je lève les yeux au ciel. *Si seulement Jess était là.* Je suis certaine que si elle l'avait été, nous ne serions pas dans cette situation.

— Cameron, regarde-moi !

Il prend encore une bouchée et enfin, son regard rencontre le mien mais je suis incapable de le déchiffrer.

— Eh ben ! C'était si compliqué ?

— Mais de quoi tu parles, à la fin !

— Ça fait deux jours que tu es incapable de me regarder dans les yeux !

— N'importe quoi ! dit-il en détournant encore une fois le regard.

— Tu vois ! Tu viens de le refaire !

— Mais non !

Fatiguée qu'il me prenne pour une idiote, je me lève brusquement et quitte la table. Je traverse d'un pas décidé la cafétéria tandis que je sens les regards des autres élèves braqués sur moi.

Au moins, eux, ils me regardent.

Je marche jusqu'à un banc, m'assois dessus et me prends la tête entre les mains. À cet instant précis, ma meilleure amie me manque encore plus. Cela ne fait que cinq jours qu'elle est partie et pourtant, j'ai l'impression que cela fait une éternité. Si Jessica était là, elle aurait remis Cameron à sa place.

Si Jessica était là, elle m'aurait consolée. Si Jessica était là, rien de tout cela ne serait arrivé. J'en suis sûre.

Je lève la tête et alors que je regarde le ciel, je sens une larme rouler sur ma joue. Agacée, je ferme les yeux et avant que je ne puisse essuyer la goutte rebelle, je sens un pouce le faire à ma place et sursaute.

— Je suis désolé, dit Cameron en s'asseyant à mes côtés.

Je ne lui réponds pas. Je n'ai pas envie de lui parler. Je renifle et me décale légèrement afin de ne pas être trop près de lui.

— Tu as raison, depuis deux jours j'agis comme un idiot. Je suis vraiment désolé, Riley et je me déteste pour t'avoir fait pleurer.

— Je te déteste aussi.

Inquiet, il me regarde dans les yeux.

— C'est vrai ?

— Nope, maugréé-je. Mais tu es vraiment bizarre en ce moment et avec le départ de Jess… Je suis sur les nerfs et…

— C'est la faute de mon oncle.

— Qu'est-ce que ton oncle à voir avec ça ?

Cameron se lève et fait les cent pas tandis que je commence à m'inquiéter.

— Il est malade ? demandé-je, fébrile.

Mon ami éclate de rire et je fronce les sourcils.

— Je ne vois pas ce qu'il y a de drôle, Cameron !

Riley[2]

— Non, il ne l'est pas mais c'est exactement la question que je lui ai posée quand il m'a dit qu'il voulait me parler.

— Et alors ? Qu'est-ce qu'il a dit ?

Cameron arrête de tourner en rond et se poste devant moi. Cette fois, il n'évite pas mon regard : il me regarde droit dans les yeux et un frisson me parcourt l'échine.

— Avant que je ne réponde à ta question, tu dois savoir que je lui ai dit non, commence-t-il.

— Cameron, tu commences à me faire peur.

— Il ne veut plus que je te voie, dit-il d'une traite.

— *Quoi* ?

—Je sais, ça craint.

Incrédule, je le fixe une seconde.

— Tu te moques de moi, c'est ça ?

— Non, je t'assure Riley que je ne suis pas en train de te faire une mauvaise blague.

Il me prend pour une conne, c'est obligé ! Comment ça, son oncle Bobby ne veut pas qu'il me voie ? Non mais je rêve ! C'est eux, les membres des Hellys Angels et c'est moi *qui ne suis pas fréquentable ? C'est le monde à l'envers !*

— Et je peux savoir pourquoi, il t'a demandé ça ?

Cameron se passe une main nerveuse sur la nuque.

—J'en sais rien. Il dit que c'est pour me protéger.

— Te protéger ? Il est sérieux ? crié-je en me levant d'un bond.

— C'est dingue, je sais.

— *Dingue* ? Le mot est faible, oui. Si ma mère sait que tu fais partie d'une bande de motards, elle m'interdira de te revoir et je ne pourrais pas la blâmer vu ce que mon connard de géniteur a fait mais… Là, ça dépasse l'entendement !

— Rassure-toi, je lui ai dit d'aller se faire voir.

Je lâche un rire sans joie.

— Je dois me sentir mieux ? Ton oncle ne veut pas que nous nous fréquentions ! Et s'il venait à apprendre que tu ne lui obéis pas, qu'est-ce qu'il va se passer ?

Il hausse les épaules.

— Je me ferai engueuler.

— Et s'il te punit ?

— Eh bien… on pourra toujours se voir au lycée. Il ne peut pas m'empêcher de parler quand il n'est pas là pour me surveiller.

— C'est ridicule !

— Je sais et c'est pour cela que je n'étais pas bien depuis deux jours, Riley.

— Je comprends même si j'avoue que je ne vois pas à quoi joue ton oncle.

— Seul, Bobby Someren sait ce qu'il a derrière la tête.

La sonnerie du lycée retentit et nous coupe dans notre conversation. Il est temps de repartir en cours même si je sais que je vais être incapable de me concentrer pendant les deux heures qu'il me reste.

Riley[2]

Cameron vient de me lâcher une bombe et je ne sais pas comment réagir face à cela. Pourquoi son oncle ne veut pas de moi dans la vie de son neveu ? Pourquoi dit-il qu'il protège Cameron ? Comme si je pouvais lui faire du mal, *moi* ! J'aurais tout entendu !

À la fin des cours, toujours énervée par les révélations de Cameron, je ne l'attends pas et rentre directement à la maison en prenant le bus scolaire. Lorsque j'arrive chez moi, maman n'est pas encore rentrée. Je monte à l'étage, m'enferme dans ma chambre, m'allonge sur le lit et me perds dans mes pensées.

Mauvaise idée.

Je ne fais que réfléchir à notre conversation d'avec Cameron et songer à ma meilleure amie. Que fait-elle ? S'est-elle faite de nouveaux amis ? Est-elle aussi triste que moi ?

Toutes ces questions ne m'aident pas à faire le vide dans ma tête et je décide de faire mes devoirs. Je me lève, vais m'asseoir à mon bureau et allume mon ordinateur.

Pendant l'heure qui suit, je guette Jessica sur les réseaux sociaux et traîne sur le web. Je suis incapable de faire quelque chose de productif.

Encore une mauvaise idée.

Dépitée, j'éteins mon ordinateur et mon estomac marque son assentiment en grognant douloureusement. Avec la discussion de ce midi, je n'ai rien avalé et je décide donc d'aller me préparer un encas.

Je descends l'escalier et au même moment, la porte d'entrée s'ouvre.

— Salut, ma puce. T'as passé une bonne journée ? demande maman en refermant derrière elle.

Pour toute réponse, je grogne et vais dans la cuisine, ma mère sur les talons. J'ouvre un placard à la recherche de tranches de pain de mie tandis que maman se fait un couler un café. Je referme vivement le placard et ouvre le frigo. J'attrape du beurre et du jambon et claque encore la porte.

— Mauvaise journée, alors ? demande maman en s'asseyant sur le tabouret autour de l'îlot central.

— Yep, réponds-je en faisant mon sandwich.

— Jess te manque ?

Même si je lui tourne le dos, à l'intonation de sa voix, je sais que maman s'inquiète et qu'elle doit me regarder, la tête penchée sur le côté.

Je pousse un profond soupir pose mon casse-croûte dans une assiette et me retourne.

— Oui. Beaucoup.

— C'est normal, ma puce mais même si tu ne me crois pas pour le moment, je t'assure qu'avec le temps, ça ira mieux.

Je hausse un sourcil et croque dans mon sandwich afin de ne pas lui répondre.

Riley[2]

Ça c'est sûr, je ne la crois pas ! Comme si, pour elle, l'absence de mon père était moins douloureuse, seize ans plus tard ! C'est vrai qu'elle a tourné la page, elle ! Mais bien sûr.

— Riley, tu sais que si tu as besoin de parler, je suis là. Je suis peut-être ta mère et il y a certainement des choses que tu préférerais dire à des copines de ton âge mais tu sais que tu peux tout me dire, pas vrai ?

— Ah oui ?

— Bien sûr.

C'est ce qu'on va voir.

— OK. Je suis en colère parce que l'oncle de Cameron lui a demandé d'arrêter de me voir.

— Pourquoi ? demande-t-elle, surprise.

— Parce que je ne suis pas de leur monde.

— Quoi ? Mais attends une minute. De quel monde, il parle ?

— Un que tu connais bien, rétorqué-je en posant mes mains sur la table.

— Je ne comprends pas et ce n'est pas parce que tu es énervée que tu dois me parler sur ce ton, jeune fille !

Je lâche un rire amer. L'oncle de Cam lui a fait à peu près la même remarque, samedi dernier.

— Je ne vois pas ce qu'il y a de drôle !

Tiens, ça aussi, ça me dit quelque chose.

— Rien. Il n'y a rien de drôle, répété-je en me levant.

Clémence Lucas

— Nous n'avons pas fini, Riley.

— En réalité, je crois que si, maman. L'oncle de Cameron est un connard. Cameron aussi. Jessica est partie. Il n'y a rien à ajouter.

Les larmes aux yeux, je quitte la pièce en courant et monte me réfugier dans ma chambre. À un moment comme celui-ci, j'aimerais pouvoir appuyer sur un bouton d'une télécommande et faire défiler ma vie pendant au moins deux ans. Quitter l'adolescence et ses lots de contrariété. Fuir cette douleur lancinante qui m'oppresse le cœur car ma meilleure amie m'a abandonnée, elle aussi.

En fait, je crois que c'est bien là tout mon problème : je suis seule. Mon père m'a laissée. Jessica aussi. Et maintenant l'oncle de Cameron veut qu'il me laisse, lui aussi. Même si je comprends que ce n'est pas ma faute, j'ai quand même l'impression que je fais fuir toutes les personnes qui m'approchent. Il ne manquerait que plus que je perde ma mère et je crois que je pourrais aller me terrer dans un coin et attendre mon heure. Peut-être que je suis maudite ? Peut-être que je vais finir toute seule entourée d'une dizaine de chats et des cartons autour de moi ? Peut-être que je ne mérite pas l'amour des autres ?

Sous le poids de ces constatations, allongée sur mon lit, je pleure toutes les larmes de mon corps et me demande quand tout ceci va s'arrêter. Quand est-ce que les gens resteront à mes côtés ?

Riley²

Chapitre 14

JULIA

Je savais que ça allait être dur pour Riley et je pensais qu'en ayant un nouvel ami, ça irait mieux mais visiblement, je me suis trompée.

C'est quoi cette histoire avec l'oncle de Cameron ? Depuis quand ma fille n'est pas assez bien pour le fréquenter ? C'est quoi cette connerie ?

Depuis que Riley m'a fait part de cette histoire, je suis autant sur les nerfs qu'elle. Même si je suis devenue mère adolescente, je me suis battue pour que ma fille ait une bonne éducation, soit une bonne élève et je crois que je peux dire que j'ai réussi. Alors qu'un type remette en question son intégrité en disant qu'elle n'est pas assez bien pour son neveu me

Riley[2]

met hors de moi !

Et puis d'abord, ça veut dire quoi qu'elle n'est pas de son monde ? Je ne pensais pas que Cameron venait d'une famille aisée ou pire encore riche. Et puis aussi, c'est quoi cette histoire que je connais *son* monde ? Est-ce que sa famille serait conservatrice comme le sont mes parents ? Ça expliquerait peut-être que l'oncle souhaite éloigner Cameron de ma fille. Et cela voudrait dire que le problème vient de moi et non d'elle. Il ne doit pas supporter que je sois devenue mère à dix-sept ans et que j'élève ma fille toute seule. En fait, je crois qu'il ne veut pas que je pervertisse son neveu.

Et merde ! Ça ne peut être que ça.

Si seulement Riley m'avait dit son nom, je chercherais cet oncle de malheur et j'irais lui dire ses quatre vérités en face. Ma fille ne doit pas subir les conséquences de mes erreurs. Et puis d'abord, depuis quand ma fille est une erreur ?

Bien sûr, j'aurais préféré être mère en étant plus âgée et avec une situation mais le fait est que les préservatifs ne sont pas fiables à cent pour cent et que j'avais trop peur d'affronter mes parents et leur demander de prendre la pilule. Alors, ma fille est venue au monde.

Et même si je n'étais moi-même encore qu'une ado, même si ce n'était pas le bon moment, même si *Riley* s'est barré, jamais je ne dirai que ma fille est une erreur. C'est au contraire le plus beau cadeau que la vie m'ait fait.

Depuis le jour de sa naissance, Riley est mon rayon de soleil. Celle qui me permet de donner le meilleur de moi-même afin qu'elle soit fière de moi. C'était un bébé calme, une petite fille adorable et c'est devenu une très jolie jeune femme, gentille mais au caractère bien trempé.

Ça, elle a de qui *tenir* !

Peut-être que je n'aurais pas dû lui donner le prénom de son père ? Ça a peut-être influencé son tempérament, allez savoir ! Mais je ne sais pas… j'ai attendu trois jours pour lui donner son prénom et quand j'ai compris que son père ne reviendrait pas, je me suis dit que c'était un moyen de ne jamais l'oublier. C'est bête, je sais mais ça aussi, je ne le regrette pas. De toute manière, j'aurais appelé ma fille différemment, elle lui aurait toujours autant ressemblé ! C'est son portrait craché, c'est indéniable et tous les jours, elle me rappelle l'homme que j'ai aimé.

Je regarde mon avant-bras et le tatouage qui s'y trouve. Je lâche un soupir et du bout des doigts, caresse l'encre. C'est une aile blanche mais il lui manque son autre pièce pour être complètement terminée. Un peu sur un coup de tête, je l'ai fait faire par Gwen un mois avant la fin de ma grossesse.

L'aile représente les Hellys Angels. C'était un moyen de faire comprendre à *Riley* que je l'acceptais tel qu'il l'était et que j'étais à prête à tout pour être avec lui. Même intégrer une bande de motards. Ensuite, elle représente aussi ma liberté. J'allais devenir maman, vivre avec mon petit-ami, quitter la bulle dans laquelle mes parents tentaient de m'enfermer. Et puis, elle représente aussi ma fille, mon petit ange. Ce tatouage est très symbolique pour moi, même si j'avoue qu'aujourd'hui, la partie concernant les Hellys appartient au passé et que je ne veux plus jamais y être confrontée de près ou de loin.

Riley[2]

Parfois, je me demande ce que serait devenue ma vie aujourd'hui si *Riley* n'avait pas disparu de la circulation. Est-ce que nous serions toujours ensemble ? Est-ce que notre fille serait plus heureuse ? À vrai dire, je n'en saurai jamais rien mais, si j'ai accepté ce poste à Fort Hood, c'est pour être loin de Dallas et de tout ce que cette ville représente. Je voulais que ma fille soit en sécurité même si je sais qu'il y a un quartier où ne vivent que des membres des Hellys Angels et depuis des années, je fais tout pour qu'elle ne mette pas les pieds là-bas. Ce monde est fascinant et il serait très vite arrivé que Riley tombe dans leur filet. Je m'y suis fait prendre à cause d'un garçon et il hors de question qu'il en soit de même pour ma fille.

Mais attendez une minute, en réagissant comme cela, j'agis exactement comme mes parents ou l'oncle de Cameron ! *Cela ne fait pas de moi un imposteur ?*

Dépitée, je prends ma tête entre mes mains.

OK, je ne regrette pas mes choix mais là, tout de suite, la vie de parents, ça craint !

Chapitre 15

Riley

Cela fait deux jours que je fais la gueule à Cameron et autant qu'il ne me laisse pas tranquille. Tous les matins, il m'attend devant le lycée. Le midi, il s'installe à notre table habituelle et si je ne m'y arrête pas, il change de place pour se mettre à mes côtés. Le soir, il prend le bus scolaire alors que ce n'est pas du tout dans sa direction. Et entre-temps − oui puisque, visiblement, il ne me colle pas assez − il me harcèle de messages sur mon portable.

À ce propos, je ne lui ai jamais donné mon numéro de téléphone et je soupçonne ma meilleure amie d'être à l'origine de tout ça. Je sais qu'elle et Cameron ont échangé leur numéro afin de rester en contact et je ne vois donc que cette solution pour qu'il ait obtenu le mien. *Jess est une traîtresse.* Elle a de la chance d'être partie habiter loin d'ici, finalement.

Heureusement que ce soir, c'est le week-end. Au moins, je vais pouvoir rester chez moi, de préférence sous la couette, et je pourrai me lamenter sur mon triste sort. Enfin, si ma mère me laisse tranquille.

Depuis que je lui ai parlé de l'oncle de Cameron, elle s'est mise martel en tête de le trouver afin de lui dire ses quatre vérités. Elle pense – attendez, tenez-vous bien, ça vaut le détour – que Bobby est un conservateur qui me juge à cause des erreurs qu'elle a faites. Si elle savait qu'elle est aux antipodes de la vérité, je crois qu'elle ferait une syncope ou pire encore, elle irait quand même le retrouver et lui mettrait une gifle en pleine figure. Oui, ça finirait sûrement comme ça, si elle apprend qu'en réalité, un membre des Hellys Angels trouve que je ne suis pas fréquentable.

À bien y réfléchir, c'est quand même le monde à l'envers !

— Riley ! Attends !

Tobias !

Je frissonne en reconnaissant la voix de cet enfoiré et accélère le pas. Malheureusement, je me retrouve bloquée par Dylan et Scott, ses deux coéquipiers.

Et merde !

— Ben, alors ? Tu ne croyais quand même pas pouvoir me fausser compagnie ? demande Tobias en arrivant à ma hauteur.

— Qu'est-ce que tu veux ?

— On fait une fête, demain soir et je me demandais si tu voulais venir ?

Il est pas sérieux ?

— Tu déconnes, là ?

— C'est bon, Riley. Jessica est partie. Ton petit toutou et toi n'êtes pas trop en bons termes. Tu ne devrais pas prendre cet air avec moi et tu devrais être contente non, tu devrais t'estimer chanceuse qu'on t'accepte quand même parmi nous.

— Que je m'estime chanceuse ? hurlé-je de rire. T'es qu'un connard, Tobias Andrews ! À cause de toi, ma meilleure amie s'est mise à fumer. Tu te crois tout permis ! Tu penses que sous prétexte que ton père est le shérif du comté, tu peux contrôler les autres. Mais tu sais quoi ? Toi et ta bande, vous pouvez aller vous faire foutre !

Je bouscule Scott et tente de me frayer un chemin mais Tobias m'attrape par le bras et me tort le poignet, me faisant grimacer de douleur.

— Lâche-la, tête de nœud !

Cameron.

— Dégage, James. On t'a pas sonné les cloches ! rétorque-t-il en lui lançant un regard noir.

— J'ai dit : Lâche. La.

— Sinon quoi ? Tu vas encore te servir de tes poings ?

Les deux footballeurs se mettent aux côtés de Tobias afin d'intimider Cameron mais celui-ci les regarde et moqueur, leur lance un sourire arrogant et avance d'un pas.

Riley[2]

— Vous savez que même à trois contre moi, vous ne faites pas le poids ?

— C'est ça ! Tu veux vérifier pour voir ?

Tobias me lâche enfin le poignet et je me précipite vers Cameron. Il passe un bras autour de moi et me met d'autorité derrière lui.

— Tu fais quoi, James ? Tu te la joues chevalier blanc ? Pourtant on sait tous que tu n'es pas un enfant de chœur.

— Si ce que tu dis est vrai, soit tu es le type le plus couillu qu'il m'ait été donné de rencontrer soit t'es complètement con. Je penche plutôt pour la deuxième option.

— Répète un peu pour voir, s'énerve l'abruti.

Sentant que la situation est sur le point de vraiment dégénérer, je pose ma main sur l'avant-bras de Cameron et il me regarde.

— Laisse tomber, Cam, il n'en vaut pas la peine. S'il te plaît, insisté-je en voyant le combat intérieur auquel il semble se livrer.

— OK.

Cameron lance un dernier regard à Tobias et au moment où nous nous apprêtons à partir, l'idiot en rajoute une couche.

— C'est ça, écoute ta copine, petite merde !

Je n'ai pas le temps d'intervenir que Cameron se jette sur Tobias et lui assène déjà un coup de poing en plein visage et son nez se met à pisser le sang. Dylan et Scott se précipitent sur lui et il leur faut user de toute leur force pour les séparer. Alors que je pense que la bagarre est terminée, je vois que les deux crétins tiennent toujours fermement Cameron tandis que Tobias le nargue en souriant. Il s'essuie la figure d'un revers de la main puis il fait un pas un avant et se met à le frapper.

Je hurle de toutes mes forces pour qu'il arrête mais au lieu de ça, il prend un malin plaisir à frapper plus fort alors que Cameron essaie de se dégager mais les deux connards résistent.

Je regarde autour de moi pour chercher de l'aide mais c'est la fin de la journée et la majorité des élèves est déjà partie et l'autre, eh bien, elle préfère regarder plutôt qu'intervenir.

Bande de crétins !

Sans réfléchir, je me jette à mon tour sur Tobias et alors qu'il va pour encore asséner un autre coup à Cameron, c'est moi qui me le prends en pleine tête, tombe à la renverse et... c'est le trou noir.

J'ai mal. Je peine à ouvrir les yeux et j'ai l'impression qu'un essaim d'abeilles s'amuse à tourner en rond dans ma tête. À moins que ce ne soit des chuchotements autour de moi ? À vrai dire, j'ai l'impression d'être dans le brouillard mais confortablement installée dans du coton.

Où suis-je ?

— C'est gentil de m'avoir appelée et d'être resté jusqu'à maintenant, Cameron, mais je pense que tu devrais rentrer.

Riley[2]

Maman ? Cameron ?

— Si ça ne vous ennuie pas, Julia, je préfèrerais attendre qu'elle se réveille.

Qu'est-ce qui s'est passé ?

À nouveau, j'essaie d'ouvrir les yeux mais je n'en ai pas la force.

Est-ce que je suis en train de mourir ?

— OK, concède-t-elle. Mais tu devrais en profiter pour te faire examiner.

— C'est rien que je n'ai déjà eu. Ne vous inquiétez pas pour moi.

Mais qu'est-ce qui se passe ?

Soudain, tout me revient en mémoire : la dispute, la bagarre, le poing de Tobias… J'ai perdu connaissance.

Je prends une inspiration et cette fois, j'arrive à lever les paupières et rencontre le regard inquiet de maman.

— Salut, ma puce. Comment tu te sens ?

— Mal à la tête.

Je m'assois et découvre que je porte une blouse d'hôpital.

— C'est normal, Riley. Le docteur a dit que tu as une légère commotion. D'ici quelques jours, tu seras en pleine forme mais pour ça, il te faut du repos. Il y a quelqu'un ici qui attendait que tu te réveilles pour rentrer chez lui. Je vous laisse quelques instants, je vais prévenir les infirmières que tu es réveillée.

Clémence Lucas

Maman quitte la pièce et lorsque Cameron s'avance vers moi, je lâche un cri de stupeur. Tobias et ses amis ne l'ont pas loupé : son arcade sourcilière est ouverte, son œil droit est gonflé et à moitié ouvert, sa lèvre fendue, du sang séché tache ses vêtements.

— Mon Dieu, Cameron ! Ça va ?

— Dit celle qui est dans un lit d'hôpital ! T'inquiète, l'emmerdeuse, si tu voyais l'état de l'autre gars…

— Je suis désolée.

— Pour quoi ?

— C'est ma faute si tu t'es battu et tu risques d'avoir des ennuis à cause de moi.

— Ne dis pas n'importe quoi ! C'est pas ta faute, Riley. Tobias m'a cherché et je n'aurais pas dû réagir. Et c'est à moi de m'excuser. Tu es ici par ma faute.

— Si je suis ici, c'est parce que je ne supporte pas que les gens regardent sans rien faire. Je n'en pouvais plus de te voir encaisser les coups.

— Tu tiens à moi, alors ? demande-t-il en s'asseyant sur le bord du lit.

À cette question, je me sens rougir jusqu'à la pointe des cheveux mais je prends sur moi et au lieu de lui répondre que oui, je tiens à lui, je préfère le rembarrer.

— Ne prends pas tes rêves pour la réalité !

Cameron pose une main sur son torse et rétorque théâtralement.

Riley[2]

— Tu me fends le cœur, Riley.

J'éclate de rire mais aussitôt, mon crâne me lance et je pose ma main sur mon front en grimaçant de douleur.

— Tu as mal ?

— Ça va, mens-je d'une faible voix.

— C'est ça, oui et moi, je vois super bien avec mon œil droit !

— Tu devrais voir un médecin.

— Une poche de glace, de l'ibuprofène et demain, je serai comme neuf, répond-il en hochant les épaules comme s'il avait fait ça des dizaines de fois.

Peut-être que c'est le cas ? Après tout, Cameron a été dans une maison de correction et comme je ne connais rien de son passé, c'est tout à fait possible. Et puis, j'ai bien vu sa réaction quand Tobias le défiait. Contrairement aux autres, il n'avait pas peur. Il émanait de lui une force naturelle. Mais il y avait aussi cette aura belliqueuse due à toute la colère qu'il tente de juguler, et l'espace d'un instant, j'ai vu que cette embrouille lui plaisait.

Peut-être que maman a raison. Peut-être que les mecs de *son monde* – comme il le dit – ont tendance à aimer le danger ? Si c'est le cas, pourquoi cela ne me fait pas peur ? Pourquoi j'ai réellement envie d'apprendre à le connaître ? Pourquoi j'ai envie d'être son ami même si son oncle n'est pas d'accord ?

Soudain, la porte de la chambre s'ouvre et Cameron se lève d'un bond du lit. Comme promis, maman revient avec une infirmière.

— Je vais te laisser te reposer.

Cam fait un pas en arrière et alors que je pense qu'il va partir, il en fait deux autres en avant et pose ses lèvres sur mon front. Ce simple contact m'électrise et un frisson me parcourt l'échine. Cameron recule et nos regards se rencontrent. Lui aussi l'a ressenti. Je peux le lire dans ses yeux ainsi que cette lueur nouvelle qui les habite.

Un raclement de gorge nous fait sursauter, rompant notre échange silencieux. Cameron comprend qu'il s'agit du signal qui veut dire qu'il doit partir. Il m'adresse un dernier geste de la main puis salue tout le monde et quitte la chambre.

L'infirmière avance jusqu'à moi et commence à vérifier mes constantes. Elle examine mes réflexes, mes yeux, palpe mon crâne puis elle attrape mon dossier et note ses résultats.

— OK, Riley. C'est bon, tu peux rentrer chez toi.

— C'est vrai ?

— Oui mais attention, j'attends de toi que tu te reposes pendant tout le week-end. Au moindre étourdissement ou vomissement, je veux que tu reviennes ici pour contrôler tout ça.

— Ne vous inquiétez pas, j'y veillerai, rétorque ma mère.

L'infirmière lui sourit puis elle emmène maman à l'accueil afin qu'elle signe mon bon de sortie. Pendant ce temps, je me lève et récupère mes affaires posées sur une chaise et me change en faisant attention à ne pas faire de mouvements brusques.

Je n'arrête pas de penser au moment où Cameron m'a embrassée sur le front. Pendant une fraction de seconde, j'ai

Riley²

cru que ses lèvres allaient se poser sur les miennes et j'avoue qu'à ce moment-là, j'en ai eu envie et je suis prête à parier que s'il n'y avait pas eu ma mère, il l'aurait fait.

Je n'arrive pas à le suivre. Un coup, il me dit qu'il veut être mon ami. Un autre, il dit qu'il ne doit plus me parler. Ensuite, il prend ma défense quand Tobias me cherche. Et après, il m'embrasse sur le front…

Si seulement il existait un manuel : *Apprendre à comprendre les garçons en 10 leçons.* Je ne serais peut-être pas aussi perdue.

Quoi que… Si je suis complètement honnête, je n'arrive pas à me suivre non plus.

Un coup, il m'horripile. Un autre, je veux le connaître. Celui d'après, je le déteste. Et maintenant ?

Maintenant je crois que pour la première fois de ma vie, je comprends ce qu'a dû ressentir ma mère quand elle est tombée dans les filets de mon père. Je sais qu'un type comme Cameron James, n'est pas fait pour moi et que je devrais m'en éloigner. Pourtant, je sais aussi que je ne le ferai pas.

Je n'en ai pas envie.

Chapitre 16

Cameron

Quelle journée de merde !

Lorsque j'ai vu que Tobias et Riley se disputaient, je suis resté en retrait car mon amie se débrouillait très bien toute seule. Puis tout à coup, l'abruti lui a attrapé le poignet et j'ai vu rouge. Plus rien ne comptait à part lui foutre une raclée. Mais lorsque Riley est intervenue et qu'elle m'a demandé de partir sans un affrontement, je l'ai écouté. *Mauvaise idée.* Tobias a ouvert sa gueule. Une fois de trop. Tout est parti en vrille : Riley a perdu connaissance. Tobias et ses larbins sont partis en courant.

Alors, j'ai fouillé dans les poches de mon amie, trouvé son téléphone et contacté sa mère dans la foulée. Elle m'a dit

Riley[2]

d'appeler une ambulance et qu'elle nous rejoignait.

Riley a été emmenée au centre médical Seton et les ambulanciers ont accepté de me prendre avec elle. Je ne pouvais pas l'abandonner alors que si elle s'est retrouvée inconsciente, c'est uniquement par ma faute. Si j'avais ignoré l'autre abruti de Tobias, si je n'avais pas laissé sa remarque m'atteindre, Riley n'aurait pas été blessée.

Tout ceci est ma faute.

Quinze minutes plus tard, Riley était prise en charge et sa mère arrivait. On lui a demandé de rester dans la salle d'attente avec moi jusqu'à ce que l'équipe médicale nous autorise à aller la voir.

Lorsque Riley a enfin ouvert les yeux, j'ai été soulagé. J'avais l'impression que pendant tout ce temps, j'avais retenu ma respiration et que mon cœur battait au ralenti et quand j'ai dû la quitter… il s'est mis à se taper un sprint dans ma cage thoracique et je mourrais d'envie de l'embrasser. Je l'aurais fait s'il n'y avait pas eu sa mère dans la même pièce que nous. Alors, je lui ai fait un bisou sur le front et je suis parti.

Ainsi, il est un peu plus de vingt heures lorsque j'arrive enfin au bar. Je n'ai pas prévenu mon oncle et je pense qu'il va péter un câble en découvrant ma tête. Je prends mon courage à deux mains et pousse les portes. La tête basse et la main sur le côté, je traverse la pièce afin que les clients ne remarquent pas mon visage tuméfié.

Je marche plusieurs pas sans me faire repérer et j'ai presque dépassé le comptoir lorsque j'entends la voix de mon oncle.

— Où tu comptes aller, comme ça ?

Eh merde !

Je m'arrête net et fais face à Oncle Bobby.

— Bordel à cul ! Qu'est-ce qui t'est arrivé ? crie-t-il en sautant par-dessus le comptoir.

Il vient de faire quoi ?

— C'est rien, Oncle Bobby. Je…

— La ferme !

Je croyais que je devais répondre…

Il m'attrape par le menton et m'examine sous toutes les coutures.

— Francky, apporte-moi de la glace !

Le colosse fait le tour du zinc et grogne en voyant mon état puis il revient quelques instants plus tard avec un sac de petits pois congelés et me le met dans les mains.

— Merci, dis-je en l'appliquant sur ma plaie.

Oncle Bobby me tire par le bras et me conduit jusqu'à l'étage. En haut, il m'ordonne de m'asseoir sur le canapé tandis qu'il va dans la salle de bains.

Je vais passer un sale quart d'heure.

Il revient avec tout un attirail puis il enlève la glace de mon visage et comme son bras droit, grogne en voyant mes blessures. Il attrape des compresses, les imbibe d'alcool puis avec une grimace, il dit :

— Ça va faire mal.

Riley[2]

Il applique la compresse sur mon arcade et je me mords l'intérieur des joues pour ne pas crier. Puis il réitère l'opération en la mettant sur ma lèvre et cette fois, je serre mes poings de toutes mes forces.

— C'est bientôt fini.

Il jette le tout sur la table basse puis il prend une crème antibiotique et l'applique sur mes plaies tout en me lançant des regards noirs.

— Je suis désolé, dis-je tandis qu'il finit.

— La belle affaire ! rétorque-t-il en reposant le tube.

Puis il se lève et va dans la cuisine.

Je pensais que Fort Hood serait un nouveau départ. Je pensais que je ne décevrais plus mon oncle. Pourtant, face à son attitude, je comprends que c'est le cas et d'une certaine manière, je m'en veux même si je ne regrette pas d'avoir aidé Riley.

Peut-être que si je l'avais écouté et que j'étais resté éloigné de Riley tout ceci… serait quand même arrivé, il faut être réaliste. Même si j'avais écouté Oncle Bobby, j'aurais pris la défense de Riley. En revanche, j'aurais dû me maîtriser et partir sans un regard en arrière. J'ai été con. C'est ma faute.

Quelques instants plus tard, il revient avec un verre de whisky et un soda qu'il me tend puis il s'assoit à mes côtés.

— Merci, réponds-je en portant la boisson à mes lèvres.

— Je peux savoir ce qui s'est passé, cette fois ?

— C'est encore le même mec. Il s'en est pris à Riley.

Clémence Lucas

Lorsque je dis son prénom, Oncle Bobby porte son verre à sa bouche et boit une grande lampée.

— Je sais que tu ne voulais pas que je continue à la voir et d'une certaine manière, c'est ce qui s'est passé mais je n'allais pas laisser cet abruti lui faire mal.

— Il l'a touchée ? demande-t-il, furieux.

Et à cet instant précis, je ne sais pas s'il est en colère après moi ou après Tobias. *Comme si, il en avait quelque chose à faire de Riley !*

— Pour commencer… il lui tordait le poignet. C'est là que je suis intervenu.

— Et après ?

— On s'est envoyé des piques puis Riley m'a demandé de laisser tomber.

— Et toi, comme le crétin que tu es, tu ne l'as pas fait !

Je retiens un soupir dépité, Oncle Bobby ne me laisse pas en placer une mais je tente tout de même de terminer mon histoire.

— Au départ, si mais après l'autre abruti m'a insulté et… c'était la fois de trop. J'ai vu rouge. On s'est battus, ils étaient trois contre un, ils ont réussi à me coincer. Riley est intervenue et elle s'est pris un coup. C'est pour ça que je rentre tard, elle a été emmenée aux urgences car elle a perdu connaissance.

— Elle va bien ?

— Elle a une commotion mais le médecin dit que ça va.

Riley[2]

Cette fois, Oncle Bobby boit le reste de sa boisson cul sec et se pince l'arête du nez.

— C'est pas vrai, murmure-t-il.

— Je suis vraiment désolé de ne pas t'avoir écouté mais…

— Non, ne t'excuse pas, *buddy*, je comprends. Tu as vu une fille en détresse et tu es intervenu. Pour ça, je suis fier de toi. En revanche, tu dois apprendre à maîtriser ta colère. Tu ne peux laisser une merde pareille t'atteindre. Tu as vu les résultats ? Tu as été viré une journée du lycée et maintenant ton amie a fini à l'hôpital. Et la prochaine fois, ça sera quoi ?

— Je…

— J'ai pas fini. T'es un gars intelligent, tu mérites de vivre une belle vie et tout ce que je vois, c'est que tu essaies de foutre tes chances en l'air ! Je m'inquiète pour toi et j'ai pas envie que tu rejoignes de sitôt tes parents.

Face à son discours et notamment sa dernière remarque, les larmes me montent aux yeux et la douleur que je ressens n'a rien à voir avec celles de mes blessures au visage. C'est pire. Bien pire.

— Je ne vais pas refaire l'erreur de te dire de ne pas voir cette fille mais je t'avertis que tu viens de griller ta dernière cartouche. À la moindre connerie, on quitte Fort Hood. C'est compris ?

— Oui, réponds-je d'une voix faible.

— Bien. Maintenant, va prendre une bonne douche et pendant ce temps, je vais te chercher un truc à manger.

J'acquiesce d'un signe de tête, me lève et vais dans ma

chambre récupérer des fringues avant d'aller dans la salle de bains. J'ouvre le robinet d'eau, me déshabille et vais sous la douche. Je penche la tête en avant et laisse l'eau brûlante faire son effet. Sous le jet, je me perds dans mes pensées et réfléchis à ce que vient de me dire mon oncle.

Est-ce que je cherche à faire des conneries pour rejoindre mes parents ?

Non, j'aime trop la vie pour avoir envie de mourir. Bien sûr, lorsqu'ils sont morts, j'ai souhaité être dans la voiture avec eux. Je n'imaginais pas ma vie sans mes piliers à mes côtés. Et puis, Oncle Bobby est arrivé fissa et m'a pris sous son aile. J'ai su que je ne serai pas seul.

Peut-être qu'une part de moi aime jouer avec le feu ? Peut-être que si je fais toutes ces conneries c'est uniquement pour me sentir vivant ? Sincèrement, je n'en sais rien mais toujours est-il qu'il faut que je trouve un moyen de canaliser ma colère, je ne peux pas continuer comme cela.

Je ne peux pas faire endurer ce genre de choses à Oncle Bobby, je me le suis promis. Et puis… je ne peux pas faire vivre ce genre de choses à Riley. Elle mérite mieux comme ami qu'un type qui frappe sur tout ce qui bouge dès qu'il a les nerfs en pelote.

Riley a beau être une forte tête, c'est une fille douce, intelligente, gentille, belle… Bon sang, c'est un euphémisme. Oui, elle mérite mieux qu'un petit con.

Pas question de déménager.

Je dois changer. Pour Oncle Bobby. Pour elle.

Riley[2]

Chapitre 17

Riley

Depuis que je suis rentrée de l'hôpital – avant-hier soir – maman me surveille comme du lait sur le feu. Je ne peux pas me toucher la tête sans qu'elle ne me demande si tout va bien et elle commence à me taper sur les nerfs.

Enfin, ce n'est pas tout à fait exact. Je suis en colère après elle depuis hier après-midi. Cameron est venu prendre de mes nouvelles mais elle n'a pas voulu le laisser entrer et lui a pratiquement claqué la porte au nez. OK, je comprends qu'elle soit en colère après lui mais quand même, cela ne se fait pas !

J'ai plaidé la cause de mon ami mais elle n'a rien voulu entendre. Ce qui est dingue avec elle, c'est qu'elle dit toujours

Riley[2]

que j'ai le sale caractère de mon père et qu'il était aussi têtu qu'une mule mais maman est aussi butée que nous ! Lorsqu'elle a une idée en tête, on ne peut pas dire qu'elle l'ait ailleurs. Si elle a décidé que pour l'instant, Cameron James est banni, je n'arriverai pas à la faire changer d'avis. Du moins, pour le moment. Je ne m'avoue pas encore vaincue.

Tout à coup, mon portable vibre à côté de moi et je découvre un message de Cameron.

```
Cameron : Va dans ta chambre. Dis à ta
mère que tu as besoin de te reposer.
Moi : Pourquoi ?
Cameron : Arrête de poser des ques-
tions et fais ce que je te dis.
```

Intriguée par la demande de mon ami, je lance un regard à maman qui est assise autour de la table de la salle à manger et corrige des copies.

Je me lève du canapé et je suis à peine debout qu'elle se tourne vers moi.

— Je vais monter un peu dans ma chambre.

— Tu es fatiguée ? Tu veux que j'appelle un médecin ? demande-t-elle, aussitôt.

— Non, maman. J'ai une interro de maths, mardi matin et si je veux avoir une bonne note, je dois réviser.

— Tu peux louper les cours pendant un jour ou deux, si

tu ne te sens pas bien.

— Ça va aller, maman. J'ai pris un coup, je suis tombée dans les pommes mais je vais bien.

— OK, si tu le dis.

Je lui offre un sourire puis quitte la pièce et monte les escaliers au pas de course.

J'entre dans ma chambre et étouffe un cri en y découvrant Cameron, assis sur mon lit.

— Salut, murmure-t-il.

— Comment tu fais ça ? demandé-je, incrédule. J'ai entendu aucun bruit.

— Un magicien ne dévoile pas ses tours, rétorque-t-il en souriant.

— T'es pas magicien !

— Alors, comment j'ai réussi à rentrer ?

Je lève les yeux au ciel et me laisse tomber sur le lit à ses côtés et lui donne un coup d'épaule.

— Ta mère est vraiment furax contre moi.

— Elle a eu peur, la défends-je, malgré moi.

— Moi aussi, avoue-t-il dans un murmure.

— Tu tiens à moi, alors ?

Je fais exprès de le charrier en répétant la question qu'il m'a posée et à laquelle je n'ai pas répondu mais je ne m'attendais pas à cette réponse. *Directe.*

Riley[2]

— Oui, je tiens à toi, Riley.

Sincère. Je peux le lire dans ses yeux. Aussitôt, une sensation étrange s'empare de mon être. C'est comme si des dizaines de papillons déployaient leurs ailes au creux de mon ventre et je me mets à rougir, un sourire aux lèvres.

— Ma mère devrait me laisser tranquille pendant une bonne heure, dis-je sans trop savoir pourquoi.

Ses yeux s'illuminent d'une lueur intense et un frisson me parcourt l'échine.

— Bien, répond-il simplement.

Sa présence me déstabilise autant qu'elle m'euphorise. Je ne sais pas pourquoi je suis dans cet état. J'ai envie d'apprendre à mieux le connaître et lui poser plein de questions mais en même temps, je meurs terriblement d'envie qu'il m'embrasse. C'est n'importe quoi. Les amis ne font pas cela et Cameron est mon ami. Rien de plus.

— Et si on regardait un épisode de Teen Wolf ?

Qu'est-ce que je disais ? Ça, c'est ce que sont censés faire des amis. Pas s'embrasser. Peut-être que finalement, ce coup à la tête est plus grave que ce que je pensais. Cela ne peut être que ça.

J'acquiesce et récupère mon ordinateur portable sur mon bureau afin de pouvoir regarder la série. Puis je retourne sur le matelas et me cale contre la tête de lit, très vite imitée par Cameron.

C'est les mains tremblantes que je tape sur les touches de mon clavier pour rentrer mes identifiants sur mon compte VOD et c'est le cœur battant à tout rompre que je lance le dernier épisode.

Regarder une série avec Cameron n'est pas une première, mais la dernière fois, Jessica était avec nous. Ce n'était pas pareil. Là, j'ai l'impression que son aura est partout dans la pièce et que je peux sentir sa chaleur se dégager de son corps, si près du mien. J'ai la bouche sèche, les mains moites et je dois fournir un effort surhumain pour me concentrer sur ce qui se passe à l'écran. Jamais, je n'ai été aussi perturbée de ma vie. Jamais, la présence d'un garçon à mes côtés ne m'avait fait ressentir cela. Pas même ceux avec qui je suis sortie.

Et puis d'abord, qu'est-ce que je ressens, au juste ? OK, Cameron est vraiment canon. Du genre, il pourrait faire la une des magazines de mode pour adolescentes aux hormones en ébullition. Il ferait un carton. Mais… est-ce que je suis simplement attirée par son physique ? Ou est-ce que c'est plus que cela ?

Cameron s'étire et passe son bras autour de mes épaules en le faisant et lorsque je m'aperçois qu'il le laisse là, les papillons arrivent par centaines dans mon ventre et mon cœur rate un battement.

Mince. Peut-être que c'est plus que cela…

À la fin du premier épisode, je descends récupérer un soda et de quoi grignoter. Ainsi, je montre à maman que je vais bien et cela m'évite qu'elle vienne prendre de mes nouvelles dans ma chambre.

Riley[2]

Je remonte et retrouve Cameron, qui n'a pas bougé et me réinstalle à ses côtés. Je lui tends la bouteille et j'ouvre le paquet de chips tandis que je mets en route le prochain épisode.

Quarante minutes plus tard, nous sommes scotchés par la fin et nous mourrons de connaître la suite mais il ne faudrait pas que maman nous surprenne. Cette fois, je décide d'aller aux toilettes du bas et d'aller lui parler cinq minutes afin de m'assurer une fois encore, qu'elle n'a pas l'envie de venir voir si je suis morte des suites de ma commotion.

Je laisse Cameron dans ma chambre, dévale les escaliers et vais dans la salle à manger rejoindre ma mère.

— Ça va, maman ? lui demandé-je en souriant.

Ma mère penche la tête sur le côté, les sourcils froncés.

— Ouiiiii, répond-elle, sceptique.

— Je viens de terminer de réviser et si t'es d'accord, je vais retourner dans ma chambre pour regarder un épisode de ma série préférée.

— On peut le visionner ensemble.

— C'est un truc sur des loups-garous, des vampires, des kanimas… C'est pas ton truc.

— Des kanimas, hein ?

— Oui c'est une…

— Sorte de loup-garou – serpent avec une longue queue.

Merde, alors ! Elle connaît !

— Euh… c'est ça.

— N'oublie pas que je t'ai eu jeune, Riley. Il y a plein de séries qui me plaisent et tu serais vraiment surprise par certaines.

— Euh… je te rassure, je le suis déjà, rétorqué-je, impressionnée. Mais si ça ne te dérange pas, je préfèrerais le regarder, allongée sur mon lit.

— Et avec Cameron.

— Quoi ? Noooon !

— Riley, j'ai été jeune avant toi. Je sais très bien ce que tu essaies de faire.

— Je ne vois pas de quoi tu parles. Cameron est chez lui. Avec son oncle. Il n'est…

— Il est sûrement en train de t'attendre dans ta chambre pendant que tu vérifies que je ne vais pas venir prendre de tes nouvelles.

— Comment…

— Je sais ça ?

— Oui.

— Eh bien, depuis que je lui ai claqué la porte au nez, tu me fais la gueule. Et puis tout à l'heure, tu as reçu un texto — ne crois pas que je ne l'ai pas vu — et tu es allée dans ta chambre. Cela fait deux fois et environ à peu près toutes les quarante-deux minutes que tu descends et que tu m'adresses la parole avec le sourire. Donc, j'imagine que Cameron est passé par la fenêtre et que c'est pour ça que tu as l'air si… heureuse.

Riley[2]

— Tu as raison. Je suis désolée de t'avoir menti mais c'est mon ami, maman et…

— OK, ma puce. J'ai compris. Tu as déjà perdu Jessica et visiblement ce Cameron est important pour toi. Je suis d'accord pour qu'il reste mais à la seule condition que vous continuiez de regarder *Teen Wolf*, la porte de ta chambre ouverte.

— Maman ! m'insurgé-je. Je viens de te dire que Cameron est simplement mon ami.

— Oui, eh bien, amis ou pas c'est un garçon et je veux que cette porte reste ouverte sinon, il peut retourner chez lui, avec son abruti d'oncle.

Je lève les yeux au ciel mais souris. Maman vient d'accepter que Cameron reste alors je peux bien faire l'effort de laisser la porte ouverte. Après tout, je suis sûre qu'il ne se passera rien entre nous… Nous sommes simplement amis, non ?

Chapitre 18

Cameron

Riley met un temps à fou à revenir. Je décide d'aller voir ce qui se passe en me mettant en haut des escaliers et surprend ce que lui dit sa mère.

— Oui, eh bien, amis ou pas c'est un garçon, je veux que cette porte reste ouverte sinon, il peut retourner chez lui, avec son abruti d'oncle.

Pourquoi traite-t-elle Oncle Bobby d'abruti ?

J'entends Riley acquiescer et retourne vite dans la chambre avant qu'elle ne monte les marches. Je me remets sur le lit, exactement au même endroit et quand elle entre, je fais semblant de bâiller.

Riley[2]

— Elle sait que tu es là, dit-elle en laissant la porte ouverte.

— Elle a piqué une crise ?

— Bizarrement, non. Elle veut simplement que la porte…

— Reste ouverte.

Bon sang ! Je ne peux pas apprendre à la fermer ? Ça sert à quoi maintenant de faire comme si je n'avais pas bougé ? Crétin !

— T'as entendu ? demande-t-elle, surprise.

Plus qu'à tout avouer maintenant.

— Ben… Je me demandais pourquoi tu mettais autant de temps pour revenir alors je suis sorti et j'ai entendu ta mère… Pourquoi elle a traité mon oncle d'abruti ?

Riley écarquille les yeux et rougit. J'ai remarqué qu'elle le fait beaucoup quand elle est mal à l'aise et je me demande si elle s'en rend compte. En tous cas, moi, je ne m'en plaindrais pas. J'aime beaucoup cette teinte chez elle et… Enfin, bref, ce n'est pas le sujet. Il ne manquerait plus qu'elle remarque que je commence à bander ! *Idiot !*

— Eh bien… j'étais en colère contre toi et elle s'en est rendu compte. Elle m'a posé tout un tas de questions et je lui ai dit que ton oncle Bobby ne voulait pas que je te fréquente.

— Sérieusement, Riley ? T'as fait ça ? Tu voulais qu'elle réagisse comment en apprenant qu'un Hellys Angels ne voulait pas que je te voie.

— À ce propos… elle ne sait rien pour la bande de motards. Je ne lui ai rien dit. Tu sais que mon père était un biker et qu'il s'est tiré le jour de ma naissance. Ce que tu ne sais pas c'est qu'il faisait partie, lui aussi, des Hellys Angels et qu'à défaut de porter le même nom de famille que lui, j'ai son prénom.

— Attends, quoi ? Ton père… était un Hellys ? Et vous vous appelez tous les deux, Riley !

— Yep. Alors, imagine si elle sait que toi et ton oncle vous en faites partie. Cette fois aucun doute qu'elle sera d'accord avec lui et qu'ils feront tout pour nous séparer.

C'est pas con. Elle a raison.

— Donc, elle est simplement furieuse parce qu'il dit que tu n'es pas fréquentable, c'est ça ?

— Eh bien… ça lui a pris un peu la tête et elle pense que c'est un conservateur comme ses parents et qu'il me juge à cause de ses erreurs. Je ne l'ai pas détrompée.

— C'est mal, Riley. T'imagine si un jour elle me croise avec mon oncle ? Elle comprendra tout de suite d'où il vient et elle t'en voudra de lui avoir menti.

— Écoute, je crois pas que ce soit le bon moment pour lâcher une bombe pareille. Je vais attendre un peu que toutes les tensions redescendent d'elles-mêmes et ensuite je lui dirai la vérité.

— Je continue de croire que c'est pas bien.

— Je sais mais… je veux qu'elle apprenne à te connaître. Qu'elle voit que tu es un gentil garçon. Que tu n'es pas mon père. Tous les bikers ne sont pas les mêmes. Je veux qu'elle voie au-delà des apparences et des Hellys Angels. Je veux qu'elle te voie, toi, Cameron James pour qu'elle accepte que tu sois mon ami.

Riley[2]

Que tu sois mon ami… Bien sûr… Juste son ami…

Même si ses dernières paroles me font l'effet d'une douche froide, son discours juste avant m'a complètement retourné. Seuls mes parents et Oncle Bobby ont toujours cru en moi et aujourd'hui, je me rends compte que Riley aussi.

Ses mots m'ont autant touché que ceux de mon oncle l'autre jour et quelque chose en moi s'est réveillé. Je ne saurais l'expliquer exactement mais j'ai l'impression que Riley vient d'allumer une petite étincelle dans mon être et je ne sais pas comment elle a réussi à le faire. J'ai envie de croire que je peux être autre chose qu'une petite frappe et que je peux sortir de ce milieu que mon oncle ne veut pas pour moi. Et que je ne veux pas non plus. Je sais que si je reste là-dedans, à un moment ou à un autre, je tournerai mal et je perdrai mon oncle et Riley. Et ça, il n'en est pas question.

Après avoir visionné six épisodes de Teen Wolf, j'ai laissé Riley se reposer et j'arrive au bar en début de soirée. J'avoue qu'après notre conversation, j'ai eu du mal à me concentrer sur la série. D'une part à cause des mots de Riley mais d'autre part à cause de ce qu'elle a dit sur son père. Si lui aussi était membre des Hellys Angels, peut-être qu'Oncle Bobby le connaissait et sait ce qui s'est passé. Je n'arrive pas à comprendre pourquoi ce mec – qui était sur le point de devenir père et qui avait une magnifique nana – a pu se tirer comme il l'a fait, du jour au lendemain et qui plus est, le jour de la naissance de son bébé !

Je pousse les portes et vais m'asseoir au bout du comptoir, ma place habituelle. À peine installé, qu'un soda glisse jusqu'à moi et je le récupère.

— Comment va la petite ? demande mon oncle en se matérialisant devant moi.

— Elle va mieux.

— C'est bien, rétorque-t-il d'un air renfrogné.

Il retourne s'occuper de ses clients puis il revient me voir quelques minutes plus tard.

— On a pas mal parlé avec Riley et… j'ai appris des trucs sur son père, aujourd'hui.

À ces mots, Oncle Bobby se crispe et arrête de faire tourner le torchon dans le verre qu'il tient dans sa main. Face à sa réaction, je continue :

— C'était un Hellys. Je ne connais pas son nom de famille mais est-ce que t'as déjà entendu parler d'un mec s'appelant Riley ?

— Tu veux dire que ta copine et son père ont le même prénom ? rétorque-t-il d'une voix bourrue.

— Yep. Donc… ça te dit quelque chose ?

— Tu sais, *buddy*, la famille des Hellys Angels est dans tout le pays. Des Riley, il y en a à la pelle !

— Peut-être que Francky le connaît, continué-je.

— Écoute, Cameron. Si ce mec a disparu c'est soit qu'il est mort et dans ce cas, paix à son âme, soit qu'il fait

Riley[2]

de la taule, soit qu'il s'est barré avec une autre. Dans tous les cas, pourquoi vouloir fourrer ton nez dans des affaires qui ne te regardent pas ?

— Parce que c'est mon amie, contré-je.

— Amie ou non, je t'interdis de te mêler de cette histoire, tu entends ?

— Mais…

— Fin de la discussion, Cameron.

Il ponctue sa dernière phrase par un regard noir puis il tourne les talons et demande à Francky de le remplacer derrière le comptoir.

Je sais qu'il me cache quelque chose. J'ai bien vu tout à l'heure qu'il a tiqué quand j'ai parlé du père de Riley. Il le connaissait. Forcément. Sinon, il n'aurait pas réagi de façon si virulente. Alors pourquoi ne veut-il pas en parler ? Qu'a fait le père de Riley ? Pourquoi est-il parti ? Même si Oncle Bobby ne veut pas que je me mêle de cette histoire, je sais déjà que je vais lui désobéir. Il vient d'attiser ma curiosité et pour Riley, je suis prêt à tout. Elle mérite la vérité.

Je regarde autour de moi et souris.

Mon oncle tient le bar qui sert de Quartier Général aux Hellys Angels. Avec un peu plus d'alcool et quelques verres à l'œil, les langues se délient toujours. Je crois que je vais passer plus de temps au bar. Ainsi, je pourrai mener mon enquête, ni vu ni connu.

Fort de cette résolution, je termine ma boisson, me lève et fais le tour du zinc.

— C'est bon, Francky, je te remplace !

— Merci, gamin !

Le géant retourne à sa place et je commence à observer les habitués, à la recherche de la personne qui pourra m'aider à apprendre des choses sur le père de Riley. Malheureusement, au bout de plusieurs minutes, je n'ai toujours trouvé aucun membre à qui parler seul à seul. En effet, même si le bar est bondé, tous les clients sont installés en bande en petits groupes. Je ne me vois pas aller au-devant de sept ou huit gars et poser mes questions, l'air de rien. Ils m'enverraient bouler et ils ne se gêneraient pour en parler à Bobby. On sait tous comment ça va finir s'ils le font.

Dépité, je lâche un soupir de frustration tandis que je prépare une chope de bière pour Francky.

— Qu'est-ce qui t'arrive, gamin ? demande-t-il quand je lui donne sa boisson.

Avant de lui répondre, je jette un œil derrière moi afin de vérifier qu'Oncle Bobby n'est pas revenu puis lorsque je vois que la voie est libre, je me penche par-dessus le zinc et lui murmure :

— T'as déjà entendu parler d'un mec qui s'appelait Riley ?

Je me redresse et observe son comportement. Francky ne cille pas mais croise ses gros bras musclés sur son torse.

— Pourquoi tu demandes ça ?

— C'est le père de ma copine…

Riley[2]

— Attends ! Elle s'appelle pas comme ça, elle aussi ?

— Si mais là n'est pas la question.

— C'est quand même bizarre.

Je lève les yeux au ciel. C'est vrai que même moi, cela m'a surpris quand Riley me l'a dit.

—Je sais… Donc, ça te parle ?

— C'était un membre de Dallas, répond-il en hochant la tête.

Oh Putain ! Il le connaît ! J'ai réussi !

— Tu sais où il est ?

— Nope. Je ne l'ai jamais vu. Juste entendu parler.

Eh merde ! Retour à la case départ.

Soudain, je sens une main se poser sur mon épaule et surpris, je sursaute. Je me retourne et découvre qu'Oncle Bobby est revenu et qu'il a l'air un peu plus détendu que tout à l'heure.

— Tu devrais monter dîner, *buddy*. Le repas est sur la table.

J'acquiesce d'un signe de tête. Oncle Bobby presse mon épaule puis il récupère son torchon et se met derrière son comptoir.

Je salue Francky puis regagne l'appartement.

Visiblement, mon oncle n'a pas surpris ma conversation avec son bras droit et j'en suis soulagé. Je ne voyais pas comment me justifier alors que ça ne fait qu'une heure qu'il m'a dit de ne pas m'en mêler !

Si je veux continuer sur ce terrain-là, j'ai intérêt de la jouer fine.

Riley[2]

Chapitre 19

BOBBY

Putain de bordel à cul !

Ce petit ne comprend définitivement pas ce que *non* signifie. S'il croit que je ne l'ai pas entendu parler avec Francky, il se met le doigt dans l'œil.

Heureusement que mon bras droit est un type futé et qu'il n'a pas dit ce qu'il savait sur Riley. À savoir : tout. Comme moi. Enfin, pas tout à fait. Il sait seulement ce que j'ai bien voulu lui confier. Et il n'est pas question que mon neveu découvre la vérité à ce sujet. Et encore moins la petite.

Riley[2]

Cela fait seize ans que Riley Mc Call n'existe plus et il faut que cela reste comme ça, pour le bien de tous.

— Tu crois vraiment que c'est une bonne idée ? me demande Michael, pour la énième fois.

— Est-ce qu'on a vraiment le choix ?

Mon meilleur ami grimace.

— Et si c'était que du bluff ?

Je regarde la pièce autour de nous. Elle est d'un blanc immaculé avec pour seul mobilier : une table et quatre chaises en fer.

Depuis que nous sommes arrivés ici – il y a maintenant trois heures – on nous a posé tout un tas de questions sur les Hellys Angels et aucun de nous n'a voulu parler jusqu'à ce que les deux connards assis en face de nous menacent notre famille.

Peut-être que Mickey a raison et que nous faisons la pire erreur de notre vie, mais ai-je vraiment le choix ? Non. Je ne l'ai pas. Ma décision a été prise à la seconde où le deal a été mis sur la table. Et contrairement à moi, mon meilleur ami est bien plus chanceux. Gwen est aussi un membre actif depuis quelques années et elle peut rester. Ils n'ont pas à être séparés.

Je n'ai pas cette chance.

Je jure entre mes dents et me prends la tête entre les mains.

Tout ceci est un cauchemar. Ça ne peut pas être réel. Je vais me réveiller.

Clémence Lucas

Mais lorsque les deux costards-cravates reviennent dans la salle, je comprends que tout ceci est la réalité.

En un claquement de doigts, ma vie est fichue.

— Hey ! Bobby ! J'te parle !

Francky me fait des signes devant les yeux et je tape dans ses mains afin de le faire arrêter.

— C'est bon, Franck, lâche-moi !

— Tu sais que t'es dans la merde, frangin. Si Cameron découvre la vérité… il le dira forcément à la petite.

— J'crois pas t'avoir sonné les cloches, Francky, alors te mêle pas de mes affaires !

— Je sais ce que tu fais, vieux. Et après, ça t'étonne que le gamin réagisse comme toi ? Depuis la mort de ses parents, c'est toi qui l'élèves. T'es son putain de modèle !

— Qu'est-ce que tu veux dire ? demandé-je, sceptique.

Depuis quand mon bras droit se prend pour un psy ?

— T'as les boules et tu cherches la bagarre même si c'est avec moi, termine-t-il dans un rire.

Putain… il a raison !

Riley[2]

— Je suis désolé Fran…

— Laisse tomber. Les excuses, c'est pour les trous du cul !

J'acquiesce d'un signe du menton puis prépare une pinte de bière que je lui offre en la faisant glisser jusqu'à lui. Mon bras droit me remercie en levant son verre puis il en boit la moitié 'une traite.

Depuis que la petite Riley est entrée dans nos vies, j'ai l'impression que mon passé me rattrape et… je manque d'air.

Combien y avait-il de chances pour que nous habitions dans la même ville ? Et encore plus, combien y avait-il de chances pour que Cameron en tombe amoureux ? Oui parce qu'il a beau crier haut et fort qu'ils sont simplement amis – et c'est peut-être le cas pour l'instant – je ne suis pas dupe. Je connais cette expression sur son visage. Je connais ce sourire lorsqu'il parle d'elle. Il ne s'agit pas d'une amie. Il l'aime et cela ne peut pas arriver. Je ne peux pas le laisser être en couple avec Riley. C'est impossible.

Et si pour cela Cameron doit me détester, eh bien, soit. J'ai pris trop de risques pendant de nombreuses années pour tout foutre en l'air, maintenant.

Plus qu'une mission. C'est la plus risquée mais la plus importante de toute ma vie. Quand elle sera terminée, je serai libre. Plus qu'une putain de mission…

Chapitre 20

Riley

Si ma mère me veillait comme de l'huile sur le feu, vous devriez voir Cameron : c'est ridicule. Ce matin, il est venu me chercher à la maison pour m'emmener en cours puis à midi, il m'attendait devant ma salle de classe et poussait tout le monde sur mon passage. OK, j'ai eu une commotion cérébrale mais une simple bousculade ne va pas m'envoyer à l'hôpital ! Arrivés à la cafétéria, il m'a ordonné de m'asseoir et il est parti me chercher un plateau.

Si, le premier jour, j'ai trouvé cela attendrissant parce qu'il s'en voulait, aujourd'hui, après quatre jours de ce traitement, il me tape sur le système.

— Ça va ? demande-t-il en croquant dans son sandwich.

— À merveille ! rétorqué-je, sarcastique.

Cameron fronce les sourcils mais s'abstient de tout commentaire alors que je le connais, je sais parfaitement qu'il voudrait me remballer à son tour. Mais comme je suis soi-disant *convalescente*, il préfère se taire.

Agacée, je lève les yeux au ciel et soupire.

— Je vois bien qu'il y a quelque chose qui ne va pas, Ri.

— Tu m'étonnes ! grincé-je.

— T'es en colère ?

— Pas du tooouuut.

— OK… Qu'est-ce que j'ai fait ?

— Tu devrais plutôt dire qu'est-ce que t'as pas fait !

— Quoi ? Je comprends pas.

— Cam ! Tu es pire que ma mère ! Je ne suis pas en sucre ! J'ai pris un coup, OK, la belle affaire ! À qui ça n'est jamais arrivé, hein ? Personne. Donc, arrête de me traiter comme si j'avais une maladie incurable, bon sang !

— T'es sérieuse, là ? demande-t-il, perplexe.

— Carrément !

Il ancre son regard au mien et tout à coup, j'aperçois une lueur malicieuse dans ses yeux et un sourire se dessine sur ses lèvres.

— OK ! J'arrête ! Après tout, t'es plutôt chiante quand on prend soin de toi. Ça va me faire un bien fou de ne plus me préoccuper de ton sort !

— Oh, mais bien sûr ! Comme si je t'avais obligé à faire quoi que ce soit.

— Tu parles ! Tu n'arrêtes pas une seule seconde avec tes jérémiades : Jess ne viendra plus jamais me chercher le matin pour aller à l'école… À qui je vais raconter tous mes pauvres petits malheurs ? À qui je vais bien pouvoir dire à quel point Cameron James est séduisant.

— Dans tes rêves ! J'ai jamais dit ça !

— Tu es sûre ? Parce qu'avec tous les antidouleurs que tu as ingurgités ces derniers jours, t'as un peu perdu la boule, termine-t-il en faisant tourner son doigt près de son oreille et en louchant.

J'éclate de rire et tente de lui donner une tape sur le bras mais il attrape ma main et me fait basculer en arrière, la tête près du sol.

— Cam ! Arrête ! hurlé-je en riant de plus belle.

Mon ami me lance un sourire carnassier et commence à me chatouiller. Je tente de me débattre mais il me tient fermement et pour être tout à fait honnête, je n'ai pas vraiment envie qu'il me lâche. Oui, je sais : tout à l'heure, il me tapait prodigieusement sur les nerfs mais je crois que tout est rentré dans l'ordre grâce à notre joute verbale.

Riley[2]

Enfin… tout est rentré dans l'ordre… Est-ce que c'est normal d'aimer être dans ses bras ? Est-ce que c'est normal que mon cœur rate systématiquement un battement dès qu'il me sourit ? Est-ce que c'est normal d'imaginer la sensation que cela me ferait de sentir ses lèvres sur les miennes ? Est-ce que c'est normal de ressentir tout ça pour mon meilleur ami ? Parce que… si cela ne l'est pas… *Qu'est-ce que ça signifie, au juste ?*

Cela fait maintenant un mois que Cameron et moi avons instauré une sorte de routine. Tous les matins, il prend la Shelby de son oncle et vient me chercher à la maison, comme le faisait avant Jessica. Tous les midis, nous déjeunons à la même table. Tous les soirs, il me ramène et nous faisons nos devoirs ensemble puis il rentre chez lui. Le samedi, il reste au bar tandis que je passe la journée avec ma mère. Et le dimanche, Cameron vient à la maison et nous passons la journée à regarder des séries.

Il est un peu devenu ma Jessica. Sauf que lui, il me plaît. Trop. Beaucoup trop…

Cela fait maintenant un mois que je rêve que Cameron m'embrasse. Certains jours, je pense qu'il est sur le point de le faire mais au dernier moment, il se rétracte. À d'autres, j'ai l'impression que tout est dans ma tête et qu'il me considère simplement comme un pote.

Donc, cela fait maintenant un mois que dès que Cameron passe son bras autour de mes épaules – comme il vient de le faire tandis que nous visionnons *Supernatural* — j'ai l'impression que je ne suis qu'une boule d'hormones prête à exploser. Je suis pathétique.

— Ça va ? demande-t-il en me lançant un regard en coin.

— Yep.

— T'es sûre ?

— Certaine.

— Tu vas parler qu'en monosyllabe ?

— Du tout. Là, ça fait deux.

Cameron fronce les sourcils puis il s'écarte de moi et met l'épisode sur pause.

— Je peux savoir ce qui te prend ?

— Mais rien ! Je suis juste concentrée sur l'écran et tu n'arrêtes pas de poser des questions. J'ai rien à la fin !

— Alors pourquoi à chaque fois que je te touche, tu sursautes ? J'ai l'impression d'avoir dit ou fait quelque chose de mal et je ne sais pas quoi. Est-ce que... t'es en colère contre moi, Ri ?

Eh merde !

Je ne *sursaute* pas comme il le dit : je frissonne, c'est... différent. Un sursaut signifierait que je le fais exprès, que je ne veux pas de son contact. Un frisson est au contraire quelque chose d'involontaire. Je ne le fais pas exprès et je ne pensais pas qu'il s'en était rendu compte. À chaque fois qu'il m'effleure, passe un bras autour de moi, me touche tout simplement, j'ai la sensation d'être électrisée. Si je ne veux pas dire à Cameron qu'il me plaît afin de ne pas perdre le seul ami qui me reste, je ne voulais pas qu'il pense qu'il m'avait contrariée.

Il pose sa main sur mon bras et encore une fois, je frissonne à son contact. Il la retire vivement puis d'un bond, se lève du lit.

— Cameron… ce n'est pas du tout ce que tu crois, dis-je dans un murmure.

— Alors, vas-y, explique-moi.

Mal à l'aise, je mets mes jambes en tailleur et évite de croiser son regard. Je suis certaine qu'il lirait dans le mien. Qu'est-ce que je vais lui dire ? La vérité ? Non ! S'il ne ressent rien pour moi, je vais le perdre. Mais si je n'ai pas rêvé ? Si lui aussi se retenait bêtement pour les mêmes raisons ? Et si je lui plaisais ? Et si…

— Riley ?

Je relève la tête et ose enfin croiser son regard. Il est… intense. Cette fois, pas besoin qu'il me touche pour que je frissonne et j'arrête de réfléchir. À mon tour, je me lève du lit et sans jamais quitter ses yeux, j'avance jusqu'à lui. J'ai les jambes qui tremblent, ma respiration s'accélère et même si je n'ai que deux pas à faire, j'ai l'impression de gravir l'Everest. Jamais jusqu'à aujourd'hui, je n'avais eu peur d'aller vers un garçon. Jamais jusqu'à Cameron, un garçon ne m'avait fait cet effet.

Je m'arrête à quelques centimètres de lui, me mets sur la pointe des pieds, retiens ma respiration et mes lèvres se pressent sur les siennes. Immobiles. Les yeux dans les yeux. Je me demande si je ne suis pas en train de faire une connerie lorsque soudain, Cameron grogne et m'attire tout contre lui. Sa langue se mêle à la mienne et les papillons reviennent par milliers dans mon ventre. Si je suis à l'initiative de ce baiser, désormais c'est lui qui en a le contrôle et la Terre pourrait bien s'arrêter de tourner que je ne m'en rendrais même pas compte.

Cameron rompt notre baiser et à bout de souffle, pose son front contre le mien.

— T'es pas fâchée, alors ? demande-t-il, taquin.

— Nope.

— J'ai pas rêvé, tu viens bien de m'embrasser ?

— Yep.

— Pourquoi ?

— C'est pas évident ? demandé-je, dans un murmure.

— J'ai appris qu'avec toi, Riley, rien n'est jamais évident.

Je glousse et me détache de son corps afin de le regarder dans les yeux.

— Je crois que… je crois que j'aimerais bien être plus que ton amie, dis-je d'une traite.

— Du genre : être officiellement ma copine ?

J'acquiesce d'un signe de tête et il m'offre un sourire rayonnant.

— Eh ben, c'est pas trop tôt !

Riley[2]

Puis il se jette sur moi et ses lèvres recouvrent les miennes dans un baiser beaucoup plus passionné que le premier. Nos corps se rapprochent, nos souffles se mélangent, nos bouches s'apprivoisent et mon cœur s'emballe dans une course folle.

Ce deuxième baiser change tout. Le premier était une sorte de test, une invitation à continuer. Celui-ci… il est tellement plus… plus tout. À partir de maintenant, je sais que Cameron James ne sera plus jamais mon ami.

Il est bien plus que cela.

Chapitre 21

Cameron

Depuis une semaine, Riley et moi sortons officiellement ensemble et vivons sur un petit nuage. Avant elle, jamais je n'avais aimé passer autant de temps avec une fille. Peut-être parce que nous étions d'abord amis ? Ou peut-être parce que c'est la plus belle fille qu'il m'ait été donné de rencontrer ? À vrai dire, je n'en sais rien... Pourquoi toujours chercher midi à quatorze heures ? Cela me convient.

Aujourd'hui, j'ai décidé de lui faire une surprise : au lieu d'aller la chercher avec la Shelby, j'ai pris ma Harley. Je sais combien elle aimerait monter dessus mais elle se retient à cause de sa mère. Mais aujourd'hui, Julia n'est

Riley[2]

pas là et passe la journée avec sa meilleure amie, Lydia. La voie est donc libre !

Je me gare dans l'allée et tout juste ai-je posé le pied par terre pour stabiliser ma bécane que la porte de la maison s'ouvre et que Riley me regarde, les yeux écarquillés. Je retire mon casque et lui offre un sourire tandis qu'elle avance vers moi.

— Cameron… Pourquoi t'as pris ta moto ? Je croyais que t'avais dit qu'on allait faire un tour ? demande-t-elle, incrédule.

— Yep, c'est ce qu'on va faire !

— Tu déconnes ?

— Nope.

Je descends de la moto, attrape le deuxième casque que j'avais apporté pour elle et lui tends.

— Je… Je peux pas. T'imagine si ma mère sait ça ? Elle va piquer une crise et elle m'interdira de te voir.

— Elle est chez Lydia, c'est bien ce que tu m'as dit, non ? Comment veux-tu qu'elle le sache ?

— Si on croise quelqu'un qu'elle connaît ?

— Tu crois sincèrement qu'avec ça sur la tête, on va te reconnaître ? demandé-je en lui montrant le casque.

— Peut-être pas mais… C'est risqué…

— T'as peur ?

Elle ouvre de grands yeux, offusquée.

— Quoi ? Non !

— Alors, arrête de te trouver des excuses et monte sur cette moto !

Riley fronce les sourcils et après plusieurs secondes de réflexion, attrape enfin le casque et le met tandis que j'en fais autant avec le mien. Je souris pendant qu'elle monte derrière moi et lorsqu'elle passe ses bras autour de ma taille et que son corps se presse contre mon dos, mon souffle se coince dans ma gorge.

Merde !

J'essaie de penser à tout un tas de choses afin de ne pas me laisser envahir pas les sensations que me procure Riley pressée tout contre moi et je démarre la Harley. Dès que j'entends le ronflement de son moteur, je recouvre mon calme et la plénitude qui m'habite lorsque je suis sur ma moto, m'envahit. Je prends une profonde inspiration et me tourne vers Riley.

— Prête ?

Elle acquiesce en hochant la tête et je retire ma béquille. Aussitôt, elle resserre son étreinte autour de ma taille et j'adore cette sensation. C'est nouveau pour moi. Jamais avant Riley, je n'avais fait monter une fille sur ma moto – ni même un ami, d'ailleurs.

Avant elle, j'aimais conduire seul pendant des heures afin de me vider la tête et oublier, l'espace d'un instant, la mort de mes parents mais à mesure que ma bécane avance sur l'asphalte, je me sens en paix. À ma place. Avec la personne avec qui je dois être. Je ne saurais comment

Riley[2]

l'expliquer mais je le sais. C'est tout.

Nous roulons depuis une heure et faisons le tour de la ville. Pendant tout ce temps, à chaque virage, je sens Riley resserrer son étreinte et à chaque fois, je prie pour qu'arrive un nouveau tournant rapidement. C'est dingue mais durant tout le trajet, j'ai l'impression que nous ne faisons qu'un avec ma Harley et j'adore vraiment cette sensation. Mais comme je n'ai pas prévu qu'un simple tour en moto, je fais demi-tour et me dirige vers le Carl Levin Park.

Dix minutes plus tard, je me gare sur les emplacements réservés aux deux roues. Nous mettons tous deux pied à terre et ôtons nos casques.

Riley a les yeux qui pétillent, les joues rouges et un immense sourire sur les lèvres.

Je ne suis pas le seul à avoir aimé cette petite balade.

— Alors ? demandé-je pour la forme.

— C'était génial ! s'exclame-t-elle en me sautant au cou.

Je la fais tournoyer dans les airs et nous éclatons tous les deux de rire. Je la repose au sol et Riley effleure mes lèvres.

Clémence Lucas

— Merci.

— Tout le plaisir est pour moi ! rétorqué-je en lui faisant un clin d'œil.

Je récupère mon sac à dos.

J'attrape la main de Riley et nous entrons dans le parc.

J'aime beaucoup venir ici. Il y a des aires de jeux pour les jeunes enfants, des terrains de sport, une piscine couverte, un chemin pour les vélos et un autre pour les piétons qui entourent le lac. Parfois, j'aime venir ici pour regarder les familles pique-niquer et j'imagine ma vie si mes parents étaient encore de ce monde. Je sais que c'est parfaitement ridicule, puisque s'ils étaient encore en vie, ce n'est pas le genre de choses qu'ils auraient fait avec moi. Ils étaient plutôt du genre à prendre les Harley et partir faire un tour pendant des heures. D'autres fois, je viens juste m'asseoir dans l'herbe et regarde la fontaine en plein milieu de l'eau puis, je me perds dans mes pensées. En réalité, à chaque fois que je viens ici, c'est que je suis triste. Sauf aujourd'hui. Aujourd'hui, je viens y créer d'autres souvenirs avec Riley.

Nous marchons pendant une demi-heure puis je décide de nous installer à mon endroit préféré dans l'herbe. Je pose mon sac au sol et Riley va pour s'asseoir mais je l'en empêche.

— Attends deux secondes.

Elle me regarde en haussant un sourcil et j'ouvre mon sac. J'en sors une petite couverture que je déplie et

195

d'un geste de la main, je lui permets de s'asseoir. Riley me sourit mais elle n'a pas encore tout vu.

Je sors également deux bouteilles de jus de fruits ainsi qu'un paquet de gâteaux au chocolat et je la rejoins.

— Wouah ! Tu as pensé à tout !

— Je voulais que tu passes un bon moment.

— Avec ou sans tout ça, du moment que je suis avec toi, je passe toujours un bon moment, Cam.

Je souris comme un idiot et lui tends sa boisson.

— Merci.

Riley porte la bouteille à ses lèvres et immédiatement, c'est con mais je serais presque jaloux de ce truc en plastique qui a le privilège de toucher sa bouche. Elle boit une longue gorgée et lorsqu'elle referme la bouteille, je ne peux m'empêcher de l'embrasser.

Ce baiser volé se transforme rapidement en une étreinte passionnée mais l'endroit n'est pas propice à ce genre de rapprochement et je me détache à regret de Riley.

Afin d'éviter de me jeter encore une fois sur elle, je décide de changer de position et passe derrière. Aussitôt, elle cale son dos contre mon torse et je la prends dans mes bras, nos mains jointes en-dessous de sa poitrine.

Pendant plusieurs minutes, nous n'échangeons pas un mot. Perdus tous les deux dans nos pensées, nous admirons le spectacle que nous offre la fontaine qui jaillit en plein milieu du lac.

Clémence Lucas

Depuis un mois, j'aimerais dire à Riley que je mène ma petite enquête au sujet de son père mais je ne sais pas trop comment elle le prendrait. Je sais que sa mère ne lui a dit que le strict minimum sur son géniteur et pour l'instant, je n'ai rien de plus à lui apprendre. Par ailleurs, à chaque fois que j'ai posé des questions aux membres des Hellys, aucun ne m'a donné de renseignements. Certains n'avaient jamais entendu parler de Riley père et d'autres… Eh bien, j'ai bien vu qu'ils le connaissaient mais ils se sont refermés comme des huîtres. On peut dire que pour le moment, je fais chou blanc ! Alors, à quoi bon le dire à Riley ?

— À quoi tu penses ? demande-t-elle dans un murmure.

— Que je n'aimerais être nulle part ailleurs, qu'ici, réponds-je en déposant un baiser dans ses cheveux.

Même si je ne la vois pas, je sais qu'elle sourit. Son corps est parcouru d'un frisson et se détend contre moi.

— Et toi ? À quoi tu penses ?

— Tu vas me prendre pour une folle.

— Ça, je ne crois pas que ça puisse arriver.

Elle prend une profonde inspiration et se lance.

— Je pensais à la bataille de Gettysburg.

— Sérieux ? Il va vraiment falloir que tu m'expliques pourquoi tu aimes tant l'histoire.

— Je ne sais pas, avoue-t-elle.

Riley[2]

— Riley… Je suis certain du contraire. Regarde, moi, je sais pourquoi je suis passionné de moto. Depuis ma naissance, je baigne dans ce milieu et je ne suis même pas sûr d'avoir choisi cette passion. Elle m'a frappé. J'aime sentir l'odeur du cambouis, chercher pendant des heures d'où provient une panne ou encore bichonner ma bécane. Peut-être que c'est juste parce que je suis né là-dedans ou alors, c'est uniquement parce que cela me rappelle mes parents mais toujours est-il que la moto, c'est en quelque sorte ma vie. Quand je suis triste, je fais un tour en Harley, quand je suis heureux, pareil. C'est mon échappatoire.

— Parle-moi de tes parents.

À mon tour, je prends une profonde inspiration et me perds dans mes souvenirs.

— Des fois, j'essaie de me rappeler l'odeur du parfum de ma mère ou encore de son rire et pareil pour papa mais… plus les années passent, plus j'ai l'impression de ne plus m'en rappeler et… je m'en veux. Quel genre de fils ne se rappellerait pas de ces détails ?

— Cameron, tu n'étais qu'un enfant quand ils sont morts… Je crois que c'est normal.

— Peut-être, mais…

— Raconte-moi ce dont tu te rappelles.

Elle presse mes doigts contre les siens et m'insuffle le courage de lui parler.

— Mon père était garagiste. Il était le réparateur officiel des Hellys et était un membre très haut placé dans l'organisation. Il était grand, fort, couvert de tatouages. Ma mère, elle, était la tatoueuse des Hellys. Pendant des années, aucun des membres n'avait le droit de se faire tatouer par une autre personne qu'elle. Elle était douée et de loin la meilleure de son art. Elle savait utiliser un Liner comme personne et lorsque j'étais petit, elle s'amusait à me dessiner mes héros de dessins animés. C'était la plus gentille, la plus douce et la plus souriante des personnes mais attention, lorsqu'elle se mettait en colère, elle pouvait faire trembler n'importe quel membre des Hellys. C'était une femme forte…

Je m'arrête, incapable de continuer davantage. Leur souvenir me fait mal. Je lâche les mains de Riley et discrètement, j'essuie une larme.

— J'aurais adoré les connaître.

— Je suis sûr qu'ils t'auraient aimée.

— Tu crois ?

— Bien sûr ! Qui ne le pourrait pas ?

— Ton oncle Bobby, rétorque-t-elle, du tac au tac.

— Oncle Bobby se fait du souci pour moi, Riley. Ce n'est pas contre toi.

— Tu… tu as fait beaucoup de conneries ? demande-t-elle en se retournant pour me faire face.

Aussitôt, je la soulève, l'assois à califourchon sur mes genoux et ancre son regard au mien.

— J'ai eu envie de me sentir vivant et pour cela… oui, j'ai fait tout un tas de conneries, plus grosses les unes que

Riley[2]

les autres. Je me suis entouré des mauvaises personnes et… un soir, alors que les gars avec qui je traînais étaient en train de vandaliser une pharmacie pour prendre des opiacées, on s'est fait attraper…, terminé-je en baissant les yeux.

— Et… ?

— La suite, tu la connais. J'ai fini en maison de corrections pendant près d'une année et à ma sortie, Oncle Bobby est venu me chercher et on est venus vivre ici, à Fort Hood.

Riley prend mon visage en coupe entre ses mains et pose tendrement ses lèvres sur les miennes puis elle recule et frotte son nez au mien.

— Je suis heureuse que ton oncle ait décidé de déménager et t'emmener ici. Je me moque de tes erreurs passées, Cameron, tout ce qui compte aujourd'hui, est la personne que tu souhaites être et tu sais quoi ?

— Quoi ?

— J'aime celui que j'ai rencontré.

À ces mots, je sens un sourire étirer mes lèvres. Même si elle ne vient pas de dire qu'elle est amoureuse de moi, elle vient quand même de dire qu'elle m'aimait, non ?

Chapitre 22

Riley

Cela fait deux heures que nous sommes dans l'herbe, désormais assis l'un en face de l'autre, nous parlons à bâtons rompus. Plus nous échangeons sur nos vies et plus je tombe amoureuse de Cameron. J'aurais aimé le connaître lorsqu'il a perdu ses parents, j'aurais pu le soutenir et l'empêcher de mal tourner. Quand il a parlé d'eux, j'ai senti tout son corps se tendre et même si à ce moment-là, je ne pouvais pas le voir puisque je lui tournais le dos, je suis certaine qu'il pleurait. Je l'ai senti à sa voix tremblante, à son corps tendu comme un arc contre moi et à ce moment précis, moi aussi, je pleurais. Sentir sa peine, sa tristesse m'a profondément émue. Et intérieurement, je me suis jurée de tout faire pour qu'avec moi, il ne ressente jamais ces émotions-là. Je veux qu'il soit heureux, tout simplement.

— Bon, assez parlé de moi. Et toi, Riley Emerson ? Si tu me racontais tout de toi ? demande-t-il avec un sourire.

— Ma vie est beaucoup moins trépidante que la tienne.

— Mais elle m'intéresse tout autant, dit-il d'une voix douce.

— Il n'y a pas grand-chose à dire… Tu sais que mon père répond aux abonnés absents, que ma mère m'a élevée toute seule, que Jessica est ma meilleure amie depuis près de huit ans… Je suis du genre à ne pas faire de vagues, à rester dans mon coin et à ne pas me mêler aux autres. J'avoue que j'ai du mal à faire confiance aux gens.

— Pourquoi ?

— Peut-être à cause de mon père mais… en réalité, lorsque je vois le monde dans lequel on vit, comment les personnes se comportent entre elles, ça m'horripile ! Je ne supporte pas l'injustice.

— Ça, je peux le comprendre. Et ?

— Je crois que c'est tout.

— Je ne pense pas. Tu sais quand je suis arrivé au lycée, à notre premier cours ensemble, tu ne m'avais même pas vu. Tu étais comme hypnotisée par le prof, comme si tu avais un truc avec l'histoire et tout à l'heure, tu pensais à Gettysburg, c'est pas commun pour une fille de ton âge.

Je rougis. Jessica pouvait devenir folle quand je me mettais à parler de la bataille de Gettysburg ou encore celle de Richmond. Je n'ai pas vraiment envie de faire fuir, Cameron.

— Eh bien… c'est un peu vrai. Ne me demande pas pourquoi, mais je suis fan d'histoire et surtout des batailles de la guerre civile. Je crois que j'aurais aimé vivre à cette période et prendre les armes pour combattre l'oppression, sauver ces personnes qui ne méritaient pas d'être traitées comme du bétail. Chaque être humain mérite d'être traité avec respect.

— En fait, tu es une sorte d'idéaliste, dit-il, songeur.

— Peut-être…

Il fronce les sourcils.

— Et c'est pour ça que tu es avec moi ? Tu veux me sauver ?

— Te sauver ? Non ! Je ne pense pas que tu doives être sauvé, Cam. Tu as peut-être pris les mauvaises décisions mais depuis que tu es là, tu fais tout pour aller de l'avant et je suis fière de toi. Fière d'être ton amie. Fière d'être ta copine.

Lorsque je lui dis ces mots, son regard s'embrase. Il se penche en avant et effleure mes lèvres.

— C'est moi, qui suis fier d'être avec une fille comme toi, Riley.

Nous nous sourions pendant plusieurs minutes puis lorsque nous sentons le fond de l'air commencer à se rafraîchir, Cameron décide qu'il est temps de repartir. Nous

nous levons, rangeons notre pique-nique improvisé et marchons jusqu'à la sortie du parc.

Arrivés devant sa bécane, Cameron me tend mon casque et lorsque je l'ai attaché, il est déjà sur la Harley et démarre le moteur. Si tout à l'heure, j'étais paniquée à l'idée de monter sur une moto, maintenant, je suis excitée. J'ai toujours eu peur, certainement à cause de ma mère, mais jamais je n'aurais cru que monter sur un engin pareil pouvait être aussi galvanisant. Lorsque je suis derrière Cameron et que nous épousons la moto, je me sens bien, dans mon élément, comme si c'était dans mes gênes, comme si j'avais été créée juste pour ça. C'est… déstabilisant, étonnant mais j'adore cela.

Je monte derrière Cameron, enroule mes bras autour de sa taille et me colle contre son dos. Il s'élance sur l'asphalte et un sourire se dessine sur mon visage. Je me sens bien. En parfaite harmonie même si notre conversation m'a bouleversée.

Avec Cameron, je n'ai pas besoin de me cacher, je peux être celle que je suis, comme il peut être celui qu'il est réellement sans avoir peur d'un jugement. Après tout, qui suis-je pour le faire ? Il a perdu ses parents alors qu'il n'était encore qu'un gamin, moi-même si j'avais perdu maman, mon seul repère, je ne donnerais pas cher de ma peau. Comment rester stoïque et brave lorsque notre monde s'écroule ? Cameron est fort, solide et courageux. Il me donne envie de donner le meilleur de moi-même et je ferais tout ce qui est en mon pouvoir pour que lui aussi, ressente tout cela grâce à moi.

Clémence Lucas

Lorsque nous arrivons dans mon lotissement, je remarque immédiatement la voiture de ma mère garée dans l'allée et mon euphorie retombe soudainement.

Elle qui m'a toujours interdit de monter sur une moto, comment va-t-elle réagir en me découvrant sur une Harley ?

Tandis que Cameron se range sur le bas-côté, je ferme les yeux et retiens ma respiration, priant pour que maman soit sous la douche ou dans la cuisine et pas en train de m'attendre sur le perron pendant qu'elle corrige ses copies.

— Je crois qu'on va avoir des problèmes, dit Cam en coupant le moteur.

Eh merde !

Je descends de la moto, ôte le casque et tourne la tête en direction de la maison. Maman est debout, sur les marches, les bras croisés et les sourcils froncés.

Je vais passer un mauvais quart d'heure.

Je lâche un profond soupir et tout à coup, je sens les doigts de Cameron se mêler aux miens et je lui lance un regard perdu.

— Je t'accompagne.

— Tu ne devrais pas… Elle va être dans tous ses états.

Riley[2]

— Et c'est à cause de moi. Si je n'étais pas venu avec la Harley, ta mère ne serait pas contrariée. Je ne veux pas que tu te prennes tous les reproches alors que je suis à l'origine de tout ça.

— Tu as peut-être eu l'idée mais je n'étais pas obligée. Je savais qu'elle serait contre.

— Donc on est fautifs tous les deux et c'est ensemble que nous affronterons la tempête.

Malgré mon cœur qui bat à cent à l'heure et mon angoisse, je lui souris.

C'est dingue l'effet qu'il produit sur moi.

C'est donc main dans la main que nous remontons l'allée et que nous nous retrouvons face à ma mère.

— Je suis…

— Pas un mot de plus, Cameron, dit-elle d'une voix tranchante. Toi, dans la maison, maintenant !

— Maman…

— Ne m'oblige pas à la répéter une deuxième fois, jeune fille.

Jeune fille… Je. Suis. Dans. La. Merde.

Même si je meurs d'envie d'embrasser une dernière fois Cameron avant de rentrer, je me retiens et lui adresse seulement un signe de la main.

Je referme la porte derrière moi et colle mon oreille contre le bois afin d'écouter leur conversation.

— Julia, je suis désolé. Je…

— … n'étais pas au courant que ma fille n'avait pas le droit de monter sur une moto ? demande-t-elle d'un ton sarcastique.

— Non.

— Mais tu es quand même venu la chercher avec ta bécane.

— Oui mais…

— Écoute, Cameron, tu m'as l'air d'être un bon garçon et j'ai bien remarqué que tu avais été d'une aide précieuse pour Riley quand Jessica est partie vivre à San Diego…

— Mais ?

— Ton père s'appelait-il Michael ?

Mais pourquoi elle lui pose cette question ? Quel est le rapport avec le fait que je sois montée sur une moto ?

— Euh… oui mais quel est le rapport ?

Même Cameron a la même réflexion que moi.

— Et… il était membre des Hellys, je me trompe ?

— Comment vous savez que… ?

— Je suis désolée mais je ne veux plus que tu voies ma fille.

Quoi ?

— Pardon ?

— Tu m'as bien comprise.

Riley[2]

Elle n'est pas sérieuse ?!

— Parce que mon père, *mort*, s'appelait Michael ?

— Non, parce qu'il était membre des Hellys Angels et étant donné la bécane que tu conduis, je suis certaine que tu en fais également partie et il n'est pas question que ma fille ait ce genre de fréquentation.

— Vous traitiez mon oncle Bobby d'abruti parce qu'il ne voulait pas que je voie votre fille et pourtant, vous agissez exactement de la même manière que lui ! C'est l'hôpital qui se fout de la charité !

— Je comprends très bien que cela ne te plaise pas mais ma décision est prise, Cameron. Je suis désolée.

— Julia !

J'entends Cameron appeler maman d'une voix plaintive puis la poignée se tourner. Je recule vivement et monte quatre à quatre les escaliers. Pas question de me retrouver face à elle, pour le moment.

Je n'arrive pas à y croire ! Comment peut-elle me faire ça ?

OK, elle a eu un bébé avec un Hellys Angels alors qu'elle n'était qu'une ado et il s'est barré. Mais est-ce que, pour autant, cela signifie que Cameron et moi devons répéter les mêmes erreurs ? Non, bien sûr que non ! Alors pourquoi s'entête-t-elle à vouloir m'éloigner de lui ?

Des coups frappés contre ma porte me font sursauter et lorsque celle-ci s'ouvre, je ne me retourne pas et j'enfonce ma tête dans l'oreiller.

— Riley.

— Va-t'en, maman.

— Écoute-moi…

Pour toute réponse, je prends mon coussin et le passe sur ma tête. Je n'ai rien à lui dire. Pas maintenant. Elle vient de tout gâcher. J'en ai marre qu'elle ne me fasse pas assez confiance parce qu'elle a fait des conneries dans sa jeunesse. J'en ai marre qu'elle fasse un transfert sur moi ! Je ne suis pas Julia Emerson mais Riley Emerson. Je ne suis pas *elle*.

Pourquoi ne le comprend-elle pas ?

Riley[2]

Chapitre 23

Cameron

Putain de bordel de merde !

Je n'arrive pas à le croire ! Je pensais que Julia était une personne sensée mais visiblement, je me suis fourré le doigt dans l'œil.

Comment peut-elle réagir comme cela ? Comment peut-elle nous interdire de nous voir sans nous laisser une seconde la chance de nous expliquer ? Pourquoi les adultes pensent-ils toujours tout savoir sur tout ? Et puis… C'est quoi toute cette histoire avec mon père ? Elle le connaissait ?

Riley[2]

Furieux, je roule pendant des heures avant de retourner au bar et même ma Harley n'arrive pas à m'apaiser. Lorsque j'arrive, Oncle Bobby est en train de murmurer à l'oreille de Francky et quand il m'aperçoit, me lance un regard en coin.

Je lui adresse un signe de tête et m'apprête à monter à l'appartement mais je fais demi-tour et vais m'asseoir à ma place.

— T'as passé une bonne journée, *buddy* ?

Pour toute réponse, je grogne et attrape le soda qu'il fait glisser jusqu'à moi.

—Je croyais que tu voyais ta copine, continue-t-il.

— À moins qu'elle en ait déjà eu marre, rétorque son acolyte en riant.

— Ta gueule, Francky. !

— Hey ! Surveille ton langage, gamin !

— Sinon quoi ? Tu vas m'en mettre une ?

Le géant croise les bras et me toise du regard.

— Si t'as besoin d'une bonne raclée pour reprendre du plomb dans la cervelle, pas de souci.

— C'est bon, Francky, calme-toi. Je m'occupe de lui.

Oncle Bobby fait le tour du comptoir, passe une main sur mon épaule qu'il presse sans ménagement et m'intime l'ordre silencieux de le suivre jusqu'au garage. De mauvaise grâce, je le suis en traînant des pieds et une fois à l'intérieur, je m'appuie contre la moto de maman.

— Qu'est-ce qui te prend, Cameron ? Je croyais qu'on était d'accord pour que tu arrêtes tes conneries et rentrer dans Francky n'est pas ce que j'appelle faire profil bas !

— Il a qu'à s'occuper de ses affaires !

Mon oncle fronce les sourcils et se gratte nerveusement sa barbe de trois jours.

— Tu sais que tu peux tout me dire, *buddy*, dit-il d'une voix plus douce.

Je pousse un profond soupir et ferme les yeux quelques secondes. Depuis ma plus tendre enfance, Oncle Bobby est mon confident mais aujourd'hui, j'ai peur de lui parler. Je suis certain qu'il donnerait raison à Julia et rien que d'y penser, ça me met hors de moi.

— Cam ?

J'ouvre les paupières et ancre mon regard au sien.

— La mère de Julia ne veut plus que je voie Riley, lâché-je entre mes dents.

Interloqué, il lève un sourcil et attend que je continue.

— Il semblerait que je ne sois pas assez fréquentable pour sa fille.

— Je ne peux pas dire le contraire…

— C'est bon ! le coupé-je. C'est pas parce qu'on ne vient pas du même monde qu'on ne peut pas être ensemble ! C'est ridicule !

Riley[2]

— Vous êtes jeunes, Cameron. Vous avez toute la vie devant vous. Je suis sûr que ça passera.

— Que ça passera ? Genre, c'est pas grave et je vais l'oublier en un claquement de doigts ?

— C'est à peu près ça.

Je laisse échapper un rire amer.

— Tu sais ce qui m'énerve le plus dans tout ça ? demandé-je d'une voix blanche.

— Qu'on ne te laisse pas le choix ?

— Nope.

— Alors ?

— Est-ce que tu connais la mère de Riley ?

Oncle Bobby recule d'un pas, comme si je venais de lui donner un coup sur la tête.

Merde ! J'ai ma réponse.

— Non, je ne la connais pas, rétorque-t-il en fuyant mon regard.

— Menteur !

— Je t'assure que c'est la vérité.

— Ah oui, hein ? Alors comment se fait-il qu'elle connaisse ton frère et que *toi*, tu ne sais pas qui elle est ?

Encore une fois, mon oncle recule d'un pas et son visage devient blême.

— Comment ça, elle connaît ton père ?

— Eh bien, figure-toi qu'elle m'a demandé s'il s'appelait Michael. Je lui ai dit oui et que je lui ai plus ou moins confirmé qu'il faisait partie des Hellys, elle m'a clairement dit de ne plus approcher sa fille.

— Bordel à cul ! éructe-t-il en tapant sur le capot de la Shelby à ses côtés.

— Oncle Bobby ? Est-ce que tu me caches quelque chose ? Est-ce que Julia serait sortie avec papa avant de rencontrer maman ?

— Quoi ? Non ! Je t'assure que ton père n'est jamais sorti avec une Julia, je le saurais.

Face à sa réponse si virulente, je me dis que je me fais peut-être des films. Pourtant, je suis presque sûr de ne pas avoir rêvé : mon oncle sait quelque chose qu'il ne veut pas me dire. Pour la première fois depuis que je suis né, je remets sa parole en doute, je sens qu'il y a vraiment un truc derrière tout ça et je veux absolument le découvrir.

— Qu'est-ce que tu me caches ?

— Écoute-moi bien, Cameron : Je. Ne. Te. Cache. Rien, dit-il en insistant sur chaque mot.

— Alors pourquoi réagis-tu comme ça ? Pourquoi tu ne veux pas que je sorte avec Riley ? Pourquoi tu donnes raison à sa mère ? Pourquoi tu sembles avoir vu un fantôme ?

— Ça suffit ! tonne-t-il.

Face à son ton sans appel, je sursaute et il continue.

Riley[2]

— Cette discussion est close, Cameron. Si la mère de Riley ne veut plus que tu la voies, eh bien, tu vas devoir faire avec, mon garçon. Et de toute manière, je t'avais moi aussi prévenu. Chacun doit rester à sa place. Point final. Est-ce clair ?

Non, ça ne l'est pas.

Pourtant, je mets les mains dans mes poches et acquiesce d'un signe de tête. Oncle Bobby pousse un soupir de soulagement et me donne une tape dans le dos avant de sortir du garage.

Qu'est-ce qu'il vient de se passer au juste ?

Le lendemain matin, j'attends nerveusement Riley à l'arrêt de bus devant le lycée. Après la journée d'hier, nous n'avons pas échangé un seul message et je suis à cran. J'ai peur qu'elle accepte la décision de sa mère et que nous devenions juste de simples connaissances.

Alors que je vois le car arriver dans ma direction, une voiture se gare juste devant moi et je me retrouve face à Tobias l'abruti et deux de ses comparses.

— Tiens, tiens, tiens… Ne serait-ce pas ce brave Cameron sans sa maîtresse ? dit-il d'un ton moqueur.

Je sais ce qu'il cherche à faire : m'énerver pour que je lui casse sa gueule et que je me fasse renvoyer. Aussi, je serre les dents et l'ignore.

— À ce que je vois, on a perdu sa langue ! Ou alors, Riley t'a interdit de l'ouvrir ? C'est qu'il devient un bon petit toutou.

— Et toi, t'es toujours aussi con !

Tobias se retourne et se retrouve face à Riley dont les yeux lui lancent des éclairs. À cet instant précis, ma petite amie – si elle l'est toujours – ressemble à une vraie tigresse et j'adore cela.

— En parlant du loup…, dit-il d'une voix mielleuse.

— Y a un truc que je comprends pas chez toi, tête de nœud : pourquoi tu continues de te frotter à Cameron ? T'en as pas marre de te faire massacrer à chaque fois ? Tu cherches quoi ? À finir six pieds sous terre ?

L'idiot éclate de rire, suivi par ses deux crétins qui l'accompagnent.

— Tu sais, Riley, quand tu en auras fini avec lui, n'hésite pas à venir me trouver. Je suis sûr que toi et moi… on pourrait très bien s'entendre.

Le sous-entendu de ses paroles me fait serrer les poings de toutes mes forces et je dois faire appel à tout mon self control pour ne pas les lui foutre dans la gueule. Je n'ai pas le temps de le remettre à sa place que la main de Riley s'écrase sur sa figure dans un bruit sourd.

Un conseil, *Toby* : ne me sous-estime pas ! Ce n'est pas parce que je suis une fille que tu me fais peur. Toi et moi, ça n'arrivera jamais et je préfèrerais encore mourir que de t'embrasser, c'est clair ? À mes yeux, tu n'es qu'une pauvre merde.

Riley[2]

— Mais pour qui est-ce que tu te prends ? rétorque-t-il, menaçant.

Les poings toujours serrés, j'avance d'un pas mais Riley lève une main en l'air pour me faire arrêter.

— Ton pire cauchemar, répond-elle calmement. Si tu continues à nous emmerder, j'irai voir le principal et je lui dirai que tu n'arrêtes pas de me harceler sexuellement.

— Quoi ? Mais c'est n'importe quoi !

— Non, juste la vérité, *Toby*. Donc, soit tu arrêtes tes conneries soit… eh bien, à mon avis, le dirlo ne sera pas content et je ne pense pas que le coach, le soit lui non plus. La balle est dans ton camp. Soit tu nous fiches la paix, soit je ferai de ta vie un enfer.

— Tu crois qu'ils vont croire une pétasse comme toi ?

Riley éclate de rire et pose ses mains sur ses hanches en le défiant du regard.

— Tu veux prendre le pari ?

Elle ne le laisse pas répondre et le pousse volontairement en passant à ses côtés pour venir me rejoindre. Instinctivement, je passe mon bras autour de ses épaules et elle se blottit contre moi et pendant de longues secondes, nous défions du regard l'autre abruti et ses potes.

La sonnerie des cours interrompt notre échange silencieux et les trois crétins partent en nous insultant.

— Ça va ?

— Maintenant que tu es là, oui.

Clémence Lucas

Elle se met sur la pointe des pieds, effleure tendrement mes lèvres puis me sourit. Aussitôt, mon cœur fait un triple salto dans ma poitrine et je recommence à respirer normalement.

Elle n'a pas écouté sa mère. Elle est toujours avec moi. Elle ne m'abandonnera pas, elle aussi. Ensemble, nous sommes plus forts. J'en suis convaincu.

Riley²

Chapitre 24

JULIA

Je n'arrive pas à y croire…

Cela fait deux jours que je me repasse sans cesse mon altercation avec Cameron. Même si j'étais persuadée qu'il était bien le fils de Michael, apprendre que j'avais raison et que celui-ci est bien mort me perturbe plus que je ne l'aurais cru

Si Michael est décédé, cela veut certainement dire que Gwen l'est aussi. Je n'imagine pas une seule seconde qu'ils aient pu se quitter et comme je sais par ma fille que les parents de Cameron sont morts tous les deux dans un

221

Riley[2]

accident de voiture, il ne peut en être autrement.

Je pousse un profond soupir et regarde mon tatouage, les larmes aux yeux. J'ai beau ne plus jamais avoir eu de nouvelles de tous les deux, je suis triste. Profondément triste. Cela me renvoie seize années en arrière, à l'époque où Riley, Gwen, Michael et moi formions *Les Quatre Mousquetaires*.

— *Tu es sûre de toi, Jules ? Dès que j'aurai commencé à tatouer, il sera trop tard pour faire marche arrière. Pas question que je ne termine pas mon boulot.*

— *Je le sais, Gwen. Ça fait dix fois que tu me le répètes, réponds-je en levant les yeux au ciel.*

— *Je veux juste être sûre que toi et moi, sommes sur la même longueur d'onde.*

J'acquiesce d'un signe de tête, mon amie m'offre un sourire en retour et attrape son Liner. Elle met son appareil en route et le bruit m'arrache un tremblement.

— *Si c'est trop douloureux, on peut faire des pauses, d'accord ?*

— *OK.*

Gwen prend mon bras, l'étend sur la table basse du salon de ses parents et fronce les sourcils. Face à sa réaction, je ne m'inquiète pas. Pour l'avoir vu faire des dizaines de fois — malgré ses vingt ans — je sais qu'elle se concentre sur son travail. L'aiguille touche ma peau et la douleur n'est pas aussi terrible que je le pensais. Je me concentre alors sur son tracé tandis que mon amie avance sur le dessin.

Au bout d'une demi-heure, Gwen termine son travail et l'aile est exactement comme je la désirais. Blanche. Majestueuse. Libre. Elle représente tant de choses pour moi que j'en ai les larmes aux yeux.

— Elle te plaît ? demande-t-elle d'une petite voix.

Comme si je ne pouvais pas l'aimer !

— Tu rigoles ! Je l'adore ! J'ai hâte de la montrer à Riley !

— Me montrer quoi ?

En entendant la voix de mon petit ami, Gwen et moi sursautons et nous retournons pour le découvrir dans l'entrée du salon avec Michael.

Ils avancent jusqu'à nous, Michael va s'asseoir aux côtés de sa copine et l'embrasse passionnément tandis que Riley s'arrête devant moi et fronce les sourcils en découvrant le matériel de Gwen.

— Gwendoline Price ! grogne-t-il en lui jetant un regard noir.

— Hey ! C'est moi qui ai voulu.

— Vous saviez toutes les deux que je ne voulais pas que Julia se fasse tatouer. J'aime sa peau comme elle est.

Je me lève et même si je sais qu'il est contrarié, je me mets sur la pointe des pieds, effleure ses lèvres et lui souris.

— Je t'aime, murmuré-je.

Il grogne et lâche un soupir, frustré.

— Je t'aime aussi, répond-il d'une voix plus douce.

Riley[2]

Je tends mon bras vers lui, montre mon tatouage et lui explique sa signification.

— L'aile représente ma liberté. Notre bébé. Et toi. Je veux que tu comprennes que je t'accepte tel que tu es, Hellys Angels, motard, loyal, gentil… Je suis à toi, Riley Mc Call. Pour toujours.

Ses yeux étincellent de mille feux. Il me prend dans ses bras et écrase violemment ses lèvres sur les miennes. Il n'est plus fâché. Il a compris et à cet instant précis, je me sens pousser des ailes.

— Prenez une chambre ! s'exclame Mickey en riant tandis que Riley lui fait un doigt d'honneur.

Je ris contre ses lèvres et m'écarte de lui en souriant.

— Gwen ! s'exclame-t-il.

— Pas de quoi, mon pote, répond-elle en lui faisant un clin d'œil.

Riley éclate de rire en hochant la tête puis il s'installe à ma place et tend son bras gauche à notre amie.

— Je veux que tu me fasses une aile noire afin que les deux ailes se rassemblent et forment un cœur lorsque Julia et moi nous donnons la main.

— Wouah ! Je savais pas que t'étais romantique, dit Gwen en lui souriant.

— Tu peux remercier Julia Emerson, répond-il en me lançant un regard amoureux.

Je pensais déjà l'aimer plus que tout au monde pourtant, à cet instant, mon cœur se gonfle un peu plus d'amour pour lui.

Riley Mc Call est l'homme de ma vie.

Clémence Lucas

Une larme s'écrase sur mon avant-bras et me sort de mes souvenirs. Cela me fait si mal de repenser à tout ça. La façon dont Riley et moi nous aimions, tout était si fort, si passionné entre nous… Pourquoi est-il parti ? Si seulement je pouvais enfin mettre cette histoire derrière moi mais je n'y arrive pas.

Peut-être que l'oncle de Cameron pourrait me renseigner ? Attendez une minute : depuis quand Michael avait un frère ? À ma connaissance, il était fils unique à moins que j'aie loupé un épisode.

C'est étrange.

Je regarde ma montre : 15 h 02. Riley est à une réunion de son club d'histoire et ne doit pas rentrer avant encore deux bonnes heures. Cela me laisse le temps d'aller faire un petit tour dans le quartier des Hellys, à la recherche du bar que tient l'oncle de Cameron.

Je me lève du canapé d'un bond et me mets à la recherche de mon sac à main et de mes clés de voiture. Bien évidemment, c'est toujours quand on en a besoin qu'on ne le trouve pas. Je me mets à fouiller de fond en comble la maison jusqu'à enfin mettre la main dessus. Mon sac avait décidé de jouer à cache-cache en se coinçant entre mes manteaux et mes clés étaient entre la machine à café et le frigo, leur place, bien sûr ! C'est dingue les endroits où je peux les poser quand je suis perdue dans mes pensées.

Riley[2]

J'attrape ma veste en jean, qui elle est bien à sa place, posée sur la chaise où je l'ai laissée plus tôt, puis je sors de la maison. J'entre dans ma voiture et c'est les mains tremblantes que je la démarre.

Je m'étais juré de ne plus jamais mettre les pieds dans un endroit pareil mais je n'ai pas le choix. Je veux avoir cette discussion avec l'oncle de Cameron. J'ai besoin de savoir ce qui s'est passé pendant ces seize dernières années. Et j'ai aussi besoin de lui faire comprendre que je ne veux pas que son neveu traîne avec ma fille. Elle ne doit pas répéter les mêmes erreurs que moi. Il n'en est pas question.

Une demi-heure plus tard, je me gare dans le quartier des Hellys Angels. À la vue de toutes les motos garées dans le coin — et de l'écusson de la bande de motards sur chacune d'elles — je sais que je suis au bon endroit.

Un frisson me parcourt l'échine et je sors de la voiture. Je marche sans trop savoir quelle direction prendre. J'observe les alentours, regarde les immeubles, les magasins quand soudain, je tourne sur la gauche et découvre une trentaine de motos garées devant une sorte d'entrepôt.

Je roule des épaules pour me donner du courage et avance jusqu'à l'entrée. Deux hommes sont en train de fumer une cigarette et me regardent comme si je n'avais rien à faire là. Ils ont parfaitement raison. Je ne suis plus de leur monde et je me demande si un jour, j'en ai réellement fait partie.

Je pousse la porte et entre. Je suis bien dans un bar et si j'en crois ce que je vois, c'est le Quartier Général des Hellys Angels. Un autre frisson me traverse le corps mais je continue de marcher.

J'avance jusqu'au comptoir mais ne vois pas encore le barman. Soudain, je repère son bras se tendre vers un client avec une chope de bière à la main et aussitôt, mon sang ne fait qu'un tour en apercevant l'aile noire sur son avant-bras.

Ce n'est pas possible.

Je sens une goutte de sueur perler sur ma nuque, la tête me tourne, mes oreilles bourdonnent.

Ce n'est pas possible.

Je dois faire un cauchemar. Je vais me réveiller.

Ce n'est pas possible.

J'essaie de faire un pas et partir d'ici le plus vite possible mais je n'en ai pas la force. Mon cœur s'emballe dans une course folle. Mes jambes se mettent à trembler et… c'est le trou noir.

Riley[2]

Chapitre 25

BOBBY

Un bruit sourd me fait sursauter et je vois un attroupement se former à quelques mètres de mon comptoir. Je saute par-dessus et pousse les idiots agglutinés autour d'une femme qui vraisemblablement a perdu connaissance.

— Francky, trouve-moi une trousse de secours et de la glace ! hurlé-je en m'accroupissant.

J'écarte les cheveux du visage de la jeune femme et je manque de me retrouver sur le cul !

Riley[2]

Julia. Ma Julia.

Mon cœur se serre douloureusement dans ma poitrine mais je l'ignore.

Je passe un bras dans son dos, l'autre sous ses fesses et je la prends dans mes bras. Sans réfléchir, je traverse le bar et monte dans mon appartement puis dépose Julia sur le canapé.

Putain de bordel à cul ! Qu'est-ce qu'elle fiche ici ?

Je passe une main sur mon visage et observe l'amour de ma vie. Celle que je n'ai jamais réussi à oublier. Celle pour qui j'ai pris la plus dure décision de toute ma vie. Elle n'a pas changé. Elle est toujours aussi belle.

La porte d'entrée s'ouvre et mon bras droit revient avec ce que je lui ai demandé.

— C'est elle ? demande-t-il à voix basse.

J'acquiesce d'un signe de tête. Francky me lance un regard compatissant et presse mon épaule.

— Ne te préoccupe pas du bar. Je m'en occupe. Prends tout le temps qu'il te faut, vieux.

Il n'attend pas de réponse de ma part et retourne faire ce qu'il a dit. J'aurais aimé le remercier mais je suis incapable de prononcer un mot. Je suis sonné. Julia est ici, dans mon appartement.

Qu'est-ce que je vais lui dire ?

Elle bouge et ma respiration se bloque dans ma poitrine. Elle ouvre les yeux et grimace en posant une main sur sa tête. Aussitôt, je m'agenouille à ses côtés et lui tends la glace.

— Tiens, dis-je d'une voix rauque.

Elle relève la tête et nos regards s'ancrent l'un à l'autre. Dans ses yeux, je peux voir tous ses tourments et je suis certain qu'elle peut également lire les miens. Elle attrape le sachet de petits pois congelés et l'applique sur sa bosse tandis que j'observe le moindre de ses mouvements.

— Je… je te croyais…

— Mort ?

Elle acquiesce d'un hochement de tête.

— J'aurais préféré, réponds-je, sincère.

Parfois, je me dis que j'aurais préféré mourir que de me retrouver dans la situation dans laquelle je suis depuis seize ans. Je n'aurais pas eu à vivre avec tous ses regrets. Je n'aurais pas été obligé de me séparer des personnes qui comptaient le plus pour moi. Mais… Parfois, je me dis que c'est le prix à payer pour toutes les conneries que j'ai pu faire pendant ma jeunesse. Et si je n'étais plus de ce monde, le gamin se serait retrouvé sans personne. J'ai déjà abandonné ma famille, je n'aurais pas pu laisser Cameron tout seul.

Julia lâche un rire amer et s'assoit.

— Je crois que j'aurais préféré aussi.

Aïe. Touché.

— Je n'en doute pas.

Riley[2]

Je m'installe également sur le canapé et pendant plusieurs minutes, aucun de nous deux n'ose prononcer un mot. J'imagine que tout doit se bousculer dans sa tête comme tout se bouscule dans la mienne. Elle doit avoir des dizaines, que dis-je, des centaines de questions à me poser et moi, je n'ai pas le droit de lui dire la vérité. Si j'ai pris mes décisions, c'était pour la protéger et c'est encore mon devoir aujourd'hui.

Putain de bordel à cul ! J'le crois pas ! Je vais être papa !

Je cours jusqu'à la voiture garée sur le parking de l'hôpital et ouvre le coffre. Je m'apprête à prendre la valise de Julia et du bébé quand une voix m'interpelle.

— Riley Mc Call ?

Je me retourne et me retrouve face à deux hommes habillés en costard-cravate. L'un d'eux porte une main dans sa veste et aussitôt, je comprends que je suis dans la merde.

— FBI, monsieur Mc Call, dit-il en me montrant son badge. Vous voulez bien nous suivre, s'il-vous-plaît, nous avons quelques questions à vous poser.

— À vrai dire, je suis désolé, messieurs, mais ma petite amie est en train d'accoucher et...

— Ce n'était pas une demande, monsieur Mc Call.

Clémence Lucas

Le deuxième agent vient se poster à mes côtés et m'escorte jusqu'à un van noir, garé à quelques mètres de ma voiture. À quelques mètres de l'hôpital où est en train d'accoucher Julia. À quelques mètres de mon bébé… Ma fille va arriver et je ne serai pas là…

— Tu as quelque chose à boire ?

La voix de Julia me fait sursauter et je reprends pied dans la réalité.

— Euh… oui, bien sûr. J'ai de l'eau, du soda…

— Un truc fort.

— Je ne suis pas sûr que ce soit recommandé après un malaise.

— J'crois pas que tu sois docteur, hein, *Bobby* ?

— Julia…

— Un whisky, s'il te plaît, dit-elle en détournant les yeux.

J'acquiesce sans protester et me lève. Je vais dans la cuisine nous chercher des verres et prends quelques secondes pour analyser la situation. Je n'étais pas préparé à la revoir. Je n'aurais jamais dû la revoir. Je l'ai dit à cet abruti de Ferguson quand j'ai découvert qu'elles avaient déménagé.

— *C'est pas grave*, m'a-t-il répondu, l'air de rien. *Tu n'as qu'à tout faire pour ne jamais la croiser !*

Riley[2]

Cet agent de mes deux n'a pas pensé une seule seconde que c'est elles qui me tomberaient dessus ! Et maintenant, Julia est dans mon appartement et je suis perdu.

Je prends une profonde inspiration, attrape la bouteille de whisky, les verres et retourne dans le salon. Je me réinstalle à ses côtés, nous sers à boire et lui tends son verre. Julia le prend et le vide d'une traite puis elle attrape la bouteille que j'ai posée sur la table basse et s'en sert un autre.

— Donc… je dois t'appeler, *Bobby* ? dit-elle en faisant tourner le liquide ambré.

— Eh bien… C'est comme ça qu'on m'appelle, maintenant.

— Pour ne pas que je te retrouve ?

— En quelque sorte, avoué-je d'une voix faible.

— Pourquoi ?

— Je ne peux pas te le dire.

— Tu te fous de moi ? hurle-t-elle.

— Je préférerais.

Elle boit une autre gorgée de whisky, comme pour se donner du courage et pose le verre.

— Alors, c'est tout ? demande-t-elle, d'une voix vaincue. Tu nous abandonnes, ta fille et moi, le jour de sa naissance et j'ai le droit à rien ? Aucune explication ?

— Julia…

— Non ! Arrête ! Ne prends pas cette voix avec moi ! Ça ne marche plus, Ri… *Bobby,* dit-elle en prononçant mon prénom comme s'il la brûlait.

— Crois-moi, Jules, si je le pouvais, je te raconterais toute la vérité. La seule chose que je peux te dire c'est que si j'ai pris cette décision, c'est pour vous deux.

— Pour nous deux ? crie-t-elle. Tu crois que ça a été facile pour moi d'élever toute seule un bébé à dix-sept ans ? Tu crois que ça a été facile pour Riley de vivre sans son père ?

— Non ! Je sais que ça n'a pas dû être facile mais regarde-toi, Jules, regarde notre fille. Tu as fait un sacré bon boulot !

Julia éclate en sanglots et se laisse tomber sur le canapé, la tête entre les mains. La voir dans cet état m'est insupportable et automatiquement, je passe un bras autour de ses épaules et la serre contre moi.

Contre toute attente, elle ne me repousse pas et pour la première fois depuis seize ans, je me sens à ma place. J'ai l'impression que mon cœur, mon corps, mon être tout entier reprennent vie. Comme si j'étais réellement mort, il y a seize ans et que Julia venait de me redonner la vie.

Je l'aimais à en crever et aujourd'hui, je me rends compte que c'est toujours le cas.

Elle a toujours été ma raison de vivre.

Ses pleurs s'apaisent et elle s'écarte de moi en essuyant ses joues. Nous nous dévisageons pendant de longues secondes puis je prends une profonde inspiration et me lance.

— Riley ne doit pas savoir pour moi. Jamais. Cameron ne sait rien, lui non plus et cela doit continuer comme ça.

— Je ne comprends pas… Ça ne t'a donc rien fait de la voir ? Tu n'aimerais pas apprendre à la connaître ? Pourquoi nous fais-tu du mal ?

À ces questions, mon cœur se serre douloureusement.

Si je n'ai pas mal ? Putain de merde ! C'est un faible mot.

Lorsque je l'ai croisée la toute première fois et que je l'ai vue, j'ai immédiatement compris que c'était ma gamine. Putain ! C'est mon portrait craché ! Comment mon neveu ne s'en est-il pas rendu compte ? Ça m'a complètement retourné. À chaque fois que je l'ai vue, j'ai eu l'impression qu'on m'arrachait le cœur et qu'on s'amusait à me le balancer sous les yeux !

Depuis ce jour, je crève, putain !

— Je m'en fais à moi, aussi. Je sais que tu ne comprendras jamais mais c'est comme ça, Julia. Crois-le ou non mais votre bonheur et votre sécurité sont plus importants que tout pour moi et c'est pour cela que Riley et Cameron ne doivent plus sortir ensemble. S'il te plaît, crois-moi, au moins une dernière fois.

— Pour Riley et Cameron, je suis d'accord. Pour le reste, je ne peux rien te promettre.

Elle se lève du canapé et m'observe pendant de longues secondes puis elle soupire, résignée. Elle attrape son sac à main posé au sol et se dirige jusqu'à la porte. Elle tourne la poignée et sans un dernier regard me dit :

— Je suis quand même heureuse de te savoir en vie, *Riley*.

Puis elle quitte mon appartement et claque la porte derrière elle.

Cela fait seize ans qu'on ne m'a plus appelé comme ça, même Michael et Gwen avaient pris l'habitude de m'appeler Bobby et entendre mon prénom dans la bouche de Julia… Je ne pensais l'entendre que dans mes rêves. Je sais que je dois rester éloigné d'elle et si cela avait été dur la première fois, aujourd'hui, je sais que cela va être encore plus difficile. Avant, je ne vivais qu'en me disant et si… Maintenant, je sais que Julia est toujours aussi belle, que ma fille est magnifique, intelligente, gentille et chaque jour, elles me manquent. Terriblement.

Mais c'est pour leur bien.

Riley[2]

Chapitre 26

Cameron

Malgré l'interdiction formelle de Julia, à quatorze heures, je retrouve Riley au Carl Levin Park. Ma petite amie a prétexté avoir une réunion à son club d'histoire tandis que j'ai dit à Oncle Bobby que j'allais faire un tour en moto. S'il a d'abord été sceptique, la petite tirade dans laquelle je lui ai balancé que j'avais besoin de souffler et de prendre du recul sur les derniers événements, l'a convaincu et il m'a laissé tranquille.

Nous passons l'après-midi assis dans l'herbe, à nous embrasser, parler, rire… Enfin, surtout nous embrasser. Au lycée, nous ne partageons pas beaucoup de cours et nous voyons uniquement pendant l'heure du déjeuner

Riley[2]

puisque je ne peux plus lui servir de chauffeur. Nous n'avons plus le droit de nous voir en dehors de l'établissement alors, nous essayons de profiter de chaque instant volé. Comme maintenant.

Nous avons eu un petit creux et sommes partis acheter des donuts tout chaud. Riley croque dans le sien et du chocolat coule sur son menton. Du pouce, je l'essuie et le porte à mes lèvres tandis que ma petite amie se met à rougir.

J'adore la déstabiliser.

Sans jamais la quitter du regard, je termine mon beignet et alors que je m'apprête à lécher mon doigt recouvert de fraise, Riley m'attrape la main et prend mon pouce dans sa bouche. Je déglutis difficilement et je suis certain qu'elle peut voir ma pomme d'Adam tressaillir.

Putain de merde !

Une lueur espiègle passe dans son regard. Elle retire mon doigt et me sourit, insolente.

OK. Un point partout.

Sans réfléchir, je me jette sur elle et écrase mes lèvres férocement sur les siennes, nous faisant tomber sur l'herbe. Riley éclate de rire et ce simple son résonne jusqu'aux tréfonds de mes entrailles.

Je crois que je pourrais passer ma vie à l'entendre.

Elle me rend mon baiser avec une force égale, nos langues se mêlent dans une danse sensuelle et plus rien n'existe autour de nous. La sensation de son corps pressé contre le mien me rend fou. À bout de souffle, je m'écarte d'elle et presse mon front contre le sien. Elle me regarde tendrement et me sourit.

Je crois que je pourrais passer ma vie à la faire sourire.

À ce moment précis, mon cœur bat à tout rompre et je réalise que j'ai des sentiments pour Riley. Mais peut-on appeler ça de l'amour ? Je me rends compte que plus je passe du temps avec elle, plus elle prend une place importante dans mon cœur. Avant elle, je n'avais aimé que mes parents et Oncle Bobby. Aujourd'hui… Je crois que… je crois bien que je suis amoureux de Riley Emerson.

Je n'ai pas avoué mes sentiments à Riley. Je me suis contenté de lui sourire bêtement et de l'embrasser. À chaque fois, elle me rendait mon baiser avec la même intensité et je crois, enfin j'espère, qu'elle ressent la même chose que moi. Il nous a été difficile de nous séparer mais nous ne voulions pas que nos parents découvrent que nous les avions menés en bateau alors après un dernier bisou, elle a pris le bus tandis que je chevauchais ma Harley.

Il est un peu moins de dix-huit heures lorsque j'arrive au bar et je suis étonné de ne pas trouver mon oncle derrière son comptoir. Aussi, je décide de monter directement à l'appartement et faire mes devoirs.

Riley[2]

— Salut, Francky ! m'exclamé-je en lui faisant un signe de la main.

Je ne m'arrête pas, continue mon chemin mais soudain, le géant me coupe la route.

— Hey, gamin ! Où tu vas comme ça ?

Je hausse un sourcil et lui réponds d'un air moqueur.

— Chez moi.

— Va plutôt faire le tri dans la réserve. J'ai besoin d'aide.

— Et moi, j'ai des devoirs à faire.

— Tu les feras plus tard !

— Sans vouloir t'énerver, Francky, t'es pas mon oncle ! D'ailleurs, il est où ?

— Occupé. Donc toi et moi, on bosse au bar en l'attendant, compris ?

Il y a quelque chose qui cloche.

Francky n'agit pas comme ça d'habitude. Il est brut de décoffrage, montre ses tatouages et ses gros muscles… il est impressionnant mais jamais il n'a été comme ça. Il semble nerveux. Comme s'il ne voulait pas que je découvre quelque chose.

Face à cette constatation, ma curiosité monte d'un cran néanmoins, j'acquiesce d'un signe de tête et suis le bras-droit de mon oncle. Si j'accepte de l'écouter, il n'est pas question que je l'aide.

Clémence Lucas

Je m'installe à ma place habituelle et ouvre mon sac à dos. Je sors toutes mes affaires et je fais semblant de me mettre au travail. Si quand je suis arrivé, j'étais motivé ; avec l'accueil de Francky, je ne peux m'empêcher d'essayer de comprendre ce qui se passe.

Le géant me laisse tranquille, s'occupe des clients tout en gardant un œil sur moi et je me demande comment je vais faire pour lui échapper. Heureusement, au bout de dix minutes, la question ne se pose plus : Francky doit aller chercher un fût de bière dans la réserve. Je profite de cet instant pour me lever et monter quatre à quatre les marches.

Arrivé derrière la porte, je fais le moins de bruit possible et pose mon oreille dessus afin de voir s'il y a quelqu'un et j'entends une voix de femme…

— Pour Riley et Cameron, je suis d'accord. Pour le reste, je ne peux rien te promettre.

Julia ! De quoi parle-t-elle ?

Plusieurs secondes passent puis elle reprend :

— Je suis quand même heureuse de te savoir en vie, *Riley*.

Quoi ?! Elle vient de l'appeler Riley ? *C'est pas possible !*

Je n'ai pas le temps de me poser mille et une questions que la poignée se tourne. Avant de me faire repérer, je dévale les escaliers en courant et me cache derrière un client.

Complètement abasourdi, je regarde la mère de ma petite amie traverser la pièce puis j'hésite à me remettre

Riley[2]

à ma place. De toute façon, je suis incapable de travailler maintenant. Je traverse le bar au pas de course et trouve refuge dans le garage.

C'est pas possible ! J'ai pas bien entendu ! Non !

Elle a appelé Oncle Bobby : *Riley*. Comme le père de Riley. Est-ce que cela veut dire qu'Oncle Bobby est le père de Riley ? Non, ce n'est pas possible. J'ai forcément mal entendu. Il ne peut pas être son père, c'est impossible. J'ai mal compris, c'est tout.

Tout à coup, le visage de ma petite amie apparaît dans mon esprit : ses cheveux blonds, ses yeux bleus, son sourire, ses réparties, son caractère… Puis celui de Bobby s'immisce aussi dans ma tête : ses cheveux blonds, ses yeux bleus, son sourire, son caractère…

Putain de bordel de merde ! Comment ai-je pu être aveugle à ce point ?! Si Riley n'était pas une fille, elle ressemblerait comme deux gouttes d'eau à Oncle Bobby !

Tu m'étonnes qu'il ne voulait pas que je pose des questions sur le géniteur de ma petite amie. Depuis le début, c'est lui que je recherchais ! Mon oncle est le lâche qui a abandonné sa femme et sa fille. Mais attendez une minute, si Oncle Bobby est le père de Riley… Cela veut dire que Riley est quoi pour moi ? Bobby est le frère de mon père donc cela fait d'elle ma… cousine ?! *QUOI ?!*

Oh putain de bordel de merde !

Ce n'est pas possible. On ne peut pas partager le même sang. C'est un cauchemar, je vais me réveiller. Je me pince l'avant-bras et… Merde ! Ça fait mal ! Je ne dors pas. Tout ceci est bien réel.

Qu'est-ce que je dois faire ?

Aujourd'hui, j'ai pris conscience que j'étais amoureux de Riley. Aujourd'hui, j'ai pris conscience que je ferais tout en mon pouvoir pour qu'elle soit heureuse. Pourtant, la décision que je suis obligé de prendre va lui faire de la peine et me crève le cœur.

Je dois la quitter. Tout de suite. On ne peut pas continuer.

Je comprends mieux maintenant pourquoi mon oncle ne voulait pas que je sorte avec elle. On ne peut pas être ensemble. C'est interdit. Malsain.

Fou de rage, je balance mon poing dans le mur et la douleur infligée à ma main n'est rien en comparaison à ce que ressent mon cœur.

Je me laisse tomber au sol et sans que je ne m'en rende vraiment compte, je me mets à pleurer.

J'aurais préféré ne jamais entendre la conversation de Julia et d'Oncle Bobby – ou dois-je l'appeler *Riley*, maintenant ? J'aurais préféré rester dans l'ignorance. J'aurais préféré rester sur mon petit nuage avec Riley. Mais ce n'est pas le cas. J'ai entendu cette putain de phrase qui a tout changé. Je vais devoir rompre avec la seule fille que j'aie jamais aimée et elle ne va pas comprendre. Je ne peux pas lui dire que mon oncle est en réalité son père. Je ne peux être celui qui va bouleverser son monde. Je ne peux pas lui avouer une telle chose.

Mais alors, qu'est-ce que je vais lui dire ?

Riley[2]

Chapitre 27

Riley

Le bus me dépose à une centaine de mètres de la maison et je marche d'un pas guilleret, en chantonnant *Love Me Like You Do* d'Ellie Goulding. C'est avec des papillons dans le ventre que je rentre de mon rendez-vous avec Cameron. Je ne sais pas si c'est parce que c'était en quelque sorte un rencard secret ou si c'est parce que j'ai ressenti quelque chose de différent chez mon petit-ami mais j'ai l'impression de flotter sur un petit nuage.

Soudain, une étrange impression s'empare de mon corps et tous mes sens sont en alerte. Je repense à ces deux jeunes filles qui se sont fait attaquer il y a un mois et regarde un peu partout autour de moi mais ne vois personne. Je secoue la tête et essaie de faire partir cette insupportable sensation, comme si quelqu'un était en train de me suivre et presse le pas.

Lorsque j'arrive devant mon allée, je suis surprise de ne pas y trouver la voiture de maman et entre rapidement à l'intérieur. Je referme aussitôt la porte à double tour et regarde par la fenêtre.

Même s'il n'y a toujours personne, je suis certaine qu'il y avait bien quelqu'un dehors et je ne suis pas rassurée que maman ne soit pas là. Nous sommes mercredi, elle me pense à mon club d'histoire et devait normalement corriger ses copies. Alors pourquoi n'est-elle pas à la maison ?

Je vais dans la salle à manger et découvre les copies étalées sur la table, le feutre rouge de maman encore débouché. On dirait qu'elle est partie précipitamment. Inquiète, j'essaie de l'appeler mais tombe directement sur le répondeur. Je lui envoie alors un message lui demandant de me rappeler puis je tourne en rond dans la maison.

Je pourrais appeler Lydia pour savoir si elle est allée la voir mais si ce n'est pas le cas, je risquerais de l'inquiéter et elle n'a pas besoin de ça. L'espace d'une seconde, j'hésite à appeler Cameron pour qu'il vienne mais si maman arrive entre-temps et le trouve ici, je vais avoir droit à une engueulade en bonne et due forme alors, je m'abstiens et attends impatiemment le retour de ma mère.

Vingt minutes plus tard, maman rentre enfin à la maison. Lorsque j'entends la porte d'entrée s'ouvrir, je me lève d'un bond du canapé et vais la rejoindre.

— Ben alors, t'étais passée où ?

Elle sursaute et lorsqu'elle me fait face, je remarque immédiatement que ses yeux sont entourés de petites taches rouges, signe qu'elle a pleuré.

— Qu'est-ce qui se passe ? Tout va bien ?

— Ou…Oui, tout va bien. Je suis sortie acheter du lait, répond-elle rapidement en posant sa veste.

Elle se dirige vers la salle à manger et je remarque qu'elle ne porte pas de sac, ni bouteille.

— Maman ?

Elle traverse la pièce pour aller dans la cuisine et je la suis.

— Il est tard, Riley, tu devrais aller prendre une douche pendant que je fais à manger.

— Où est la bouteille de lait ? demandé-je sans prêter attention à ce qu'elle vient de dire.

Cette fois, elle s'arrête et se tourne vers moi, une expression que je n'ai encore jamais vu sur son visage. Pour la première fois de ma vie, je ne saurais lire en elle. D'habitude, en un coup d'œil, je peux dire si elle est heureuse, en colère… Ses émotions se reflètent toujours dans ses yeux. Mais pas aujourd'hui. Aujourd'hui, ils me semblent vides et cela me terrifie.

— J'ai… j'ai dû l'oublier dans la voiture, répond-elle en haussant les épaules. Je vais aller la récupérer, va te laver, Riley.

Elle détourne les yeux puis va dans la cuisine préparer le repas tandis que je reste interdite, les bras ballants.

Qu'est-ce qui se passe ?

J'ignore sa demande et la suis. Elle ressemble à un robot et sort les ingrédients comme si elle avait appuyé sur le bouton pilote automatique. Elle me fait peur.

— Tu veux bien me dire ce qui t'arrive, maman ?

— Je crois t'avoir demandé quelque chose, jeune fille !

Pour la première fois de ma vie, son jeune fille *ne m'impressionne pas.*

— Et moi, je crois que je t'ai posé une question la première.

— Riley, ça suffit !

— Sinon quoi ? Tu m'as déjà interdit de voir Cameron, Jess n'habite plus ici, alors tu veux me priver de quoi ? De club d'histoire ? De lycée ?

— Fais attention, Ri, tu pousses le bouchon trop loin !

— Alors, dis-moi !

— OK, répond-elle, résignée.

Elle tire une chaise et d'un signe de tête, m'invite à en faire autant. Nous nous installons autour de la table, maman gratte nerveusement son tatouage tandis que j'attends qu'elle me dise la vérité.

— Pendant que tu étais à ton club d'histoire, je suis allée voir l'oncle de Cameron.

— *Quoi ?*

— Tu as bien entendu.

— Mais, pourquoi ?

— Je connaissais le père de Cameron, Michael était le meilleur ami de ton père. Alors, je me suis dit que, peut-être, son frère savait ce qui était arrivé à Riley.

— Et… ? demandé-je d'une voix faible.

— J'ai fait chou blanc. Bo… Bobby ne sait rien.

Elle prononce le prénom de l'oncle de Cameron comme si c'était une insulte et je me demande si elle me dit tout.

— Et… vous n'avez parlé que de ça ?

Maman ne me regarde pas. Elle ne fait que contempler son tatouage en le caressant du bout des doigts. J'ai remarqué qu'elle fait souvent cela quand elle pense à mon père et j'imagine qu'elle doit être déçue de ne pas avoir appris la vérité. Pourquoi nous a-t-il abandonnées ? Je crois que nous ne le saurons jamais.

— Non, nous avons aussi parlé de toi et Cameron et nous sommes tombés d'accord sur le fait que vous ne devez plus vous fréquenter.

Riley[2]

— Vous n'avez pas le droit ! protesté-je. C'est complètement ridicule !

— Je comprends que…

— Tu comprends rien du tout, oui ! Tu sais quoi ? Je vais t'apprendre un truc, maman : Je. Ne. Suis. Pas. Toi ! Ce n'est pas parce que Cameron fait partie des Hellys Angels qu'il est comme mon père ! Et c'est pas parce que tu as foutu ta vie en l'air en ayant un enfant en étant ado que je dois reproduire tes erreurs !

Je ne vois pas partir la gifle mais la sens claquer, telle une brûlure. Pour la première fois, ma mère a levé la main sur moi.

Je suis choquée.

— Je t'interdis de me parler sur ce ton ! dit-elle de sa voix la plus tranchante.

Sans un mot de plus, je me lève et quitte la pièce.

— Riley ! Reviens ici !

Même si je l'entends m'appeler, je ne l'écoute pas et monte à l'étage. Je ne vais pas dans ma chambre puisqu'elle ne se verrouille pas et, à la place, m'enferme à clé dans la salle de bains.

Je me laisse tomber au sol et laisse échapper les larmes que je retenais depuis la gifle que maman m'a donnée.

Pourquoi ne comprend-elle pas que j'ai appris de ses erreurs ? Pourquoi ne comprend-elle pas qu'elle peut me faire confiance ? Pourquoi ne comprend-elle pas que je suis *moi*, tout simplement ? Pourquoi faut-il que tout se rapporte toujours à mon connard d'égoïste de père ? Pourquoi cet enfoiré s'est fait la malle ? Pourquoi l'aime-t-elle toujours ? Car oui, elle a beau jurer le contraire, je sais qu'elle l'aime encore. Dans le cas contraire, elle ne toucherait pas sans arrêt son tatouage qui lui rappelle Riley, elle ne serait pas aussi affectée de ne pas avoir appris la vérité, elle ne serait pas aussi… triste. Il faut qu'elle l'accepte : il ne reviendra jamais et nous ne connaîtrons jamais les raisons qui l'ont poussées à partir. C'est comme ça. Un point c'est tout. Même moi, du haut de mes seize ans, je l'ai compris. Alors, pourquoi pas elle ? Pourquoi n'abandonne-t-elle pas ?

Parce que toi, *tu as envie d'abandonner Cameron ?*

Saleté de petite voix dans ma tête qui a raison ! Bien sûr que non, je ne veux pas abandonner Cameron, mais cela n'a rien à voir. Cameron veut être avec moi. Il n'a pas pris la poudre d'escampette. Il n'est pas comme mon père, lui !

Et s'il était comme lui ? Est-ce que *moi*, je pourrais abandonner tout espoir de savoir pourquoi il est parti ? Non, bien sûr que non. Tout ça, c'est à cause de l'amour. Quand on aime une personne, on veut tout faire pour comprendre les choses. On ne peut pas lâcher prise et abandonner, tout simplement. Au contraire, on se doit de tout faire par amour.

Et c'est par amour pour ma mère et pour Cameron que je décide que je vais percer à jour ce secret. Je ne sais pas comment je vais m'y prendre mais si j'arrive à savoir ce qui est arrivé à mon père… Peut-être que ma mère nous laissera tranquilles, Cameron et moi ?

Riley[2]

Je ne suis pas certaine que mon plan va marcher mais je ne vois que cette solution et croise fort les doigts pour que je réussisse.

Après tout, qui ne tente rien n'a rien, non ?

Chapitre 28

Riley

Le lendemain matin, c'est remontée à bloc que je prends le bus scolaire. J'ai hâte de voir Cameron et de lui expliquer mon idée. En effet, j'ai réfléchi toute la nuit et si je veux des informations sur mon père, il faut que je pose des questions aux Hellys Angels. Et où trouver cette bande de motards ? À leur QG, bien sûr, le bar de Bobby ! Je ne suis pas certaine que mon petit-ami sera partant mais je dois tenter le coup. Après tout, c'est aussi pour nous que je fais tout cela.

Lorsque le bus s'arrête et me dépose, je suis surprise que Cameron ne soit pas en train de m'attendre à notre endroit habituel. Je marche jusqu'aux emplacements réservés aux deux roues et me cale contre l'un des arceaux.

Je regarde les élèves passer devant moi, repère Tobias et sa bande un peu plus loin mais toujours aucune trace de Cameron. Je décide de lui envoyer un message et attends qu'il me réponde.

Quinze minutes plus tard, la sonnerie des cours retentit et je n'ai toujours aucune nouvelle de mon petit-ami. Je pousse un profond soupir, lui envoie un nouveau texto et entre dans le lycée. Bien évidemment, l'abruti de Tobias est devant la porte de la salle de cours et me regarde avec une expression suffisante sur le visage.

— T'as perdu ton petit toutou ? chuchote-il, arrogant.

Je ne lui réponds pas et à la place, lui offre un doigt d'honneur puis j'entre dans la classe. Ce connard prétentieux éclate de rire et je me demande si ce n'est pas lui qui s'amusait à me faire peur, hier soir, quand je suis rentrée à la maison.

Encore un truc que je dois élucider…

À la pause déjeuner, je n'ai toujours aucune nouvelle de Cameron et commence à m'inquiéter. Serait-il malade ? Quand nous nous sommes quittés hier après-midi, il allait bien, il ne me semble pas qu'il couvait quelque chose alors pourquoi n'est-il pas là ? Pourquoi

Clémence Lucas

ne répond-il pas à mes messages ?

Lasse, je regarde mon plateau-repas que je n'ai pas touché et vais jeter son contenu dans une poubelle. Je traverse la cafétéria et sors prendre l'air. Aussitôt dehors, je prends une profonde inspiration et essaie de me calmer. Ce n'est pas dramatique si je n'ai pas de nouvelles de Cameron. Il ne lui est rien arrivé de grave autrement, je suis certaine que je le ressentirais. À la fin des cours, j'irai faire un tour dans son quartier et même si son oncle et ma mère ne sont pas d'accord, j'irai prendre de ses nouvelles. Je n'en ai rien à faire qu'ils nous interdisent d'être ensemble. Là, tout ce qui m'importe est de savoir comment va mon petit-ami. Le reste n'a aucune importance.

Il est seize heures lorsque j'arrive au quartier des Hellys Angels. La dernière fois que je suis venue ici, j'étais en compagnie de Cameron et je n'avais pas vraiment prêté attention aux alentours. Tous les gens que je croise sur ma route portent fièrement l'écusson des Hellys et me regardent comme si j'étais une biche prise dans les phares d'une voiture. Et à cet instant précis, c'est exactement comme cela que je me sens. Prise au piège. Je n'ai qu'une envie, traverser rapidement cet endroit pour arriver au bar. Même si je sais que là-bas, les clients seront en majorités des membres de la bande de motards, il y aura Cameron et je serai donc en sécurité.

Riley[2]

Forte de cette pensée, j'accélère le pas et essaie de ne pas prêter attention à l'étrange sensation qui s'empare de nouveau de moi. J'ai l'impression de sentir des yeux dans mon dos mais je ne me retourne pas. Après tout, je sais que je ne passe pas inaperçue au milieu de tous ces types tatoués et je dois me faire des idées. Je ne suis pas suivie. Juste observée. Je ne suis pas de ce milieu et d'une certaine façon, c'est leur manière de me le faire comprendre.

À l'embranchement, je tourne sur la gauche et soupire de soulagement lorsque je vois apparaître devant moi le bar. Je prends une profonde inspiration et cours presque tant j'accélère le pas.

Arrivée devant les portes, j'hésite un instant mais je prends mon courage à deux mains et entre. Comme je le pensais, même si nous sommes en plein milieu de l'après-midi, le lieu grouille de motards. Je me fraye un chemin jusqu'au comptoir et vais m'installer au même endroit que la dernière fois avec Cameron.

Je repère son oncle en train de parler avec un grand balaise et mon cœur s'emballe. Sans mon petit ami à mes côtés, je ne me sens pas rassurée et même s'il s'agit de son oncle, là, tout de suite, sa carrure m'impressionne. Il tourne la tête dans ma direction et tout à coup, je pourrais jurer que ses yeux lancent des éclairs et je déglutis péniblement.

Il attrape une bouteille de soda, la décapsule puis la fais glisser jusqu'à moi tandis qu'il vient se poster sous mon nez.

— Merci, dis-je d'un filet de voix.

— Tu n'as rien à faire ici, Riley, répond-il d'un ton bourru.

— Je suis juste venue prendre des nouvelles de Cameron. Comme il n'était pas en cours aujourd'hui, je…

— Tu t'inquiètes pour rien. Le petit avait mal au crâne, il est resté à la maison.

— OK… Euh… Super ! Je peux le voir ?

— Écoute Riley, tu as l'air d'être une chic fille et tout mais s'il ne t'a pas répondu, ce n'est pas ma faute. Il ne veut pas te voir.

Quoi ?

— Je ne vous crois pas.

— C'est pas mon problème, gamine. Je te dis juste la vérité.

— Comme vous l'avez fait avec ma mère ?

Face à ma répartie, il recule comme si je l'avais giflé.

— Qu'est-ce qu'elle t'a dit ? demande-t-il soudainement nerveux.

— Que vous ne saviez rien sur mon père mais je ne sais pas pourquoi, je ne vous crois pas.

Comme je te l'ai dit, petite, je dis la vérité. J'ai entendu parler de ton vieux mais ce type est comme une chimère. Personne ne l'a revu depuis ta naissance. Je suis désolé.

Riley[2]

Non, non. Je ne le crois pas. Il ment. C'est obligé.

— Vous mentez !

Il fronce les sourcils et croise les bras sur son torse, faisant ressortir ses muscles. Soudain, j'aperçois l'ombre d'un tatouage sur son avant-bras et mon cœur rate un battement.

Non mais c'est quoi ça *?*

Aussitôt, je revois dans mon esprit l'aile blanche de ma mère et l'une des rares choses qu'elle m'a confiée au sujet de mon père. À l'époque où elle a fait son tatouage, en le découvrant, mon père a voulu se faire le même à un détail près : son aile à lui était noire. Ainsi, en se donnant la main, les deux ailes se réunissent afin de former un cœur, un peu comme le Ying et Yang.

Putain de bordel de merde !

— Vous… C'est… Oh mon Dieu !

Je mets mes mains sur ma bouche comme si le fait de ne pas dire à voix haute ce que je viens de comprendre ne rendait pas tout cela réel. Dans mon esprit, je vois toutes les pièces du puzzle s'assembler : le fait que Bobby et ma mère ne voulaient pas que je fréquente Cameron, l'attitude étrange de maman à son retour du bar…

— Riley ? demande-t-il soudain inquiet.

Le cœur battant à tout rompre, je fixe cet homme devant moi et je suis incapable de prononcer un mot de plus. Pour la première fois depuis que je l'ai rencontré, je prends le temps de bien l'observer. Je suis à la recherche du moindre indice qui me prouvera que je me trompe car j'ai tort, c'est obligé, il ne peut en être autrement.

Je dévisage Bobby. D'abord ses cheveux, de la même teinte blonde que les miens. Ensuite ses yeux, aussi bleus que les miens. Puis sa bouche qui malgré son pincement me rappelle tant la mienne.

Putain de bordel de merde ! Mais… c'est pas vrai !

— C'est… c'est… vous.

Bobby ancre son regard au mien et ne bronche pas. Dans ses yeux, je pourrais jurer lire tous ses tourments : m'avouer la vérité ou se taire mais je crois qu'à cet instant, il n'y a rien à dire. Si ce que je pense est vrai, je n'ai rien à voir avec cet homme. Il n'est qu'un inconnu.

Je manque d'air.

Furieuse, je me lève d'un bond de mon tabouret et quitte en courant cet établissement. Face à mes constatations, je ne peux plus respirer. Je ne peux pas rester une seconde de plus ici.

Je cours aussi vite que je le peux, pousse au passage quelques clients qui m'insultent et lorsque j'arrive à l'extérieur du bâtiment, je plaque mon dos contre le mur et éclate en sanglots.

Tout ceci n'est pas réel. Je vais me réveiller. Ça ne peut pas être lui. C'est impossible. Pourtant, tous les indices sont sous mes yeux. Je le sais mais je ne peux m'y résoudre. Bobby Someren ne peut pas être celui que je pense. Je n'arrive même pas à le dire dans ma tête. Bobby Someren ne peut pas être celui que je pense. Bobby Someren… Someren… Attendez une minute, si je change

Riley[2]

les lettres de place et que… Oh putain ! Même son nom était le plus grand indice sous mon nez et pourtant je ne l'avais pas vu. Si je mélange les lettres, son nom de famille se transforme en Emerson. Comme Julia Emerson. Ma mère.

Le tatouage, le nom, notre ressemblance, le trouble de maman…

Oh Seigneur ! J'ai retrouvé mon père !

Chapitre 29

BOBBY

Et merde ! Elle a compris.

Je regarde ma fille sortir en trombe du bar et frustré, je frappe dans une bouteille d'alcool qui explose en mille morceaux en touchant le sol. Francky se tourne vers moi et d'un signe de tête, m'indique qu'il gère la situation.

Agacé, je lâche un soupir et hésite une seconde à la rattraper puis je ne réfléchis plus et fonce à l'extérieur du bâtiment.

Riley[2]

Je pousse les portes principales et découvre Riley, contre le mur, en larmes et aussitôt, mon cœur se serre en la voyant ainsi.

— Riley ? murmuré-je d'une voix faible.

Elle tourne la tête et lorsqu'elle me voit, un regard noir m'accueille.

— Foutez le camp, Bobby !

Nerveux, je me frotte la nuque puis vais m'installer à ses côtés, dos au mur. Exactement comme je me sens actuellement.

— Je…

— … êtes mon père ? Sans blague ! me coupe-t-elle en me défiant des yeux.

— Écoute, Riley, je suis désolé, dis-je, sincère.

Ma fille éclate d'un rire sans joie et secoue la tête.

— Comme si j'en avais quelque chose à foutre ! Je ne vous connais pas. Vous ne m'avez pas manqué et vous savez pourquoi ?

Je sais que cette question n'attend pas de réponse aussi, je serre les dents et la laisse exprimer sa colère.

— Parce que vous ne pouvez pas ressentir le manque de quelque chose que vous ne connaissez pas ! Donc vos excuses, vous pouvez vous les carrer où je pense !

— Tu as tous les droits d'être énervée, Riley.

— Je ne suis pas énervée, je suis… je suis… Putain ! Ouais, vous avez gagné ! Je suis furieuse !

Clémence Lucas

— Je suis dé…

— Ouais, je sais, vous êtes désolé et j'en ai rien à faire !
Vous n'êtes qu'un… qu'un sale enfoiré de première !

Tout ce qui me vient à l'esprit est que je suis désolé
mais cette fois, je m'abstiens. Après tout, cela ne sert à
rien de le faire… Alors, je la laisse assimiler tout ça. Je lui
laisse l'espace et le temps nécessaire.

Je me laisse choir au sol et attends qu'elle se calme.

Elle pleure en silence, son corps secoué par des sanglots et à chaque larme coulée, j'ai l'impression qu'on me
plante un couteau dans le cœur. Je ressens sa douleur, sa
peine à travers chaque parcelle de mon être et je suis ter-
rassé par le poids des regrets. Si je n'avais pas fait toutes
ces conneries, si je ne m'étais pas allié aux mauvaises personnes, jamais tout cela ne serait arrivé. Jamais le FBI ne
me serait tombé dessus et m'aurait proposé un marché :
croupir en prison pour le restant de mes jours et voir ma
femme et ma fille au parloir, ou infiltrer les Hellys Angels
et rencarder les Feds jusqu'à ce qu'ils arrivent à mettre la
main sur Snake.

Ils m'ont promis que ma mission ne prendrait pas
longtemps et qu'ensuite, je pourrais retrouver Julia et Riley. J'ai fait une croix sur cela il y a bientôt dix ans quand
j'ai compris qu'ils m'avaient mené en bateau. Snake est
vicieux et un mec presque intouchable. Il change d'endroit sans arrêt et a du mal à faire confiance. J'ai mis une
décennie à entrer dans son cercle et j'ai eu la chance de
faire ami – ami avec son bras-droit, Ice. Grâce à lui, j'ai
été mis en relation avec Mark, j'ai pu venir à Fort Hood,

Riley[2]

la nouvelle planque du motard le plus recherché par le FBI. Plutôt comique quand on sait que l'endroit grouille de militaires.

Cela fait donc seize ans que je gravis les échelons dans le seul but de quitter cette vie qui est devenue mon enfer. Cela fait seize ans que je fais tout pour ne pas être découvert comme l'ont été Gwen et Michael.

Après plusieurs arrestations, la communauté des Hellys a pensé qu'il y avait une taupe parmi eux. J'ai prévenu Ferguson – mon agent de liaison – et je lui ai demandé de nous aider. Comme toujours, cet abruti m'a dit de ne pas m'en faire, que nous avions grandi parmi eux et que jamais, ils ne nous démasqueraient. Grave erreur.

Je ne sais pas exactement comment, mais ils ont découvert que Mickey était un indic. Le jour suivant, lui et Gwen périssaient dans un accident de voiture. La même voiture que mon meilleur ami a toujours entretenue comme si elle était un membre à part entière de sa famille. Même s'il était complètement gaga des Harley, mon frère avait une admiration sans faille pour sa Shelby et il n'était pas possible qu'il s'y mette au volant sans lui avoir fait subir une révision avant. Les freins ont donc été saccagés pendant qu'il est allé prendre sa douche avant de sortir. Ce n'était pas un accident. Je le sais parce qu'au moment où mon meilleur ami et sa femme percutaient un pilonne électrique, j'étais en train de me faire passer à tabac.

Étant la personne la plus proche de Michael et Gwen, les Hellys ont eu des soupçons à mon égard. Heureusement pour moi, ils n'ont jamais rien trouvé et je n'ai jamais rien avoué. J'ai encaissé les coups sans broncher, criant mon innocence quand on m'interrogeait et puis… ils m'ont cru. Ils m'ont relâché, se sont excusés et la vie a repris son cours. Enfin… pas vraiment. Je ne m'attendais pas à avoir la garde de Cameron.

L'espace d'un instant, j'ai été tenté de refuser et de le laisser entrer dans les rouages des services sociaux mais comment aurais-je pu faire cela ? Mes meilleurs amis avaient suffisamment confiance en moi pour me confier la prunelle de leurs yeux, je ne pouvais pas faire ça. Et puis… ce gosse est arrivé cinq mois après la naissance de Riley. Je l'ai vu naître, grandir, évoluer… Je l'ai aimé immédiatement comme un neveu et depuis cinq ans, je l'aime comme mon propre fils.

Lorsque j'ai pris ma décision, je suis allé trouver Diego, le responsable de Dallas et je lui ai expliqué qu'on ne pouvait pas juger un enfant pour les erreurs de ses parents. Je lui ai promis d'en faire un bon Hellys, qu'il ne ferait jamais rien contre la communauté et contre toute attente, le boss a accepté ma décision.

— Pourquoi vous êtes parti ?

La question de Riley me sort de mes pensées et je tourne la tête vers elle. Ma fille me dévisage en attendant que je lui réponde mais comme pour sa mère, je ne peux rien lui dire.

Je lâche un profond soupir.

— C'est… compliqué, Riley.

Riley[2]

— Au contraire, c'est très simple. Soit vous ne nous aimiez pas. Soit vous avez eu peur. Soit vous avez fait de la taule. Soit vous êtes juste un pauvre con.

Putain ! Qu'est-ce qu'elle est insolente ! On dirait moi, au même âge !

Face à sa répartie, j'éclate de rire.

— Je ne vois pas ce qu'il y a de drôle !

— Tu me rappelles, moi quand j'avais ton âge.

— J'crois pas que ce soit un compliment, ni que ce soit drôle, rétorque-t-elle d'une voix sèche.

De nouveau, j'éclate de rire. Elle a aussi hérité de mon sale caractère.

— Désolé, m'excusé-je face à son visage rouge de colère.

— Et sinon, à part vous excuser pour un oui ou pour un non, vous allez répondre à ma question ? Pourquoi vous êtes parti ?

Mon sourire meurt sur mes lèvres et je fronce les sourcils. J'aimerais tant pouvoir tout leur expliquer à elle et sa mère, même à Cameron, mais je n'en ai pas le droit. Il en va de leur sécurité. Je ne peux pas me permettre de perdre encore des personnes qui me sont chères. Alors, je prends la décision de faire en sorte que ma fille arrête de poser des questions et qu'elle me déteste. Même si cela me crève le cœur.

— Parce que les Hellys étaient plus importants, dis-je en soulevant le haut de mon tee-shirt, exposant ainsi mon tatouage de l'écusson de la communauté.

— Alors c'est tout ! Une putain de bande de motards est plus importante que ta femme et ta fille ! hurle-t-elle en se levant.

— Oui, réponds-je sans ciller en ancrant mon regard au sien.

— T'es qu'un connard !

Je ne réponds pas et encaisse l'insulte sans broncher. Même si elle est furieuse, ce qui me frappe le plus dans son regard c'est la déception que j'y lis. Elle me frappe en pleine gueule tel un uppercut en pleine mâchoire. Ça fait autant mal, putain !

Je ferme les yeux et pousse un profond soupir. J'entends Riley bouger à mes côtés puis ses pas s'éloigner sur le bitume mais je ne bouge pas. Je ne la retiens pas.

J'ai eu ce que je voulais, non ? Alors pourquoi j'ai l'impression que je viens de faire la plus grosse connerie de ma vie ?

Riley²

Chapitre 30

Cameron

Le claquement de la porte d'entrée de l'appartement me fait sursauter et lorsqu'Oncle Bobby entre dans le salon, je comprends que quelque chose vient de se passer. La dernière fois que je l'ai vu dans cet état, c'est quand il est venu m'annoncer la mort de mes parents, les bleus et la lèvre ouverte en moins.

Il fonce jusqu'au mini bar, attrape une bouteille de whisky et boit directement au goulot.

— Oncle Bobby ? demandé-je, inquiet.

Riley[2]

Sans me regarder, il lève deux doigts dans ma direction et continue de boire plusieurs gorgées. Je reste interdit face à son comportement et mon cœur commence à vouloir se taper un sprint. Mon oncle referme la bouteille puis il vient s'asseoir sur le canapé, à mes côtés.

— Il faut que je t'avoue un truc, *buddy* et crois-moi, ça ne va pas te plaire.

— Je suis déjà au courant, rétorqué-je d'une voix douce.

— Comment ça ?

— L'autre jour… Je vous ai entendu, Julia et toi. C'est toi : *Riley*. Le père de Riley.

— Bordel à cul ! Et tu ne m'as rien dit, pourquoi ?

Pour toute réponse, je hausse les épaules. C'est vrai que j'ai eu envie de l'acculer et de lui poser mille et une questions mais c'est Oncle Bobby… Mon meilleur ami… Mon confident… Mon deuxième père. Je ne peux pas croire qu'il ait fait cela sans une bonne raison. Alors, j'ai préféré attendre qu'il se confie à moi et je ne pensais pas que cela lui prendrait qu'une seule journée.

— Il y autre chose…

— Quoi ? demandé-je, suspicieux.

— La petite le sait… Elle vient de partir.

— *Quoi ?* hurlé-je, cette fois. Quand ça ? Il y a longtemps ?

— J'sais pas cinq minutes, peut-être dix.

Clémence Lucas

Même si je l'ai évitée toute la journée et que je ne suis pas allé en cours exprès pour ne pas la croiser, je ne peux pas la laisser seule. Pas maintenant. Ce n'est pas parce que nous ne pouvons plus être ensemble que nous ne pouvons pas rester amis même si ça me ronge. Je ne peux pas effacer d'un claquement de doigts les sentiments que j'ai pour elle. Elle vient de découvrir que mon oncle est en réalité son père. C'est une véritable bombe. Elle ne peut pas traverser ça toute seule.

Sans réfléchir une seule seconde, je me lève, attrape mon blouson en cuir, les clés de ma Harley et quitte l'appartement en trombe. J'entends vaguement Oncle Bobby m'appeler mais je n'en ai rien à faire. Riley est dehors, toute seule, certainement malheureuse et je dois la retrouver au plus vite. Elle a besoin de moi.

Malgré les quinze minutes d'avance que Riley a sur moi, le fait qu'elle soit à pieds et moi à moto m'aide à la retrouver rapidement. En effet, elle n'est pas allée bien loin puisqu'elle attend le bus à quelques pâtés de maisons du bar.

Je me range sur le bas-côté, coupe le moteur de ma bécane et en descends tout en ôtant mon casque. J'avance lentement vers Riley qui ne me regarde pas même si je suis certain qu'elle m'a vu.

— Hey, chuchoté-je en m'arrêtant devant elle.

Riley[2]

Elle ne prend même pas la peine de lever ses yeux sur moi.

— T'étais au courant ?

— Non… Enfin… Si… Je l'ai découvert hier.

— J'arrive pas à… le croire, dit-elle entre deux sanglots.

Sans hésiter, je m'assois sur le banc à ses côtés et la prends dans mes bras. Instinctivement, Riley se blottit contre mon corps et ses larmes redoublent d'intensité. Nous restons là, dans les bras l'un de l'autre, sans prononcer un mot. À quoi bon parler ? Rien de ce que je pourrai lui dire ne pourra lui remonter le moral. Alors, je me contente de la soutenir comme je le peux, en étant présent pour elle.

Je ne sais pas combien de temps nous restons là et lorsque le car s'arrête enfin à son arrêt, Riley ne se lève pas. Au contraire, elle s'accroche à moi comme si j'étais sa bouée de sauvetage. *Si seulement cela pouvait être vrai.* Je fais signe au conducteur de continuer son chemin et je serre un peu plus fort Riley contre moi.

J'aimerais pouvoir effacer ses pleurs. J'aimerais pouvoir effacer sa peine. J'aimerais l'embrasser jusqu'à ne plus avoir de souffle. Jusqu'à ce qu'elle en oublie son nom. Jusqu'à ce qu'elle en oublie tous ses soucis. J'aimerais tant la protéger, la soutenir comme se doit de le faire un petit-ami. Seulement, je ne peux pas. Je n'en ai pas le droit. Alors pourquoi même si je le sais, je meurs d'envie de le faire ?

Je lâche un soupir de frustration et pour la première fois depuis que je l'ai retrouvée, Riley relève la tête et ancre son regard au mien. Puis, sans que je ne puisse l'en empêcher, elle effleure mes lèvres et imperceptiblement, je me crispe.

Putain ! J'aimerais tellement lui rendre son baiser au centuple !

Riley fronce les sourcils et s'écarte de moi.

— Cameron ? dit-elle d'une voix rauque.

Je ferme les yeux et me pince l'arête du nez. Visiblement, même si elle a compris qu'Oncle Bobby est son père, Riley n'a pas fait le rapprochement du lien du sang qui nous unit désormais et je vais devoir lui dire. Ce qui signifie que je vais devoir lui briser le cœur. Et le mien, par la même occasion.

— On ne peut pas… être ensemble, Riley, dis-je dans un murmure.

Ses yeux s'écarquillent de surprise et mes paroles ont le même effet que si je l'avais giflée.

Je suis tellement désolé.

— Pour… Pourquoi ? demande-t-elle, choquée.

— Ri, chuchoté-je en lui effleurant le visage du bout des doigts. Si Oncle Bobby est ton père, cela signifie que toi et moi…

Elle fronce les sourcils et essaie de comprendre où je veux en venir mais elle est tellement sur le coup de toutes ses émotions qu'elle n'arrive toujours pas à faire le lien. Alors, je prends une profonde inspiration et les larmes aux yeux, lui dis clairement les choses.

— Bobby est le frère de mon père. S'il est ton père, cela veut dire que nous sommes cousins. Nous ne pouvons pas être ensemble.

— Mais… mais… Ce n'est pas possible ! Tu… Toi et moi… On est ensemble. On… Je croyais… Je croyais qu'on… s'aimait ! dit-elle en sanglotant.

Bien sûr que je l'aime mais c'est malsain. Impossible.

— Tu as raison, avoué-je, une larme roulant sur ma joue. Mais nous ne pouvons pas continuer. Nous pouvons être amis mais… rien de plus.

— *Amis*, répète-t-elle, comme si c'était une injure. Tu penses réellement que je peux être seulement amie avec toi ? Putain, Cameron ! Pourquoi tout fout le camp ? Pourquoi ton oncle est *Riley* ? Pourquoi ? Pourquoi ?

Elle tape rageusement sur ses genoux et je l'arrête en la prenant encore une fois dans mes bras. Je la berce contre mon cœur tandis que ses larmes s'écrasent sur mon torse et que les miennes finissent dans ses cheveux. Je ne m'étais même pas rendu compte que je pleurais, moi aussi à chaudes larmes.

Je n'étais jamais tombé amoureux avant Riley. Je n'avais jamais eu le cœur brisé. Aujourd'hui, je sais ce que ça fait d'avoir trouvé l'amour, le vrai et de devoir le laisser partir. Aujourd'hui, je sais ce que ça fait d'avoir le cœur brisé et j'aurais préféré ne jamais connaître cette sensation. J'ai l'impression qu'un trou béant se forme dans ma cage thoracique et que jamais, il ne pourra se refermer.

Soudain, un coup de klaxon nous fait sursauter. Nous relevons la tête et découvrons Julia, dans sa Ford qui nous regarde avec un air triste sur le visage. Elle fait signe à sa fille de venir et Riley se détache de moi en soupirant.

Je me lève du banc en même temps que Riley et la serre une dernière fois dans mes bras car quelque chose au fond de moi me dit que c'est bien la dernière fois qu'elle me laissera le faire. Puis, je m'écarte d'elle, pose mes lèvres sur son front et recule d'un pas en ancrant mon regard au sien.

Ses yeux sont vides, comme si elle avait perdu tout espoir et face à son désarroi, mon cœur rate un battement.

— Riley ?

Julia appelle sa fille et nous soupirons tous les deux en nous écartant l'un de l'autre à regret. Riley marche d'un pas traînant, monte dans la voiture, me regarde une dernière fois puis baisse la tête, une larme roulant sur sa joue.

Sa mère s'insère sur la route et à mesure qu'elles s'éloignent, j'ai l'impression que je ne peux plus respirer. Lorsque leur voiture a disparu de mon champ de vision, j'attrape mon casque, m'en coiffe puis je monte sur ma bécane. Je démarre et fais ronfler le moteur puis je m'insère à mon tour sur le bitume.

J'ai besoin de me calmer. J'ai besoin de faire le vide dans ma tête. J'ai besoin de rouler pendant des kilomètres. J'ai besoin de m'échapper de la réalité. Au moins pour quelques heures. Là, tout de suite, je n'ai pas la force de

Riley[2]

rentrer chez moi et me retrouver devant Oncle Bobby.

Tout est de sa faute.

S'il n'avait pas pris les mauvaises décisions, tout ceci ne serait jamais arrivé. Riley et moi n'aurions jamais commencé à sortir ensemble. Nous n'aurions pas le cœur brisé. Oui, tout ceci est uniquement la faute d'Oncle Bobby et c'est pourquoi, je ne peux pas rentrer.

Pas tout de suite.

Avant, je dois me calmer car je crois que pour la première fois de ma vie, je pourrais envisager de foutre mon poing dans la gueule de mon oncle et je ne suis pas certain qu'il apprécierait la chose. Ni même qu'il me garderait encore sous son toit. Car même si à l'heure actuelle, je le déteste, il n'en reste pas moins ma seule famille. J'ai déjà perdu mes parents maintenant, Riley. Je ne veux pas avoir à perdre mon oncle. Même si c'est une espèce d'enfoiré et que tout est sa faute. Sans lui, je me serais retrouvé à la protection de l'enfance, j'aurais peut-être atterri dans une famille d'accueil. Sans lui, je serais seul. Sans lui, rien de tout cela ne serait arrivé.

Ouais… je dois vraiment me calmer avant de rentrer.

Chapitre 31

Riley

Quand maman est venue me récupérer dans le quartier de Hellys, elle n'a pas prononcé un mot. Elle s'est contentée de regarder obstinément la route, sans jeter un seul coup d'œil dans ma direction. J'ai été soulagée qu'elle ne m'accable pas de reproches car la journée avait été assez pénible comme cela en émotions fortes.

Arrivées à la maison, tout juste la porte franchie, j'ai jeté mon sac à dos dans l'entrée, monté les marches en courant et me suis enfermée dans ma chambre. Là, le poids des révélations m'est tombé dessus et j'ai craqué. Je ne savais pas que je pouvais pleurer autant pourtant, j'ai pleuré toutes les larmes de mon corps jusqu'à ce que je

Riley[2]

m'endorme d'épuisement.

Cela fait maintenant une semaine que ma vie a changé. Une semaine que je ne cesse de me répéter que Cameron est mon cousin et pourtant, à chaque fois, cela ne sonne pas mieux à mes oreilles. Une semaine que je me suis enfermée dans mon monde. Une semaine que je me suis murée dans le silence.

Pour le coup, ça, je ne l'ai pas pris de mon salopard de père mais de ma grand-mère maternelle.

Je n'ai plus vu Cameron depuis notre dernière conversation. Je sais qu'il m'évite. J'ai bien vu que sa Harley était garée à son emplacement habituel devant le lycée. Il n'assiste simplement pas aux cours d'histoire et de biologie que nous partageons et ne déjeune pas à la cafétéria. Alors, quand je vais en cours, je ne parle pas, je me contente d'écouter le prof et prendre des notes. Lorsque je suis interrogée, je réponds par un haussement d'épaules. Ayant toujours eu d'excellents résultats et ayant toujours participé, les professeurs ne m'en tiennent pas rigueur. Quand bien même, ils décideraient de me coller, cela me ferait une belle jambe !

Plus rien ne peut m'atteindre, désormais.

Quand la journée de cours est finie, je prends le bus, rentre à la maison, fais mes devoirs, mange – parce que maman m'y oblige – prends une douche puis je vais me coucher. Chaque soir, les visages de Bobby et Cameron viennent hanter mes nuits. Chaque soir, je revis nos conversations et mon cœur se serre douloureusement. Chaque soir, je repense à ce père qui aimait plus une bande de motards que sa femme et sa propre fille. Chaque soir, je repense à ce garçon qui m'a fait tourner la tête et que je n'ai pas le droit d'avoir dans ma vie. Et chaque soir, je m'endors en pleurant.

Je suis devenue l'ombre de moi-même.

Ce matin, j'ai surpris ma mère au téléphone avec Lydia, sa meilleure amie. Elle lui racontait qu'elle s'inquiétait pour moi et qu'elle n'arrivait pas à me faire sortir de mon mutisme. Elle semblait profondément désemparée mais si d'ordinaire, sa détresse m'aurait fait de la peine, aujourd'hui, elle ne m'atteint pas. Cela me passe dessus comme une vague viendrait s'échouer sur le sable avant de repartir dans la mer.

Je n'en ai plus rien à faire.

Découvrir l'identité de mon père aurait dû me faire découvrir une partie de moi. Au lieu de cela, j'ai l'impression d'être vide. De m'être perdue. Tout simplement. Tout me semble fade, sans saveur, insipide. Mon cœur s'est entouré de remparts afin de se protéger.

Je ne veux plus souffrir.

Des coups frappés à ma porte me font à peine sursauter et je ne bouge pas. Je reste allongée de côté sur mon lit, un bras replié sous la tête, les yeux fermés. À quoi bon les ouvrir, je sais déjà que c'est ma mère qui entre dans la pièce. Je l'entends marcher puis je la sens s'asseoir sur le lit.

— Riley, dit-elle dans un murmure. Ça ne peut pas continuer comme ça, ma puce.

Riley[2]

Pour toute réponse, elle n'a le droit qu'à un profond soupir ennuyé.

— J'imagine que ça a dû être un choc de rencontrer ton père. Moi-même, je suis tombée dans les pommes quand je l'ai reconnu. Et ce n'est pas au sens figuré, Riley : j'ai réellement perdu connaissance.

Surprise par son aveu, j'ouvre enfin les yeux et regarde ma mère. Malgré ses trente-trois ans, elle semble fatiguée. C'est vrai que je n'ai pas pensé une seule seconde à ce que ça lui avait fait de revoir mon père après toutes ces années. Connaissant ses sentiments pour lui, j'imagine que cela n'a pas été facile pour elle non plus.

Soudain, je réalise qu'à vouloir me protéger et ne plus souffrir, j'ai tourné le dos à la seule personne qui a toujours été là pour moi. Celle qui m'a élevée, toute seule, alors qu'elle n'était encore qu'une adolescente. Celle qui comme moi, a été abandonnée par mon père sauf que pour elle, il était l'homme de sa vie.

— Je suis désolée, maman, dis-je d'une voix rauque.

— Oh mon bébé, c'est moi qui suis désolée.

Elle me serre fort contre elle et je sens une larme tomber sur mon épaule. Maman pleure. Savoir que je suis à l'origine de sa tristesse me crève le cœur. Comme quoi, ces remparts ne sont pas aussi solides que je le croyais. Je ne suis pas insensible face à son chagrin. Après tout, c'est le même que le mien.

Nous pleurons dans les bras l'une de l'autre et toute la colère que je ressentais contre elle s'évapore comme neige au soleil.

Pendant toute ma vie, je me suis demandé pourquoi mon père avait préféré nous abandonner. J'ai imaginé tout un tas de scénarios : des dramatiques : il purgeait une peine de prison ou pire encore, il était mort. Dans mes rêves les plus fous, j'imaginais qu'en réalité, c'était un espion et que c'était pour cela qu'il ne pouvait être avec nous. Vous parlez d'un espion ! En vérité, mon père n'est qu'un connard égoïste qui a préféré faire passer les Hellys Angels en premier. Découvrir cette triste vérité m'a profondément blessée et je ne suis pas la seule. Maman aussi est blessée.

Je ne sais pas combien de temps nous sommes restées là, allongées sur mon lit, dans les bras l'une de l'autre mais lorsque maman se relève et me sourit, je me sens un peu mieux.

— Tu as faim ? Je peux faire des pancakes, si tu veux ?

— Je veux bien, oui.

Son sourire s'élargit et elle quitte la chambre.

Je me lève à mon tour, vais dans la salle de bains afin de me passer de l'eau sur le visage puis la rejoins dans la cuisine. Maman est en train de sortir tous les ingrédients pour réaliser notre encas tandis que je m'assois autour de l'îlot central. Normalement, il s'agit de notre rituel du samedi après-midi. En effet, depuis ma plus tendre enfance, je me rappelle nos samedis à rigoler dans la cuisine pendant que maman faisait sauter ses pancakes et que je me mettais de la farine partout sur moi et dans la pièce. Je voulais l'aider mais en réalité, je ne faisais que saccager la cuisine mais maman n'a jamais râlé. À cette époque, nous étions toutes les deux plus soudées que jamais.

— Alors… ? commence-t-elle tout en pesant les ingrédients.

— Mon père n'est qu'un connard. Fin de la discussion, réponds-je en haussant les épaules, désinvolte.

— Et Cameron ?

— Il ne me parle plus depuis la fois où tu es venue me chercher, avoué-je, lasse.

— Je suis désolée, ma puce.

Même si elle devrait être contente que Cameron et moi ne soyons plus ensemble, maman semble être triste et me regarde avec un air compatissant.

— Tu sais, un jour tu tomberas amoureuse d'un autre garçon et tu te rendras compte que ce que tu ressentais pour Cameron n'était pas aussi fort que ce que tu croyais.

— Comme tu l'as fait pour mon père ? rétorqué-je, légèrement sarcastique.

Face à ma répartie, ma mère sursaute mais accuse le coup.

Quelle conne !

— Je suis désolée, maman. C'était méchant.

Clémence Lucas

— Non, ne t'excuse pas. Tu as raison, Riley. Pour une raison que j'ignore, je n'ai jamais oublié ton père mais maintenant que je sais qu'il est là et qu'il n'a même pas pris la peine de nous donner des explications, je ne comprends pas pourquoi j'ai continué à me raccrocher à son retour. Il n'a pas voulu de nous il y a seize ans et ne nous veut toujours pas maintenant. C'est comme ça. On doit apprendre à vivre avec… Même si ça fait mal. Je crois que d'une certaine manière, je l'ai idéalisé et… j'avais tort.

— Tu l'aimais, maman. Par amour, on est parfois prêt à faire n'importe quoi.

— Tu es bien trop sage pour une jeune fille de seize ans, ma Riley.

Maman me regarde tendrement et il me semble apercevoir des larmes dans ses yeux mais elle me sourit et commence à mettre la pâte dans une poêle, comme si de rien n'était.

Tandis qu'elle me tourne le dos, je ne la quitte pas du regard. J'observe cette femme forte et douce à la fois, celle qui serait capable de déplacer des montagnes pour que je sois toujours heureuse et mon cœur se gonfle un peu plus d'amour pour elle.

J'ai peut-être perdu Cameron. J'ai peut-être un père qui ne veut pas de moi… de nous. Mais j'ai une maman extraordinaire et quand je serai grande, j'espère que je lui ressemblerai.

Riley²

Chapitre 32

Cameron

Éviter Riley n'est pas un travail de tout repos. En vérité, c'est même tout le contraire. C'est comme si nous étions deux aimants. À chaque fois que je vais pour aller dans une salle de classe, je la vois à quelques pas de moi. À chaque fois que je suis dans le couloir, elle est encore là. C'est simple, j'ai l'impression d'être irrémédiablement attiré vers elle, alors que je fais tout pour ne pas la croiser.

Peut-être que si je m'évertuais à faire l'inverse, j'arrêterai de la voir partout ? Mais oui, bien sûr, on y croit tous !

En réalité, je pense que mon corps la suit inconsciemment. J'ai entendu dire qu'Ashley Lemon s'est fait agresser en début de semaine, elle rentrait toute seule de

Riley[2]

son entraînement de cheerleader et deux types lui sont tombés dessus. De ce qu'il se raconte sur le campus, elle ne sait pas qui sont ces mecs et n'a rien vu de particulier sur eux permettant à la police de les arrêter. C'est déjà la troisième fille du lycée à se faire attaquer et si avant, Riley était toujours soit avec Jessica soit avec moi aujourd'hui, elle fait ses aller-retour toute seule et je me fais du souci pour elle. C'est peut-être ridicule mais les trois nanas ressemblent à Riley. Comme elle, elles sont blondes, minces, jeunes et jolies… Bien sûr, cette description correspond à environ la moitié des élèves du Early mais les autres filles ne sont pas celle dont je suis tombé amoureux.

Eh oui, je sais ce que vous vous dites : je ne dois plus l'aimer : elle est ma cousine. Malheureusement, j'aimerais que ce soit aussi simple. Comment arrêter d'aimer une personne du jour au lendemain ? Comment faire pour ne plus rien ressentir pour elle ? S'il existait une solution miracle, je la prendrais sur-le-champ mais comme il n'en existe pas, j'attends que ma tête prenne le dessus sur mon cœur et je ne sais pas combien de temps j'en ai.

Peut-être que ça ne passera jamais…

Alors, même si nous ne sommes plus ensemble, j'éprouve le besoin de toujours prendre soin d'elle et je ne supporterais pas qu'il lui arrive quelque chose. Si c'était le cas, je ne me le pardonnerais jamais. Et même si je dois tout faire pour continuer de l'éviter, je n'arrive pas vraiment à m'y résoudre.

Voilà pourquoi, au lieu d'être au bar et de donner un coup de main à Oncle Bobby, je suis en train de suivre Riley. J'ai pris ma Harley, suivi le bus qui la ramenait chez elle, puis avant que le car ne s'arrête à son arrêt, j'ai rangé ma bécane sur le bas-côté et j'ai attendu que Riley en descende. Ensuite, afin de ne pas me faire repérer, j'ai attendu qu'elle ait suffisamment d'avance pour commencer à marcher. Néanmoins, je ne suis pas certain que ça ait fonctionné car durant les dix minutes de trajet, Riley n'a pas arrêté de jeter des coups d'œil par-dessus son épaule, comme si elle avait senti ma présence. À chaque fois, je me suis caché derrière une voiture ou un arbre et j'ai bien cru que j'allais me faire prendre. Lorsque Riley arrive devant sa maison, je me cache derrière une haie et l'observe monter les marches du perron avant de s'engouffrer à l'intérieur.

Rassuré qu'elle soit en sécurité, je fais marche arrière et retourne à l'endroit où j'ai laissé ma Harley. Lorsque j'y arrive, je découvre qu'on m'a crevé les deux pneus et je jure entre mes dents. Je m'accroupis sur le sol afin de mieux regarder les entailles lorsque j'entends du bruit derrière moi. J'ai tout juste le temps de me retourner qu'un poing s'abat violemment sur ma figure, me propulsant sur les fesses. Je pose une main au sol et essaie de me redresser quand cette fois, je reçois un coup de pied en plein dans l'estomac me faisant me plier en deux.

Putain de merde ! Ça fait mal.

Malgré la douleur qui me tenaille, j'encaisse le coup. Instinctivement, je mets mes mains sur mon visage afin de me protéger car je sais que ça ne va pas s'arrêter là. Je n'ai pas eu le temps de voir mon agresseur et lorsque je tente de me relever, je sens deux bras m'attraper par-derrière

Je suis pris au piège.

Riley[2]

Je redresse la tête et reconnais l'homme qui se tient devant moi. Même si avant aujourd'hui je ne l'avais jamais vu en personne, je sais que c'est lui et tout porte à croire que je suis dans la merde. Réellement dans la merde. Je n'ai pas le temps d'ouvrir la bouche ou de me débattre qu'un nouveau coup s'abat une fois encore sur ma tête et je perds connaissance.

Lorsque je reprends mes esprits, je ne sais ni où je suis ni combien de temps je suis resté inconscient. Tout ce que je sais, c'est qu'il fait noir, que je ne peux pas bouger – car je suis attaché sur une chaise – que j'ai mal au crâne et que j'ai soif.

— Tiens, tiens, tiens. Je vois qu'on a recouvré ses esprits, dit une voix sombre.

Je plisse les paupières et malgré l'obscurité de la pièce, je repère l'homme qui vient de parler. Il est assis un peu plus loin devant une table et tiens une bouteille dans ses mains. Il se lève et avance vers moi tel un félin marchant tranquillement vers sa proie et mon sang se glace.

— Je crois que tu t'es mis dans de sales draps, Cameron. Le patron n'est pas content. Pas content du tout.

— T. Dog ? demandé-je, ahuri en reconnaissant sa voix et sa carrure impressionnante maintenant qu'il est juste devant moi.

— Ouais.

— Mais… Pourquoi est-ce que tu fais ça ?

— Désolé, mon garçon. Les ordres sont les ordres.

— Mais… Je croyais que tu bossais pour Oncle Bobby ?

— Cameron, voyons ! Tu es plus malin que ça. Je suis certain que tu as reconnu le mec qui t'a frappé, non ?

Pour toute réponse, je hoche simplement la tête.

— Donc… tu comprends très bien que je n'ai pas le choix. C'est lui, le patron.

— On parle de moi ?

Malgré mes liens qui m'empêchent de bouger, je sursaute sur ma chaise en entendant Snake entrer dans la pièce. Il allume la lumière et un néon, juste au-dessus de moi, m'éblouit. Je fronce les sourcils et je vois le Numéro 1 des Hellys Angels de Fort Hood avancer jusqu'à moi en terrain conquis, un air suffisant sur le visage.

— Alors, Cameron… Dans quoi t'es-tu fourré ? demande Snake d'une voix amusée.

— J'ai… rien fait.

Snake éclate de rire et T. Dog le rejoint machinalement, comme si je venais de dire une bonne blague mais c'est la stricte vérité. Depuis que je suis arrivé à Fort Hood, j'ai tout fait pour rester loin des problèmes. Tobias l'abruti ne compte pas.

— Et… crois-tu que ce soit le cas de *ton Oncle Bobby* ou crois-tu que lui aussi, est un indic des fédéraux comme tes connards de parents !

Riley[2]

— Quoi ! hurlé-je. Mes parents n'ont jamais été des balances !

— J'imagine que c'est ce que t'a raconté *ton oncle* ? Et si *moi*, je te racontais toute la vérité sur tes parents et sur celui que tu appelles *Oncle Bobby* ?

— Je sais que ce n'est pas son vrai nom, dis-je en le défiant du regard.

— Ah oui ? Peut-être parce qu'il a retrouvé sa gamine ?

— Je ne vois pas de quoi vous parlez. Oncle Bobby n'a jamais eu d'enfant.

— Cameron, ne joue pas sur les mots. Ton oncle Bobby n'a pas eu d'enfant, OK, mais Riley Mc Call, si. Et je crois même que la petite et toi vous entendez bien, je me trompe ?

— Va te faire voir !

— Oh ! Comme c'est mignon. Le petit chaton essaie de sortir ses griffes. Si mon temps n'était pas précieux, je me ferais un plaisir de jouer avec toi mais ce n'est pas le cas. Alors, tu vas rester sagement avec T. Dog jusqu'à ce qu'on arrive à choper ta nana et ton oncle. Nous allons bientôt assister à une belle réunion de famille. Je m'en réjouis d'avance !

Riley...

Il vient de dire qu'il voulait l'attraper et mon cœur se met à tambouriner dans ma cage thoracique. Ce salopard s'écoute parler et si je n'étais pas attaché à cette putain de chaise, je me ferais une joie de lui sauter dessus et lui refaire le portrait.

— Vous n'aurez pas Riley ! crié-je.

— Oh mais moi non, Cameron tandis que toi, oui. Je suis certain qu'elle répondra au petit message que ton téléphone va lui envoyer.

— Vous n'êtes qu'un connard !

— Je sais mais vois-tu c'est comme ça que je me suis fait respecter et crois-moi, les Hellys savent à quoi s'en tenir s'ils ne vont pas dans mon sens. Si feu tes parents étaient là, ils pourraient te le confirmer.

Je hurle de toutes mes forces et le traite de toutes les insultes que j'ai en ma possession et cela ne semble même pas le toucher. Au contraire, Snake éclate de rire puis il quitte ma prison, me laissant de nouveau seul avec T. Dog.

Même si je sais que le Numéro 1 est un connard de menteur – manipulateur, les paroles qu'il a prononcées ne cessent de tourner en boucle dans mon esprit. J'ai toujours su que mes parents n'étaient pas morts de manière accidentelle mais jamais je n'ai imaginé que les Hellys Angels pouvaient être à l'origine de tout ça. Est-ce qu'ils étaient vraiment des taupes ? Est-ce qu'ils travaillaient avec le FBI ? Et si c'est le cas, est-ce qu'Oncle Bobby aussi ? Et si c'est pour cela qu'en réalité, il avait quitté Riley et Julia ?

Toutes ces questions me donnent mal au crâne et je ne sais pas si c'est le poids de ces révélations ou simplement les coups que j'ai reçus à la tête mais je sombre dans un trou noir.

Riley[2]

Chapitre 33

Riley

En me réveillant ce matin, je me lève avec une sensation étrange, comme si quelque chose clochait mais je n'arrive pas à savoir quoi.

Refoulant cette impression, tel un automate, je vais dans la salle de bains et me prépare pour aller au lycée puis je rejoins ma mère et prends mon petit déjeuner avec elle.

J'aimerais tellement effacer les dix derniers jours et ne pas connaître la vérité.

Même si je ne lui fais plus la gueule à proprement parler, j'ai encore du mal à accepter la situation et je crois que pour maman, c'est pareil. Alors, durant tout ce temps, nous n'échangeons pas un mot mais l'ambiance entre nous n'est pas pesante. Nous avons juste besoin de temps pour nous retrouver.

Une demi-heure plus tard, je me rends à l'arrêt de bus pour aller en cours. Comme hier, j'ai l'impression que quelqu'un me suit et comme hier, à chaque fois que je regarde autour de moi, il n'y a personne. Je crois que ces agressions me rendent légèrement parano et l'absence de Cameron à mes côtés pour me protéger n'améliore pas cette situation.

Cousin… Cameron est mon cousin…

Je ne cesse de me répéter inlassablement ces mots mais je ne sais pas pourquoi, mon cerveau refuse de les assimiler. J'ai beau me dire que nous n'avons pas le droit d'être ensemble, au fond de moi, quelque chose me pousse à refuser notre rupture. Je ne peux l'accepter. Je n'arrive pas à y croire. Je ne veux pas y croire, tout simplement.

Lorsque j'arrive au Early, je remarque immédiatement que sa moto n'est pas garée à sa place. Le contraire m'aurait étonné : nous avons notre première heure de cours ensemble. Cela fait une semaine qu'il ne vient pas. Pourquoi en serait-il autrement, aujourd'hui ? Il m'évite comme si j'avais la peste ou le choléra et en plus, il n'est même pas discret. À chaque fois que je le croise, il fait demi-tour ou baisse la tête en longeant les murs s'il ne peut pas faire autrement. À chaque fois, j'ai envie de me mettre juste devant lui et lui coller une gifle magistrale en pleine figure mais à chaque fois, je ne fais rien. Je me contente de le regarder faire, impuissante. Après tout, lui aussi doit accepter la situation et si c'est comme cela qu'il veut s'y prendre, eh bien soit. Nous gérons la douleur chacun à notre façon car je sais qu'il souffre lui aussi : je vois son chagrin dans son regard, me brisant un peu plus le cœur.

Clémence Lucas

Pourquoi a-t-il fallu que je tombe amoureuse du seul gars dont je n'avais pas le droit ? Pourquoi a-t-il fallu que mon connard de père soit également son oncle ? Pourquoi a-t-il fallu que nous partagions le même sang ? Pourquoi les Dieux s'acharnent sur nous ? N'ai-je pas le droit au bonheur comme tout le monde ? Dois-je systématiquement perdre les gens que j'aime ?

Perdue dans mes pensées, je ne pas fais attention que Tobias se trouve sur mon chemin et sursaute quand j'entends sa voix.

— Toujours pas de petit toutou, Emerson ?

— Et toi, toujours aussi con, Andrews ?

Facc à ina répartie, il me barre la route, un sourire mauvais au coin des lèvres.

— Tu ferais mieux d'arrêter ce petit jeu et de faire attention à tes petites fesses, Riley.

— Et toi, de ne pas oublier mon avertissement. Tu ne me fais pas peur, Tobias. Trouve-toi quelqu'un d'autre à emmerder !

Je le pousse de mon chemin en lui donnant un coup d'épaule et tandis que l'abruti m'insulte allégrement, j'entre dans la classe sans un regard en arrière.

Riley[2]

À l'heure du déjeuner, je vérifie le parking des motos mais la Harley n'est toujours pas là et d'un pas traînant, je vais à la cafétéria. Comme ce matin, je me mets en pilote automatique, prends un plateau, choisis mon repas, prends même un dessert et vais à notre table habituelle. Je prends un morceau de viande, le mâche sans en apprécier la saveur et je l'avale. Je répète deux fois l'opération puis repose mes couverts. Je mange uniquement parce qu'il le faut mais je n'en ai pas envie et chaque bouchée me donne l'impression que je vais exploser. Pour faire passer le tout, je bois une grande gorgée de soda et manque de m'en mettre partout en sursautant lorsque je sens mon portable vibrer dans ma poche.

Je repose la boisson, sors mon téléphone et écarquille les yeux en voyant que je viens de recevoir un message de Cameron.

```
Cameron : J'ai besoin de te voir.
Moi : Est-ce que tout va bien ?
Cameron : Non. Pas vraiment.
```

Inquiète, je me lève d'un bond, laisse mon plateau sur la table – désolée pour le personnel – et tout en marchant, je continue de parler avec Cam.

```
Moi : Où es-tu ?
Cameron : Au parc.
Moi : OK, j'arrive.
```

Cameron : Merci. Je t'attends à l'entrée.

Contrairement à tout à l'heure, je marche d'un pas décidé afin d'aller prendre le bus pour rejoindre Cameron. Je ne fais pas attention sur mon passage et donne un coup d'épaule à un homme mais je continue d'avancer en m'excusant.

— Excusez…

Soudain, en même temps que mes jambes, ma voix se brise. Je n'arrive plus à prononcer un mot ni à avancer. Je ressens une légère douleur à l'épaule et pose ma main dessus. La tête me tourne. J'ai l'impression d'être dans du coton.

Qu'est-ce qui… se passe ?

L'homme fait un pas vers moi et lorsque mes jambes se dérobent, il me rattrape de justesse et je plonge dans le brouillard.

— Riley ? Riley, tu m'entends ? Réveille-toi ! Regarde-moi !

Cameron.

J'entends sa voix mais comme si elle était loin… très loin. J'aimerais l'écouter et le regarder mais mes yeux refusent de s'ouvrir. Peut-être que c'est parce que j'ai tellement mal à la tête que j'ai l'impression qu'on s'amuse à faire du marteau piqueur sur mon crâne, que je suis incapable de lui obéir ?

Riley[2]

D'ailleurs, comment l'ai-je rejoint ? Je me rappelle qu'il m'a demandé de le retrouver au parc, d'être sortie de la cafétéria puis j'ai bousculé un homme et… tout est confus.

Est-ce que je suis tombée dans les pommes ? Est-ce qu'il m'a droguée ? Dans ce cas-là, pourquoi aurait-il fait une chose pareille ?

— Riley ! Allez, s'il te plaît. Fais un effort. Je sais que tu m'entends.

Cameron. Où sommes-nous ? Est-ce que c'est lui qui est venu me chercher en ne me voyant pas arriver ?

J'essaie de me souvenir mais il m'en est impossible. J'essaie d'ouvrir les yeux mais ils ne m'obéissent pas.

Est-ce que je rêve ? Est-ce que je suis morte ?

Non. Non, je ne suis pas morte, on n'est pas censé avoir mal quand on est mort et j'ai un terrible mal de tête. La douleur, je la ressens. Comme je ressens la détresse dans la voix de Cameron qui m'implore de le regarder.

Je me concentre du mieux que je le peux et pour lui, j'ouvre difficilement les yeux. Heureusement pour eux, la pièce dans laquelle nous nous trouvons est plongée dans l'obscurité et donc aucune lumière ne les agresse. En revanche, malheureusement pour moi, je ne vois rien. Pas même Cameron. Je dois rêver.

— C'est bien, Riley, c'est bien, dit-il la voix chargée d'espoir. Maintenant, tourne la tête sur la gauche.

Je m'exécute avec précaution et aperçois une forme. Je fronce les sourcils et distingue Cameron, à côté de moi, assis sur une chaise.

— Ça va ? demande-t-il, inquiet.

— J'ai mal… à la tête.

— Il t'a frappée ?

— Qui ? demandé-je, faiblement.

— Celui qui t'a amenée ici.

Mes yeux commencent à s'habituer à la pénombre et je jette un regard autour de nous. Nous sommes dans une grande pièce, une sorte d'entrepôt, avec pour seul mobilier une table et les deux chaises sur lesquelles nous sommes assis. Soudain, je me rends compte que je suis attachée et que je ne peux pas bouger. Tellement dans le brouillard, je n'avais pas senti mes liens.

C'est quoi ce bordel ?!

J'essaie de bouger, de vérifier si j'ai un peu de mou pour me sortir de ce guêpier mais Cameron m'arrête.

— Ça ne sert à rien, Riley. T. Dog s'est servi d'un collier de serrage, tu ne pourras pas t'en défaire à moins que tu ne caches un cran d'arrêt dans ta manche.

— C'est qui, T. Dog ? demandé-je, de plus en plus fébrile.

— Un connard, crache-t-il avec dédain.

— Ça, je l'avais compris mais encore ?

Cameron pousse un soupir, dépité. Je suis certaine que s'il avait les mains libres, il se les passerait dans les cheveux. Il fait toujours cela quand il réfléchit. Et *moi*, je suis attachée sur une chaise, prisonnière de je ne sais qui et pour je ne sais quelles raisons et je pense à Cameron et ce geste qui me rendent folle.

Riley[2]

Je dois certainement avoir pris un coup sur la tête.

— Il travaille pour les Hellys. Pour Snake. Le numéro 1 de Fort Hood.

— Attends une minute, y a un truc que je pige pas. Pourquoi les Hellys s'en prennent à nous ?

— Je… je sais pas.

Cameron me ment. Je peux le sentir jusque dans mes os.

— Sérieusement, Cam ? Tu vas me mentir alors qu'on est tous les deux dans le même bateau.

— C'est à cause de Bobby…

Bobby… J'aurais dû m'en douter ! Il n'a jamais été présent, ne veut pas de moi et pourtant, c'est à cause de lui que je me retrouve dans le pétrin ! Putain de bordel de merde ! Pourquoi a-t-il fallu que je le retrouve ?

Chapitre 34

BOBBY

— Francky, du nouveau ? éructé-je sans autre préambule.

Mon bras droit n'ose croiser mon regard et fait non de la tête tandis que j'entre dans la pièce.

Putain de bordel à cul !

Je pose violemment mon casque sur le zinc et fais le tour du comptoir pour me servir un verre. J'attrape la première bouteille de whisky qui me tombe sous la main et finalement, j'opte pour prendre une bonne rasade au goulot.

Riley[2]

Hier, Cameron n'est pas rentré du lycée. Il ne répond ni à mes appels ni à mes messages. Cela ne lui ressemble pas. Il avait l'air de plutôt bien prendre les derniers événements même si je sais que cela n'est pas facile pour lui car ça ne l'est pas non plus pour moi. Il n'a pas fugué. Je le saurais. Il aurait laissé un mot, je le connais. Étant donné les circonstances de la mort de ses parents, j'ai un mauvais pressentiment mais je dois me tromper. C'est évident. Cameron n'a rien fait contre les Hellys. Diego avait été clair à ce sujet. Il me laissait carte blanche. Cameron n'avait rien à craindre. Pourtant, je n'arrive pas à me débarrasser de cette désagréable sensation. Comme s'il était en danger, là, quelque part, et que je ne pouvais pas l'aider.

Alors, j'ai fermé le bar et demandé à quelques-uns de mes lieutenants de partir avec moi à sa recherche. Aucun n'a émis de protestation. Si les Hellys étaient derrière tout ça, je ressentirais une certaine réticence chez mes gars et pourtant, non. Rien. Juste de la loyauté. Je demande : ils exécutent. Pas de discussion.

Ils ne peuvent pas me trahir. Pourtant, tu le fais bien, toi…

— On a retrouvé sa moto ! s'exclame T. Dog en entrant dans le bar.

— Où ça ? demandé-je sur le qui-vive.

— Pas loin de chez la gamine.

Putain ! Il est là-bas ! J'aurais dû m'en douter avant de m'inquiéter. Quel con.

— OK, donc on sait où il est.

— C'est pas ce que j'ai dit, Patron. On a la moto mais pas de Cameron. Il est pas chez elle. Et… la Harley a les deux pneus crevés. Au couteau. Aucun doute là-dessus.

Putain de merde !

Je prends une nouvelle gorgée et ne ressens même pas la brûlure du liquide ambré. J'ai l'impression d'être anesthésié.

Cameron a été kidnappé.

Furieux, je laisse échapper ma colère et d'un geste rageur de la main, envoie voler les bouteilles d'alcool. Elles s'écrasent dans un bruit sourd, éclatant en dizaines de morceaux mais pour autant, je ne suis pas calmé. Je fais le tour du comptoir et donne des coups de pieds dans les tabourets. Aucun de mes hommes ne tente de m'arrêter, ils se contentent de s'éloigner de mon chemin et me laissent tout casser sur mon passage. Je sais que cela ne sert à rien mais je ne peux me contrôler. Cameron est trop important pour moi et le savoir dans de mauvais draps me ronge.

Les mains posées sur le dossier d'un siège, le souffle court, le sang bouillonnant dans mes veines, je m'arrête brusquement, submergé par mes émotions.

— Tu devrais te reposer un peu, Bobby.

Je relève la tête et croise le regard de Francky. La lueur que je lis dans ses yeux me donne envie de vomir. Je ne veux pas de sa pitié. Je veux juste retrouver Cameron.

Riley[2]

Deux heures plus tard, nous sommes toujours dans la même impasse. Je me suis isolé dans mon appartement et j'ai essayé de contacter mon agent de liaison. Comme à chaque fois que j'ai besoin de lui, Ferguson est aux abonnés absents. Et dire qu'à cause de lui toute ma vie a été chamboulée et que ce connard de costard-cravate n'est pas capable d'être là quand il le faut. À croire qu'il le fait exprès !

Toujours autant sur les nerfs, je retourne au bar. Je remarque que les gars ont pris le soin de ranger pendant mon absence et si je n'étais pas autant furieux, je les remercierais mais là, ça serait trop me demander. Cela va bientôt faire vingt-quatre heures que je n'ai pas de nouvelles de mon neveu et plus le temps passe, plus les chances de le retrouver en un seul morceau s'amenuisent.

Soudain, malgré la fermeture exceptionnelle, la porte d'entrée du bar s'ouvre avec fracas et Julia apparaît devant moi, complètement folle de rage. Je fais le tour du comptoir et vais à sa rencontre.

— Où est-elle ?

— Qui ça ? demandé-je surpris par sa question.

— *Ta fille*, crétin ! Qui veux-tu que ce soit ?

Choqué, je recule d'un pas.

Est-ce que Cameron et Riley auraient pu s'enfuir tous les deux ?

—Julia… Riley n'est pas là.

— C'est ça, oui et moi, je suis la Sainte Vierge !

Elle avance droit sur moi, me pousse au passage et se dirige jusqu'aux escaliers menant à mon appartement. Assez surpris de retrouver *ma* Julia, celle qui pourrait soulever des montagnes pour les gens qu'elle aime, celle dont je suis tombé amoureux, je la regarde faire sans rien dire.

— Riley Emerson ! Je sais que tu es là ! Viens ici, tout de suite ! hurle-t-elle tout en montant les marches.

Je reprends pied dans la réalité et me décide à l'arrêter. Je fais un signe de tête à Francky qui comprend que je lui laisse les rennes puis je monte à mon tour et entre chez moi.

Julia continue de crier tout en ouvrant toutes les portes et comme mon appartement n'est pas un château, elle s'arrête rapidement et me regarde les yeux écarquillés de stupeur.

— Où est Cameron ? demande-t-elle d'une faible voix.

— Je ne sais pas, Jules. Il n'est pas rentré depuis hier. Depuis quand Riley a disparu ?

— Ce midi. Le lycée m'a appelée pour me dire qu'elle avait séché les cours. J'ai essayé de la joindre sur son portable mais elle ne me répond pas.

— Tu as essayé de la chercher ?

— À ton avis ? J'ai cherché partout avant de me dire qu'elle était forcément avec Cameron ! Connaissant sa famille, j'aurais dû me douter que ce petit allait lui faire faire n'importe quoi !

— Hey ! m'exclamé-je. Je comprends que tu sois en colère mais ne parle pas comme ça de Cameron. C'est un bon gamin.

— Un bon gamin, tu parles ! Il s'est enfui avec ma fille !

Riley[2]

— Alors, Cameron ne serait pas rentré hier pour préparer son coup et ensuite, lui et Riley ont pris la route ? pensé-je à voix haute.

— Tu vois, toi aussi tu le penses !

— Non, je réfléchis.

Ce raisonnement n'est pas bête. J'ai tout de suite pensé au pire mais peut-être qu'en réalité, Cameron n'a pas si bien accepté les choses que je le croyais et lui et Riley ont décidé de s'enfuir ensemble. Un peu comme nous étions censés le faire, Julia et moi.

— Est-ce que Riley a pris des affaires ?

— À vrai dire, non. Et Cameron, il en a pris ?

Ça, j'aurais dû y songer avant. Tellement sûr qu'il ne fuguerait pas, je n'ai même pas pensé à vérifier son armoire.

Sans répondre à Julia, je fonce dans la chambre de Cameron et ouvre le placard. Apparemment, il n'a rien emporté avec lui, lui non plus. Je fronce les sourcils et ouvre sa commode. Pareil. Rien ne semble avoir été pris. Ce n'est pas normal. Si j'étais un ado et que je prévoyais de prendre la tangente, je penserais à prendre des vêtements, au moins pour quelques jours. Après tout, je n'étais pas beaucoup plus vieux que lui quand j'ai dû prendre cette décision, je sais de quoi je parle.

Contrarié par cette découverte, je retourne dans le salon où Julia s'est assise sur le canapé, la tête posée entre ses mains.

— Il a rien pris, dis-je en m'asseyant à ses côtés.

Elle lève les yeux vers moi et ma respiration se bloque dans ma gorge. Je déteste voir la souffrance envahir ses yeux d'ébène. Je déteste tous les tourments que je peux lire en eux. Je déteste me sentir impuissant.

— J'ai raison, hein ? Tu y crois, toi aussi, maintenant.

— J'aurais jamais cru qu'ils puissent faire ça mais… avec ce qu'on vient de leur révéler… je ne sais plus trop. Et je n'arrive pas à comprendre pourquoi ils n'ont rien pris avec eux et puis… mes gars ont retrouvé la moto de Cameron avec les pneus crevés.

— Peut-être pour ne pas qu'on s'en aperçoive. Si j'avais vu que Riley partait avec un gros sac ou que des affaires manquaient dans sa penderie, ça m'aurait alertée. Et pour la moto… je ne sais pas. À leur place, je crois que je l'aurais laissée sur son chemin et pris le bus à la place.

Pas con.

— T'as peut-être raison.

— Qu'est-ce qu'on va faire ?

— Eh bien… on va continuer à les chercher, ensemble.

— Ensemble ? répète-t-elle, stupéfaite.

— Oui. Cette fois, je ne t'abandonnerai pas.

Ses yeux s'ancrent aux miens et pendant l'espace d'un instant, le temps semble s'arrêter autour de nous. J'ai l'impression d'être ce jeune mec de vingt ans qui la voit pour la première fois. Complètement hypnotisé. Comme la première fois, je me perds dans son regard et je meurs d'envie de l'embrasser.

Riley[2]

Comment est-il possible qu'après toutes ces années, mon corps et mon âme sont inéluctablement attirés vers elle ? Comment est-il possible qu'après toutes ces années, mon cœur se remette à battre à tout rompre ? Comment est-il possible qu'après toutes ces années, je l'aime toujours ? Car oui, je l'aime comme au premier jour et la voir souffrir me fait mal à en crever.

Chapitre 35

BOBBY

Après avoir pris la Shelby et vérifié tous les coins et re-coins de Fort Hood, Julia et moi sommes de nouveau assis sur mon canapé, perdus dans nos pensées.

Depuis qu'elle a déboulé au bar, je ne cesse de me remémorer ce qui s'est passé seize ans plus tôt et la vérité me brûle la langue. J'aimerais tellement expliquer à Julia pourquoi je les abandonnais, Riley et elle. J'aimerais tellement qu'elle comprenne que je n'ai pas eu le choix. Je ne pouvais pas leur infliger une vie entière à venir me voir au parloir. Je ne voulais pas d'une vie comme ça pour toutes les deux. Je croyais tellement que ma mission durerait le temps de quelques mois, une année tout au plus. Je ne pensais pas que j'y serais encore seize ans plus tard. Tout ça parce que le FBI n'en a jamais assez. Ils en veulent toujours plus. Toujours plus de réussite. Toujours plus d'arrestations. Toujours plus de risques. Et à chaque fois, Ferguson me promet que c'est la dernière. Chaque fois, je sais qu'il me mène en bateau. D'ailleurs, en parlant de cet enfoiré, il ne m'a toujours pas recontacté.

Je lance un coup d'œil à Julia et découvre qu'elle s'est endormie. Je me lève lentement afin de ne pas la réveiller puis je récupère un plaid, la couvre avec et vais m'isoler dans ma chambre.

Là, je sors mon téléphone de ma poche et compose le numéro de mon connard d'agent de liaison. Par miracle, celui-ci décroche avant que je ne tombe encore une fois sur la messagerie.

— Hey, Bobby, quoi de neuf ?

— Quoi de neuf ? Tu te fous de moi ? T'écoutes jamais ton putain de répondeur ?

— Désolé, j'étais sur une affaire. Qu'est-ce qui se passe ?

— Est-ce que tu as entendu du bruit du côté des Hellys ?

— Pas plus que d'habitude. Des rumeurs laissent supposer que Snake serait de retour mais comme je n'ai pas réussi à en avoir la confirmation, j'en doute.

— Attends une minute, le patron est ici ?

— J'suis pas sûr, Bobby. De toute façon, je ne vois pas pourquoi tu sembles tant en colère. C'était ça le plan. Le faire sortir de sa cachette, que tu te rapproches de lui. S'il est à Fort Hood, c'est une bonne nouvelle.

Je m'assois sur mon lit et tout en réfléchissant, je me frotte la nuque. Je sais que Ferguson a raison, c'était ça le plan mais quelque chose me pousse à me méfier. Je n'aime pas cette histoire. La disparition de Cameron. Celle de Riley. Maintenant, le retour surprise de Snake. Tout ça pue l'embrouille à plein nez.

Putain de bordel à cul !

— Écoute, Ferguson, y a un truc louche. Cameron et ma fille ont disparu.

— Comment ça, disparus ? répète-t-il en reprenant un ton plus sérieux.

— Le gamin n'est pas rentré depuis hier et Riley a quitté le lycée à l'heure du déjeuner. On n'en sait pas plus.

— Euh… Comment ça, on ?

— Julia est ici, chez moi. C'est elle qui m'a prévenu pour Riley. Nous avons cherché les gosses partout et ils sont introuvables.

— Ils sont peut-être partis ensemble ou…

— Ou ?

— Peut-être que ta couverture est grillée. Écoute, je te laisse. Je vais passer quelques coups de fil. Je te tiens au courant.

Et avant que je ne puisse rebondir, il me raccroche au nez.

Furieux, je balance mon téléphone à travers la pièce en hurlant.

Riley[2]

— Putain de bordel de merde !

Si ma couverture est grillée, cela signifie que tout ce travail, toutes ces années passées loin de ma famille n'ont servi à rien. Si Snake sait que je suis une taupe, je n'ose imaginer ce qu'il va faire endurer à mes enfants. Car si Riley est ma fille par le sang, je considère Cameron comme mon fils et toute la communauté des Hellys Angels le sait.

Même si je ne suis pas croyant, pour la première fois de ma vie, j'implore le Seigneur de protéger mes gamins.

Faites qu'on les retrouve à temps. Faites qu'il ne leur arrive rien. Pitié.

La porte de ma chambre s'ouvre lentement et je vois apparaître Julia sur le seuil. Elle me regarde, inquiète et n'ose entrer plus loin.

Et merde ! J'ai dû la réveiller en criant. Quel con !

— Riley… euh, pardon, Bobby ? Ça va ? demande-t-elle d'une voix calme.

Riley. Bon sang, qu'est-ce que j'aime quand elle m'appelle par mon véritable prénom.

— Pour être honnête, non. Ça ne va pas.

Elle semble peser le pour et le contre puis elle pousse un profond soupir, entre dans la chambre et vient s'asseoir à mes côtés.

Pendant plusieurs minutes, ni elle ni moi ne prononçons un mot mais sa présence me fait du bien. Elle me permet de remettre de l'ordre dans mes pensées. Si Snake est au courant pour moi, cela signifie que je dois dire toute la vérité à Julia.

Elle doit savoir dans quoi je les ai embarquées malgré elles. Elle doit savoir que je n'ai jamais cessé de les aimer toutes les deux. Elles sont ma raison de vivre. Elles sont celles pour qui j'ai tout sacrifié dans l'espoir qu'elles aient une vie heureuse. Malheureusement, le passé nous rattrape toujours…

— Je… Je crois que les enfants n'ont pas fugué, avoué-je, d'une voix rauque.

Elle me lance un regard suspicieux.

— Quoi ? Qu'est-ce que tu crois, alors ?

— Eh bien… C'est… C'est ma… faute.

— Qu'est-ce que tu veux dire ?

Sans que je ne m'en rende compte, ma main attrape la sienne et nos doigts s'entremêlent. Je ne sais pas pourquoi je fais ça mais j'ai besoin de sentir qu'elle est là. Après lui avoir avoué la vérité, je ne suis pas sûr qu'elle voudra encore me parler ou me voir. Je risque de la perdre, encore une fois.

— Je te dois la vérité, Julia. Toute la vérité.

Alors, je me replonge dans mes souvenirs comme si c'était hier et après avoir pris une grande inspiration, je me lance.

Riley[2]

— Riley Mc Call ?

Je me retourne et me retrouve face à deux hommes habillés en costard-cravate. L'un d'eux porte une main dans sa veste et aussitôt, je comprends que je suis dans la merde.

— FBI, monsieur Mc Call, dit-il en me montrant son badge. Vous voulez bien nous suivre, s'il-vous-plaît, nous avons quelques questions à vous poser.

— À vrai dire, je suis désolé, messieurs, mais ma petite amie est en train d'accoucher et…

— Ce n'était pas une demande, monsieur Mc Call.

Le deuxième agent vient se poster à mes côtés et m'escorte jusqu'à un van noir, garé à quelques mètres de ma voiture. À quelques mètres de l'hôpital où est en train d'accoucher Julia. À quelques mètres de mon bébé… Ma fille va arriver et je ne serai pas là…

Après un trajet qui me semble interminable, nous arrivons dans les locaux du FBI. Les deux fédéraux m'emmènent dans une salle d'interrogatoire et j'ai l'impression de me retrouver dans un épisode de Profiler *sauf que là, c'est moi le coupable.*

Je sais que je ne suis pas un enfant de chœur et que j'ai fait pas mal de conneries dans ma vie mais j'ai un code d'honneur. Je ne veux rien à voir affaire avec ni de près ou de loin au proxénétisme ni à la drogue. OK, il m'arrive d'organiser quelques petits casses mais pas de quoi fouetter un chat.

— Vous savez pourquoi vous êtes ici ? demande le plus grand des deux.

— Non, mais je suis sûr que vous allez m'éclairer, réponds-je, sarcastique.

Clémence Lucas

— *Tu sais que tu n'es pas en position de faire le malin !*

— *Et vous savez que si vous ne me lisez pas mes droits, je peux sortir d'ici aussi vite que je suis entré. Ne me prenez pas pour un idiot. Je connais mes droits.*

— *Et tu veux qu'on t'appelle un avocat ?*

— *Est-ce que j'en ai besoin ?*

— *Tu vas continuer ton petit jeu encore longtemps ?* s'impatiente-t-il.

— *Ça dépend, vous comptez me faire perdre encore beaucoup mon temps ? Je vous signale que ma femme est en train de mettre notre bébé au monde et que par votre faute, elle doit penser que je l'ai abandonnée.*

— *Et tu ne crois pas que ça serait le mieux pour elle ?* intervient le plus petit.

— *Je ne vous suis pas.*

— *Eh bien… disons qu'on te connaît, Riley Mc Call. Tu es né Hellys Angels. Tu es loyal. D'ailleurs, tu n'es pas le seul à nous intéresser. Ton ami, Michael James et sa compagne, Gwen, sont là, eux aussi.*

— *Quoi ? Où sont-ils ? Je veux les voir !*

— *Patience, Riley. Avant, nous avons un marché à te proposer.*

— *Quel genre de marché ?* demandé-je, suspicieux.

— *Du genre qu'on ne peut pas refuser.*

Il ponctue sa phrase par un sourire en coin et je sens que je suis foutu. Je suis pris au piège. Ils me tiennent par les couilles. Je peux le sentir. Je suis fait comme un rat.

Riley[2]

Le plus grand s'assoit en face de moi puis il croise ses mains sur la table et penche la tête sur le côté.

— Bien, avant toute chose, je suis l'Agent Spécial John Ferguson et voici mon partenaire, l'Agent Spécial Rodriguez. Nous sommes chargés de l'antenne anti criminalité et cela fait déjà une dizaine d'années que nous avons les Hellys Angels dans le collimateur. Jusque-là, nous ne sommes pas arrivés à mettre la main sur un dénommé Snake. Il n'arrête pas de prendre des galons dans la communauté et n'est pas un enfant de chœur. Il a la réputation d'écraser tous ceux qui se retrouvent sur son passage. Peu importe l'âge ou le sexe de la personne. Nous voulons lui mettre la main dessus avant qu'il n'arrive à devenir Numéro 1 d'une antenne.

— Et qu'est-ce que moi, j'ai à voir là-dedans ?

— Comme nous te l'avons dit, nous te connaissons. Qui de mieux qu'un véritable Hellys de naissance pour infiltrer cette célèbre bande de motards ?

— Vous n'êtes pas sérieux ? Vous croyez sincèrement que je vais trahir ma famille ?

— Parce que tu crois qu'un mec comme Snake vous considère comme sa famille ? Il n'y a que le pouvoir qui l'intéresse et tu sais très bien que ta bande est puissante, Riley. Le pouvoir, les Hellys en ont à revendre. Que crois-tu qu'il arriverait si un mec comme lui le tenait entre ses mains ? Tu crois qu'il n'entacherait pas votre nom ? Ne le souillerait pas ? Je sais que vous les Hellys Angels, êtes loyaux mais un homme comme Snake ne mérite pas votre loyauté tandis que ta femme… ton bébé… eux, ils en ont besoin. Que crois-tu qu'il se passera pour Julia et ta fille ? Tu crois qu'elles auront une belle vie entourée de tous ces motards, de ces escrocs, de ces trafiquants d'armes, de drogues, de femmes… C'est cela la vie que tu veux

pour elles ? Réfléchis-y, Riley.

— Mais, qu'est-ce que vous voulez, au juste ?

— Nous voulons que tu montes dans les échelons de l'organisation et que tu nous aides à attraper tous ceux qui ne respectent pas le vrai code d'honneur des Hellys Angels.

— Et si je ne le fais pas ?

— Nous avons suffisamment de choses sur toi et tes amis pour vous coffrer pendant de nombreuses années. Donc tu as le choix : soit tu fais ce qu'on te demande et dans quelques mois, une année tout au plus, nous te libérerons et tu pourras vivre une vie paisible avec ta femme et ton enfant. Ou alors, tu refuses et on te boucle pour vingt ans minimum. Peut-être plus. Tu sais, on peut toujours gonfler le dossier pour nous assurer que tu ne ressortes pas. Est-ce que tu veux que ta femme et ta fille passent leurs vies au parloir ou qu'elles te retrouvent dans quelque temps ? La balle est dans ton camp, Mc Call. Nous te laissons quelques minutes pour y réfléchir et ensuite, nous reviendrons te voir. Fais le bon choix, gamin. Cinq vies en dépendent. Ne l'oublie pas.

Riley[2]

Chapitre 36

JULIA

Bobby est perdu dans ses pensées et pour la première fois depuis seize ans, les pièces du puzzle s'emboîtent les unes aux autres, j'ai enfin les réponses que je cherchais.

J'arrive pas à y croire !

Je regarde Bobby, les yeux complètement écarquillés, le cœur battant à tout rompre. Pendant tout ce temps, il travaillait pour le FBI. Pendant tout ce temps, il a infiltré l'une des plus grosses bandes de motards des États-Unis — et même au-delà de nos frontières. Pendant tout ce temps, il a fait le choix de nous éloigner de sa vie pour nous protéger.

Riley[2]

OK, c'est tout à son honneur mais et moi ? Je n'avais pas mon mot à dire ? Et si *moi*, j'avais eu envie de rester avec lui envers et contre tout. Et si *moi*, j'avais voulu l'aider, le soutenir. Est-ce qu'il y a pensé à ça ? Peut-être qu'il aurait dû accepter d'aller en prison. Ma fille aurait grandi en connaissant son père, elle aurait su qu'il l'aimait, elle n'aurait pas cru qu'il n'en avait rien à faire d'elle. De moi. De nous.

OK, ce n'est pas la vie dont je rêvais pour mon enfant mais n'aurait-il pas mieux valu que nous soyons tous les trois même si cela signifiait lui rendre visite au parloir deux fois par semaine ?

— Je sais que ça fait beaucoup de choses à encaisser, Jules mais je te jure que c'est la vérité. Jamais je n'ai voulu vous abandonner Riley et toi. Je n'ai pas eu le choix, tu comprends ?

— Pourquoi me racontes-tu tout ça maintenant ? Pourquoi tu ne l'as pas fait quand nous nous sommes revus la première fois ?

— Parce que je n'ai pas le droit de t'en parler…

— Mais pourquoi est-ce que tu le fais *maintenant* ? répète-je.

— Parce que…

Il se passe une main nerveuse sur la nuque puis son regard rencontre le mien et à cet instant précis, je manque d'air. Pour la première fois depuis que je le connais, je peux voir la peur habiter ses prunelles bleues, elles n'ont plus la couleur d'un ciel sans nuages, au contraire, on dirait qu'elles sont en pleine tempête.

— Je pense que ma couverture est grillée, Julia.

— Qu'est-ce que ça veut dire ?

— Que je crois que les enfants ont été enlevés pour me piéger.

— Tu penses que… *QUOI* ?

Je me lève d'un bond du lit et commence à faire les cent pas dans sa chambre. Ce n'est pas possible. Mon bébé ne peut pas être entre les mains d'une bande de motards assoiffés de vengeance. Mon bébé ne peut pas se retrouver dans cette situation.

Calme-toi, Julia. On va les retrouver, dit-il d'une voix où transperce son angoisse.

— Que je me calme ? T'es pas sérieux, là ! Tu… Tu es parti pour que nous ne soyons pas mêlées à tout ça et maintenant tu me dis que ma fille est entre les mains de mecs qui veulent ta peau, c'est ça ? Et tu veux que je me calme ?

J'éclate d'un rire sans joie et j'ai l'impression que le sol se dérobe sous mes pieds. Je me laisse tomber sur les fesses, la tête entre les mains, les larmes recouvrant mon visage.

Je n'arrive pas à y croire.

Soudain, je sens Riley s'installer à mes côtés et comme la première fois où je l'ai revu, il me prend dans ses bras. Instinctivement, je me blottis contre lui tout en laissant mon chagrin s'exprimer. Même si à ce moment précis, je le déteste, je ne sais pas pourquoi, il arrive quand même à me calmer.

Dans ses bras, je me sens toujours en sécurité. Dans ses bras, je me rappelle toutes les sensations qu'il faisait naître en moi. Dans ses bras, je me sens comme à la maison. Chez moi. Pourquoi faut-il toujours qu'il me fasse autant d'effet ? Pourquoi faut-il que mon corps, mon cœur, mon âme soient toujours liés à lui ? S'il avait accepté le deal, nous n'en serions pas là. S'il avait accepté de pourrir en taule, nous n'en serions pas là.

— Tout ça, c'est ta faute, murmuré-je contre son torse.

— Je sais, Julia. Je suis désolé.

— Il faut la retrouver, Riley. S'il te plaît. Je ne peux pas la perdre.

— Tu ne la perdras pas, Jules.

— Promets-le-moi. Promets-moi que tu feras tout pour qu'elle me revienne.

— Je t'en fais la promesse, murmure-t-il à mon oreille.

Je me détache de son corps et lorsque nos yeux s'ancrent l'un à l'autre, ma respiration se bloque dans ma poitrine. C'est comme si nous nous regardions pour la première fois. Comme si plus rien n'existait autour de nous. Comme si nos corps nous criaient de nous retrouver.

Sans réfléchir, j'humecte mes lèvres et ses yeux s'assombrissent, reprenant leur teinte orageuse. Je sais que je devrais bouger, me lever, sortir de cette pièce pourtant, je ne bouge pas. Je suis comme hypnotisée, incapable d'émettre le moindre mouvement. Comme si le temps suspendait son envol.

Riley tend une main vers moi et replace une mèche de mes cheveux derrière mon oreille. Ce simple contact m'arrache un frisson. Mon corps est une saleté de traître et Riley s'en aperçoit. D'un mouvement fluide, il se rapproche de moi et avant que je ne puisse protester, ses lèvres se pressent sur les miennes, nos regards toujours unis. Nous restons comme cela pendant plusieurs secondes ou minutes, je n'en sais rien, j'ai perdu toute notion du temps. J'ai retrouvé Riley. Celui qui faisait battre mon cœur comme personne n'a jamais réussi à le faire. Celui qui me rendait vivante et qui à cet instant précis, me ramène à la vie.

Je lâche un soupir de contentement et sa langue en profite pour se frayer un chemin puis s'unit à la mienne dans une danse sensuelle.

Si la situation n'était pas celle qu'elle est, je crois que je pourrais me perdre dans ce baiser. Je crois que je pourrais tout oublier et profiter de cet instant. Malheureusement, notre fille a disparu et nous ne devons pas perdre une seule minute pour la retrouver.

À regret, je me détache de son corps et à bout de souffle, pose mon front contre le sien.

— Je suis désolé, Julia. Je n'aurais pas dû, murmure-t-il, la voix chargée d'émotions.

— Ne t'excuse pas. J'en avais envie, moi aussi mais…

Riley[2]

— Nous devons retrouver Riley et Cameron, termine-t-il à ma place.

Il s'écarte complètement de moi, se relève et me tend la main. Je la saisis et il m'aide à me remettre sur pieds. Enfin… je dirais plus qu'il me tire jusqu'à lui et qu'il fait exprès que j'atterrisse contre son torse mais pour autant, il ne profite pas de la situation pour me voler un autre baiser.

— Je vais retourner au bar et parler avec mon bras-droit.

— Mais… si ta couverture est grillée ? demandé-je, soudainement inquiète pour lui.

— Eh bien… il faut que j'en aie le cœur net.

— Mais…

— Ne t'inquiète pas pour moi, Jules. Ça va aller. Reste ici et n'ouvre à personne, d'accord ?

— Sois prudent, dis-je la gorge nouée.

— Toujours.

Il m'adresse un clin d'œil et sort de l'appartement, me laissant complètement à fleur de peau.

Et dire qu'il y a encore quelques semaines, j'imaginais qu'il était mort et voilà qu'aujourd'hui, non seulement il est toujours vivant mais à cause de ses choix, notre fille et Cameron se retrouvent dans de sales draps. Pourvu qu'il les retrouve à temps. Pourvu qu'il ne leur soit rien arrivé. Si par malheur, je devais perdre ma fille, je ne m'en remettrai pas. Jamais. La perte de son père n'est rien en comparaison. Depuis le jour où j'ai su que j'étais enceinte, elle est ma vie. Ma raison d'être. Je pourrais donner ma vie en échange de la sienne.

C'est cela !

Il faut que je retrouve Snake. Il faut que je passe un marché avec lui. Ma fille contre moi. Il veut faire du mal à Riley, eh bien, il lui en fera tout autant sinon plus en s'en prenant à moi. Il faut que j'en parle à Riley. Il ne va pas aimer du tout mais si on veut récupérer nos gamins, nous devons jouer le tout pour le tout. Après tout, si le FBI veut absolument choper ce fumier, en me prenant pour appât, je suis certaine qu'ils ont des chances d'y arriver.

Riley[2]

Chapitre 37

BOBBY

Elle me prend pour un con ! Elle croit sincèrement que je vais la laisser faire ?

Julia m'a rejoint au bar et nous nous sommes isolés dans le garage, à l'abri des regards et des oreilles indiscrètes. À part Francky, je ne fais désormais plus confiance à aucun de mes lieutenants.

Julia vient de me faire part de son idée de génie : retrouver Snake et lui demander de me rendre ma fille contre sa mère.

Mais bien sûr ! Comme si j'allais accepter !

Riley[2]

Déjà, cela voudrait dire que Ferguson et Rodriguez se sortent les doigts du cul pour mettre la main sur le Numéro 1 de Fort Hood. Ensuite, il faudrait que ce connard accepte le deal. Puis, il faudrait que les deux costards-cravate l'interceptent à ce moment-là. Et dans tout ce remue-ménage, il faut sauver Riley et Cameron sans qu'ils ne soient blessés. Comme si c'était aussi simple ! Si ça l'était, cela ferait bien longtemps que Snake croupirait dans une cellule.

— Il n'en est pas question !

— Et depuis quand, c'est toi qui commandes ? rétorque-t-elle en croisant les bras sous sa poitrine.

— Julia, c'est insensé ! Ton plan est complètement bancal. Si le FBI n'arrive pas à choper Snake, qui me dit qu'il fera bien l'échange ? Qui me dit qu'il ne va pas vous garder tous les trois et vous tuer ?

Elle blêmit et j'aperçois le tremblement de ses doigts. Elle n'avait pas pensé à ça. Si les Hellys savent que je suis une taupe, je suis certain qu'ils ne me tueront pas ou alors, pas tout de suite. D'abord, ils veulent me faire souffrir en s'en prenant aux gens que j'aime. Ils ont déjà pris ma fille et Cameron, il est hors de question que je leur serve Julia sur un plateau d'argent. Je suis certain que pour me faire payer mon affront et me torturer, Snake les tuerait tous les trois. Après seulement, il me réglerait mon compte. J'en suis persuadé.

Mais d'un autre côté, quel autre choix ai-je pour sortir de cette situation ? Peut-être que c'est notre seule chance de le piéger et de lui tomber dessus. J'ai passé les seize dernières années à attendre ce moment pour enfin retrouver ma liberté.

— Alors, on fait quoi ? demande-t-elle, d'une voix brisée.

— Laisse-moi appeler Ferguson et lui exposer ton idée. Ensuite, on verra.

— Donc, mon plan n'est plus si bancal ?

— Si, mais je ne vois pas d'autre solution.

Tandis que je sors mon téléphone de ma poche et compose le numéro de mon agent de liaison, Julia ère dans le garage, jetant un œil autour d'elle. Soudain, elle s'arrête brusquement et je la regarde faire sans rien dire. Elle tend sa main devant elle et du bout des doigts, caresse le cadran de ma Harley. Celle que je n'ai plus jamais conduit depuis que je suis parti. Celle qui me rappelle tellement mon ancienne vie. *Ma* Julia.

— Je n'aurais jamais cru la revoir, elle non plus, murmure-t-elle si bas que je croirais l'avoir rêvé.

— J'ai pas vraiment le temps de parler, Bobby.

La voix de Ferguson me ramène à l'instant présent et je secoue la tête pour remettre mes esprits en ordre.

— Tu vas le prendre, Ferguson. Julia a peut-être une idée qui tient la route.

À ces mots, celle-ci se tourne vers moi, les sourcils relevés et je lui adresse un clin d'œil puis je lui tourne le dos et rapporte ce qu'elle m'a dit à mon agent de liaison.

Riley[2]

— Putain de merde ! Elle a carrément raison ! Mes gars ont presque réussi à mettre la main sur Snake. Un de ses lieutenants a été vu près du Early et ça correspond au moment où Riley a disparu.

— Il est comment ce mec ?

— Afro-américain, grand genre colosse, tatoué de partout, même sur le crâne.

Putain de bordel à cul !

— C'est T. Dog. Je sais où il est. Laisse-moi une heure. Je te donnerai la localisation de Snake.

— OK, mais Bobby, ne fais pas le con, d'accord ? Je sais qu'ils ont ta fille et Cameron mais ça fait trop longtemps qu'on attend ce moment pour merder, OK ?

— Je sais ce que j'ai à faire.

Je ne le laisse pas me rappeler à l'ordre une énième fois et lui raccroche au nez.

J'arrive pas à croire que T. Dog soit derrière tout ça. J'arrive pas à croire qu'il a fait semblant de se préoccuper du sort de Cameron alors que ce salopard l'a enlevé ! Je vais aller le trouver et le confronter. Peu importe qu'il fasse une bonne tête et qu'il ait une vingtaine de kilos de plus que moi, la rage me brûle les veines et je me sens prêt à affronter tous ceux qui se retrouveront sur mon chemin.

Je me retourne et fais face à Julia.

— Je veux que tu retournes à mon appartement et que tu t'enfermes à double tour. N'ouvre à personne. Personne, tu entends.

Clémence Lucas

— Qui est T. Dog ?

— Un homme mort.

— Riley, ne fais pas de conneries. Je t'en supplie.

En quelques enjambées, je suis devant elle, prends son menton entre mes doigts et lui soulève la tête afin que nos regards s'ancrent l'un à l'autre.

— Je ferai attention et retrouverai notre fille, Jules. Je te le promets.

Même si ce n'est pas le bon moment. Même si je ne devrais pas le faire. Je presse mes lèvres contre les siennes dans un baiser urgent. Comme s'il pouvait être notre dernier. Puis, à bout de souffle, je m'écarte d'elle. Je cherche mes clés dans la poche de mon jean puis je les lui tends tout en la regardant une dernière fois dans les yeux.

— Maintenant, va t'enfermer chez moi. Tout de suite.

Malgré le doute qui habite son regard, elle acquiesce d'un signe de tête et m'obéit. Lorsque la porte claque derrière elle, je pousse un soupir et me passe nerveusement une main sur la nuque.

T. Dog fait partie de mon cercle fermé. Maintenant que je sais qu'il s'est retourné contre moi, je ne sais plus sur qui je peux compter. Ma couverture n'est pas grillée, elle est carrément carbonisée. Et si lui est contre moi, qu'en est-il de Francky ? Impossible qu'il ne soit pas au courant.

Putain de merde !

Riley[2]

Je dois quand même tenter le tout pour le tout. Avec un peu de chance, mon bras-droit peut encore m'être loyal.

Je n'ai plus rien à perdre. Je dois retrouver les gamins.

Après avoir envoyé un message à Francky, malgré l'heure tardive, celui-ci se ramène moins d'un quart d'heure plus tard.

— Alors, ça y est ? demande-t-il en s'installant sur un tabouret.

— Ça y est, quoi ?

— Ils t'ont démasqué ? Je me demandais combien de temps ils allaient encore mettre pour rassembler toutes les pièces du puzzle. Avec la mort de Mickey et Gwen, les arrestations auraient dû s'arrêter.

— Tu… Tu savais… Depuis tout ce temps ?

— Non. Je l'ai compris quand Cameron a posé des questions sur Riley Mc Call, *toi*, en l'occurrence. Tu ne t'en souviens sûrement pas mais nous nous étions déjà croisés et contrairement à toi, je n'oublie jamais un visage.

— Mais alors… pourquoi ?

— Pourquoi quoi ? Je ne t'ai pas dénoncé ? Quel intérêt ? Si Snake tombe, ça fera du bien à tout le monde !

Clémence Lucas

Toi, tu pars et *moi*, je récupère l'antenne de Fort Hood et la remets sur le droit chemin. Je sais que quoi que tu aies fait, les Hellys comptent pour toi et nous voulons tous les deux la même chose : redorer notre blason.

— Qu'est-ce qui me dit que tu ne me tends pas un piège ?

— Parce que je t'ai ramené un cadeau, répond-il avec un sourire ironique sur les lèvres.

Il porte deux doigts à ses lèvres et siffle. Quelques secondes plus tard, la porte s'ouvre dans un vacarme et entrent Ice et Fire, tenant fermement T. Dog et le traînant dans le bar.

— Tu savais que c'était lui ?

— Je l'ai compris quand il a soi-disant retrouvé la Harley. Quelque chose clochait.

Je regarde celui que je pensais être mon ami pas plus tard que ce matin et j'ai l'impression que mon sang bout dans mes veines et que mon cœur se met à battre à tout rompre. La fureur s'empare de mon être et je m'élance sur lui dans un cri rageur.

Je lui balance deux coups de poing dans la figure puis un autre dans le flanc gauche et les deux lieutenants doivent user de toute leur force pour ne pas qu'il réplique.

Je lui adresse un autre coup et pourrais continuer comme ça indéfiniment. J'ai soif de vengeance. J'ai soif de justice. Mais par-dessus tout, je veux retrouver mes enfants. Alors, tandis que j'ai le poing toujours dressé en l'air, prêt à assainir une nouvelle attaque, je recule d'un

Riley[2]

pas et laisse retomber mon bras le long de mon corps.

— Où sont-ils ? demandé-je d'une voix sourde.

— Dans ton cul ! rétorque-t-il avant de cracher à mes pieds.

— Tu te crois drôle ?

— Carrément !

Sans réfléchir, je lui balance un coup de pied dans l'estomac et T. Dog se plie en deux.

— Tu peux continuer comme ça toute la nuit, si ça te chante. Je te dirai rien !

La lourde main de Francky se pose sur mon épaule et il me murmure à l'oreille.

— Tu devrais te servir un verre et me laisser faire, Bobby. Je prends le relais.

— Fr…

Au regard qu'il me lance, je m'arrête aussitôt. Je sais que j'ai de la chance que Francky ne me ramène pas à Snake et qu'il m'aide à retrouver Riley et Cameron. Il ne vaut mieux pas le contrarier et le faire changer d'avis. Après tout, s'il veut devenir le nouveau Numéro 1 des Hellys, il doit prouver qu'il en est capable. Il doit se faire craindre. Il doit se faire respecter. Et là, tout de suite, il ne me donne pas du tout envie de me frotter à lui.

Alors, j'acquiesce d'un hochement de tête et comme Julia l'a fait tout à l'heure avec moi, je lui obéis. À un détail près, je ne vais pas me servir au bar mais je retourne dans le garage. Si je veux garder l'esprit clair, je ne dois pas aller retrouver Julia ni boire du whisky. Je dois calmer mes nerfs et faire le vide dans ma tête et pour cela, comme toujours, je vais bichonner ma Harley. Celle qui n'a plus le droit de rouler depuis que j'ai laissé derrière moi la femme de ma vie.

Je pousse la porte menant à mon sanctuaire et le craquement d'un os qui se rompt suivi du hurlement de douleur de T. Dog accompagnent mes pas.

Pas de doute, Francky va le faire parler et… le tuer mais ça… ça ne me concerne pas.

Riley[2]

Chapitre 38

JULIA

Cela fait plus d'une heure que je suis toute seule, enfermée à double tour dans l'appartement de Riley et que je me ronge les sangs. Mon téléphone n'arrête pas de sonner, ma meilleure amie doit terriblement s'inquiéter de ne pas avoir de mes nouvelles depuis que je lui ai dit que Riley a disparu mais comment pourrais-je lui répondre alors que j'entends les hurlements d'agonie de T. Dog dans le bar ? Si Lydia les entendait, elle appellerait sur-le-champ la police et aggraverait la situation. Nous ne pouvons pas nous permettre de faire foirer ce plan. Nous devons retrouver Riley et Cameron coûte que coûte et tant pis pour les états d'âme de ma meilleure amie. Je ne peux pas la mêler à tout ça.

Riley[2]

Je la redirige une énième fois sur le répondeur puis je coupe mon téléphone. Au même moment, les hurlements s'arrêtent et un coup de feu retentit. Surprise et effrayée à la fois, je lâche un cri muet et sursaute. Puis le silence envahit la pièce et je me mets à trembler.

Putain de bordel de merde !

Riley ne plaisantait pas quand il disait que T. Dog était un homme mort. J'aurais dû l'en empêcher. Des sanglots incontrôlables s'emparent de moi et j'ai l'impression que je ne pourrais plus jamais m'arrêter de pleurer. Je suis pétrifiée par la peur, elle s'insinue dans chaque parcelle de mon esprit. Ma fille est en danger. Je suis terrifiée. Tout ça va trop loin.

Je ne sais pas combien de temps il se passe quand soudain, j'entends le bruit d'une clé dans la serrure et instinctivement, je me recroqueville sur le canapé. La porte s'ouvre et Riley entre dans l'appartement. Il referme derrière lui puis il se précipite vers moi, les traits tirés par l'inquiétude.

— Tu vas bien ? demande-t-il en s'agenouillant devant moi.

— Tu… Tu l'as tué ? rétorqué-je d'une voix fébrile.

— Non. J'étais dans le garage, j'ai laissé Francky lui soutirer des informations.

— Il l'a tué ?

— Oui, répond-il simplement.

— Mais… est-ce qu'il a parlé ?

— Oui.

Même si je suis en état de choc, l'espoir renaît en moi et prise par une énergie soudaine, je me relève d'un bond du canapé.

— Où sont-ils ? Nous devons y aller !

— Hey, calme-toi, Jules.

— Que je me calme ? On sait enfin où est enfermée ma fille ! On y va, point final.

—J'ai appelé Ferguson. Lui et ses hommes sont en chemin. Nous allons juste devoir modifier un peu ton plan.

— Comment ça ?

— Francky a récupéré le portable de T. Dog. Snake ne sait pas que son lieutenant est mort donc on va lui envoyer un message en se faisant passer pour T. et lui dire qu'il t'a attrapée.

— Donc, je ne suis plus une monnaie d'échange. En quoi est-ce une meilleure idée ? Comment va-t-on sortir Riley de là ? C'est n'importe quoi ! Je viens avec toi, point final.

— Non, tu n'iras nulle part. Je dois être au top de ma concentration pour sortir les petits de là. Si tu es avec moi, tu seras une cible de plus pour Snake. Je ne peux pas faire rater la mission. Si tu m'accompagnes, je passerai mon temps à te surveiller. Tu es trop importante, Julia.

Mon euphorie retombe soudainement. Il a raison. Si je pars avec lui, je ne serai qu'un poids. Un frein dans sa tâche.

— OK, tu as gagné, abdiqué-je. Donc, c'est quoi, le plan maintenant ?

— Tu ne serviras pas d'appât. On va juste bluffer. Je vais t'attacher sur une chaise, te bâillonner et te prendre en photo. Ensuite, on enverra un message à Snake avec la preuve que tu es bien prisonnière. Après, Francky et moi, on va à l'entrepôt tandis que toi, tu restes sagement ici.

— Et tu penses que ton idée est meilleure que la mienne ? C'est suicidaire ! Tu te jettes dans la gueule du loup !

— Je sais ce que je fais. Le FBI sera déjà sur place, prêt à intervenir. Je vais tenir ma promesse et te ramener notre fille.

— Tu risques de te faire tuer, dis-je la gorge serrée.

— Je vais revenir, répond-il en ancrant son regard au mien.

— Comme la dernière fois ?

— Le FBI m'a sollicité pour en arriver là où nous sommes aujourd'hui. Bien sûr, l'enlèvement des enfants n'était pas prévu au programme. J'ai dû mettre ma vie entre parenthèses pour arriver à ce moment. C'est mon billet de sortie. Notre deuxième chance. Je ne compte plus jamais te quitter, Julia Emerson. Je t'aime et n'ai jamais cessé de le faire pendant toutes ces années.

Il attrape ma main droite puis il tend nos bras devant nous, me montrant nos deux tatouages. Nos ailes, noire et blanche, réunies pour former notre cœur.

Une petite flamme s'insinue au creux de mon corps. L'envie de le croire. L'envie de repartir à zéro. L'espoir encore envahit mon être.

—Je… t'aime aussi.

—Je sais, répond-il en me souriant malicieusement.

Il m'attire contre lui et écrase ses lèvres sur les miennes. Comme à chaque fois, pendant l'espace de quelques secondes, plus rien n'existe autour de nous mais des coups frappés contre la porte d'entrée, nous ramène à la réalité.

Riley s'écarte de moi et pose son front contre le mien.

— C'est l'heure, dit-il dans un soupir.

Nous nous séparons et il va ouvrir la porte. Francky et deux types que je ne connais pas entrent à l'intérieur puis me rejoignent dans le salon. Riley me présente rapidement Fire et Ice – et si la situation s'y prêtait, j'éclaterais de rire face à leur surnom – puis il fait signe aux hommes d'approcher vers lui.

Il leur parle à voix basse et donne un coup de tête en direction de la cuisine puis il me lance un regard.

C'est l'heure.

L'heure de mettre en route le plan. L'heure de faire croire à mon enlèvement. L'heure de jeter les dés en l'air et de prier pour que tout se déroule comme prévu.

Seigneur, je vous en supplie. Faites que tout se passe bien.

Riley²

— Ça a marché. Snake a mordu à l'hameçon !

Riley se lève du canapé et lit la réponse du Numéro 1 des Hellys.

— *Beau travail, T. Amène-la à l'entrepôt.*

— Eh bien, maintenant on va voir si l'abruti ne nous a pas menti ! s'exclame Francky.

— Tu aurais peut-être pu y penser avant de le buter, rétorque froidement Riley.

L'atmosphère de la pièce est électrique. Les deux hommes se jaugent en silence et un frisson me parcourt l'échine.

— Les gars, l'entrepôt est à une heure d'ici, il faudrait peut-être se bouger un peu, intervient Ice.

Riley hoche la tête et cède à leur combat silencieux en premier. Francky fait signe à ses hommes et quitte l'appartement tandis que Riley m'aide à me relever.

— J'ai bien réfléchi et je ne veux pas que tu restes seule, ici. Est-ce qu'il y a un endroit, chez quelqu'un où je pourrais te déposer ?

— Je préfère rester ici.

— Non. Snake va peut-être envoyer un autre de ses sbires à mes trousses. Le premier lieu où il viendra sera le bar puis l'appartement. Il est hors de question que tu sois à sa merci, sans défense.

Il a raison. Rien qu'à l'idée, j'en ai des sueurs froides.

— OK. Tu peux me laisser chez mon amie, Lydia. Je serai en sécurité là-bas. Elle vit sur la base militaire.

— C'est parfait.

Il m'embrasse furtivement puis il me prend la main et nous quittons son appartement. Nous traversons le bar et retrouvons les trois hommes dans un van garé sur le parking. Ice et Fire sont à l'avant tandis que Francky, Riley et moi montons à l'arrière. Il n'y a pas de siège et je me retrouve entre les jambes de Riley, collée contre son torse.

Durant tout le trajet, nous ne disons pas un mot. L'ambiance est tellement pesante que je crois que si je ne sentais pas la chaleur de Riley tout contre moi, je serais en train de péter un câble. À mesure que nous roulons, je sens l'angoisse prendre le dessus sur l'espoir. Et si cela tournait mal ? Et si je le perdais de nouveau ? Et si, pire encore, je perdais ma fille ?

Le van s'arrête à l'adresse où vit ma meilleure amie, je ne sais pas comment je suis encore capable de me lever et de marcher toute seule sans tomber mais j'y arrive. Francky ouvre les portes du camion et Riley me tend la main pour m'aider à en sortir. Lorsque nos paumes se touchent, je ressens comme une décharge électrique et quand nos regards se croisent, je peux voir qu'il l'a ressentie lui aussi.

Riley[2]

Je pose mes pieds sur le sol puis avant de remonter la rue menant à la maison de Lydia, je me hisse sur la pointe des pieds et embrasse Riley. Puis, je m'écarte de lui et pars en courant sans un regard en arrière.

C'est trop dur. Trop dur d'imaginer que c'est peut-être la dernière fois que je le vois. Trop dur d'imaginer que notre plan peut échouer. Trop dur d'imaginer que je pourrais les perdre.

Je suis morte de fatigue. Physiquement. Psychologiquement. Pourtant l'adrénaline qui coule dans mes veines m'aide à tenir le coup. Je continue de courir en pleurant et lorsque j'arrive chez Lydia, je tambourine à la porte bien qu'il soit tout juste cinq heures du matin et suis accueillie par les aboiements furieux de Roukie.

Au bout de quelques minutes, lorsque ma meilleure amie ouvre la porte, la tête encore endormie, je lui tombe dans les bras et mes pleurs se transforment en sanglots. Lydia me serre de toutes ses forces dans ses bras puis elle me fait entrer et referme la porte derrière elle.

— Jules, qu'est-ce qui se passe ? demande-t-elle parfaitement réveillée, cette fois. Riley a eu un accident ?

Pour toute réponse, je hoche simplement la tête dans la négative. Lydia me guide jusqu'à la cuisine puis tire un tabouret et d'un signe du menton m'ordonne de m'installer. Elle va ensuite jusqu'au plan de travail et fait couler du café. Elle nous sert deux tasses puis elle vient s'asseoir face à moi.

— Prends ça, ça te fera du bien.

Clémence Lucas

— Mer…ci, bégayé-je entre deux hoquets.

Je bois une gorgée et tente de me calmer car je vois que Lydia commence sérieusement à flipper. Hier, je l'ai seulement appelée pour lui demander si elle avait vu Riley. Ensuite, je ne lui ai plus donné de nouvelles ni répondu à ses appels. Et voilà qu'au lever du jour, je débarque chez elle en pleurs.

Elle ne sait pas pour Riley alias Bobby et quelque chose me dit qu'elle ne va pas aimer quand je vais lui dire toute la vérité. Néanmoins, je lui fais confiance et je sais qu'elle sera là pour me soutenir. C'est ce que nous faisons depuis toujours. Et lorsque je lui raconte les derniers événements, même si je vois qu'elle est énervée, furieuse même, inquiète aussi, beaucoup, elle réagit exactement comme je m'y attendais et se contente de me prendre dans ses bras et de me répéter inlassablement que ça va aller.

Je ne suis pas sûre qu'elle ait raison, pourtant je me raccroche à ses trois petits mots comme à une bouée de sauvetage.

Ça va aller… Ça va aller… Ça va aller…

Riley[2]

348

Chapitre 39

BOBBY

Nous roulons depuis bientôt une heure et sommes presque arrivés à l'entrepôt. Mon téléphone émet un signal et je lis le message de mon agent de liaison.

Ducon : Équipe en place. 200 m avant d'arriver, tourne à gauche. Continue sur encore 200 m et tu nous trouveras.

Moi : On sera là dans 5 minutes.

Riley[2]

Je frappe contre la séparation intérieure et hurle les indications à Fire et Ice.

— Bien reçu ! répondent-ils.

— Tu crois que tu peux faire confiance aux Feds ? demande soudain Francky.

— Autant que je peux avoir confiance en toi, rétorqué-je en le regardant dans les yeux.

Comme tout à l'heure dans mon appartement, nous nous défions du regard. Maintenant que je connais les motivations de mon ancien bras-droit, je reste sur mes gardes. Rien ne prouve qu'il n'essaie pas de me mener en bateau. Mais il marque un point : est-ce que je peux croire Ferguson et sa bande de guignols ? Je ne sais pas mais je n'ai pas le choix. Je dois tout faire pour sortir ma fille et Cameron de là.

Tout à coup, le van tourne et lorsqu'il ralentit pour finalement s'immobiliser complètement, mon rythme cardiaque s'accélère.

D'un bond, je me redresse et ouvre les portes arrière. Je sors en premier du véhicule et me retrouve nez à nez à Ferguson et son acolyte Rodriguez mais aussi à toute une unité d'intervention.

Je me redresse, bombe le torse et avance d'un pas décidé dans leur direction, bientôt suivi par mes trois hommes.

Je m'arrête à hauteur de mon agent liaison et au lieu d'accepter la main qu'il me tend, je croise les bras sur mon torse et fronce les sourcils. Ferguson retire son bras, remet ses lunettes en place et se gratte la gorge.

— Tout est prêt, Bobby. J'espère que tu ne comptes pas faire le con, dit-il d'une voix froide.

— Toi non plus.

Le Fed éclate de rire et donne un coup de coude à son partenaire.

— Il est toujours aussi drôle, hein ? Bobby, Bobby, Bobby. On a misé toute notre carrière sur ce moment précis. Aujourd'hui, on va enfin arrêter Snake.

— Et vous me rendrez ma liberté.

— Ça a toujours été le plan. Bien ! Assez parlé ! Il est temps de mettre ce fumier sous les barreaux ! Au boulot !

Aussitôt, les hommes se dispersent et prennent leur position tandis que Ferguson dirige les opérations. Rodriguez vient vers moi et me donne ses dernières recommandations puis nous reprenons le van et allons au point de rendez-vous.

Je n'ai jamais été aussi surexcité de ma vie. L'adrénaline coule dans mes veines, mon cœur bat à tout rompre, un frisson me parcourt l'échine mais je n'y prête pas attention. D'ici quelques minutes, ma vie entière va être mise en jeu. Je vais retrouver mes gosses et nous tirer de là. Il ne peut en être autrement.

Prépare-toi, Snake, on arrive !

Riley²

Lorsque le van s'immobilise devant l'entrepôt, je reste caché dans le coffre et Francky sort du véhicule ainsi que Ice et Fire.

OK, c'est maintenant que tout va se jouer.

Je les entends discuter avec d'autres Hellys, le ton monte rapidement et très vite, un coup de feu retentit. Mon sang se glace mais quand j'entends la voix de Francky éructer des insultes, je me sens tout de suite mieux.

Les portières avant du camion s'ouvrent, claquent, puis l'engin se remet à rouler pendant quelques mètres. Lorsqu'il s'arrête de nouveau, je prends une profonde inspiration et attends le signal de Francky : il doit siffler quand il aura en visuel les gamins et seulement à cet instant, je ferai mon apparition.

Si j'ai refusé que Julia serve d'appât, ce n'est pas le cas pour moi. Je vais me jeter en pâture au *Grand Méchant Loup* de Fort Hood et espère que les Feds ne mettront pas des lustres à intervenir. Si je ne m'en tire pas, ce n'est pas grave. En m'engageant dans cette mission, une partie de moi a toujours su que je ne m'en sortirais pas mais ce n'est pas la fin que je veux pour Riley et Cameron. Ces gamins méritent de vivre heureux, loin de toute cette merde.

Soudain, le sifflement retentit. Je sors mon flingue de ma veste, retire le cran d'arrêt et sans réfléchir ni regarder en arrière, je prends une profonde inspiration, ouvre les portes du camion et sors.

Je me retrouve en joue, face à six de mes anciens lieutenants. Je les vise également et jette un œil autour de moi. Francky, Ice et Fire encerclent les hommes de Snake, armes au poing également et en retrait de la pièce, j'aperçois Riley et Cameron.

— Allons, allons, messieurs. Ce n'est pas une façon de se dire bonjour.

Snake arrive du fond de la pièce et marche comme si le Monde lui appartenait. En avançant, il se pavane comme s'il avait tout orchestré et pousse Hector d'un coup d'épaule avant de s'arrêter devant moi.

— Riley Mc Call. L'homme que je voulais voir. Tu aurais pu faire une entrée moins remarquée, tu sais, dit-il en me regardant comme si je n'étais qu'un simple microbe.

— J'y penserai la prochaine fois, rétorqué-je, sarcastique.

— Je vois que ta réputation pour ton arrogance n'est pas un mythe. Tu es encore plus bête que je ne le pensais.

— Je t'emmerde, Snake. Je suis venu en tant que monnaie d'échange. Les gamins contre moi.

— Et pourquoi je ferais une chose pareille ? Qu'est-ce qui m'empêche de vous tuer tous les trois maintenant que la petite famille est au complet ? Enfin, c'est dommage qu'il manque Julia. Sans vouloir t'offenser mais elle est plus baisable que toi.

Riley[2]

— Ferme-la ! Tu me voulais, tu m'as ! T'as gagné. Ils n'ont rien à voir avec tout ça.

— Peut-être mais… tu es un traître, Riley et les traîtres méritent de souffrir.

— Tu peux faire ce que tu veux de moi, je ne me défendrai pas.

Pour prouver mon geste, je lève mon arme en l'air et la pose au sol puis je mets un coup de pied dedans et l'envoie vers lui. Snake la ramasse, un sourire moqueur aux lèvres.

— Tu vois ? J'ai pas d'autre arme sur moi. Tes hommes peuvent me fouiller, si tu veux. Alors, maintenant tu relâches les gamins. Francky, Ice et Fire vont les récupérer et tu vas les laisser faire.

Tandis que Snake semble considérer ma proposition, Francky fronce les sourcils. Ce n'est pas exactement ce qui était prévu mais je compte sur les Feds pour me sortir de là.

D'un regard, j'intime à mon bras-droit de faire ce que je dis et malgré son mécontentement évident, il hoche la tête. Fire et Ice se mettent à avancer tandis que les hommes de Snake rechargent leurs armes, prêts à faire feu mais leur patron lève un bras en l'air et leur ordonne silencieusement de ne pas bouger.

Mes partenaires arrivent jusqu'aux gamins, les détachent et alors qu'ils les aident à partir, Cameron ne les écoute pas et court vers moi.

— Cameron, non ! hurlé-je.

Clémence Lucas

Il est stoppé net par Snake qui le rattrape par les cheveux et le gosse grimace de douleur.

— Lâche-le !

Pendant ce temps, Fire et Ice font sortir ma fille qui s'égosille en hurlant le prénom de Cameron. Je l'entends au loin, comme un fond sonore désagréable. Elle est avec mes hommes en sécurité alors que Cameron est retenu par Snake. Je dois me concentrer sur ça. Sortir le gamin aussi de là.

— Qu'est-ce que tu croyais faire, fiston ?

— Je suis pas votre fils ! crache Cameron entre ses dents.

— C'est vrai comme tu n'es pas le neveu de ton cher *Oncle Bobby*. Tu le savais, Cameron ?

— Oncle Bobby ? demande-t-il d'une voix faible.

Le gamin me regarde, les yeux écarquillés et je ne peux que confirmer les propos du serpent par un hochement de tête.

— Écoute, Cameron… Dieu seul sait ce que t'a encore caché ce cher Riley. Il t'a menti toute ta vie sur sa véritable identité, sur son passé… Ce type ne connaît pas le mot loyauté. Il nous a trahis. Alors que *toi*. Tu es exactement comme je l'ai espéré en mettant les bonnes personnes sur ton chemin. Les Hellys avaient perdu l'un des leurs mais j'avais des projets pour toi. J'ai des projets pour toi.

— Cameron, ne l'écoute pas.

Riley[2]

Snake sort un flingue de derrière son dos et me met en joue. Ce connard essaie de retourner le petit et il n'est pas question qu'il y arrive.

— Chut, Riley. Tu vois pas que j'essaie d'avoir une discussion avec le petit ?

— Tu lui dis n'importe quoi !

— Parce que tu nies tout ? Enfin, Riley, il ne te reste plus que quelques minutes à vivre, tu peux au moins te montrer honnête pour la première fois de ta vie !

— Cameron, *buddy*, regarde-moi.

Le gosse est complètement paniqué. À sa place, je le serais aussi. Depuis plusieurs semaines, sa vie n'est faite que de révélations toutes plus étonnantes les unes que les autres. Depuis sa naissance, il pense que je suis réellement le frère de son père. Depuis sa naissance, nous lui avons menti, ses parents et moi. Mais pour nous, ce n'était pas vraiment un mensonge. Michael et moi avons grandi ensemble et étant fils uniques tous les deux, nous nous considérions comme frère. Et même s'il n'y a pas de lien de sang entre nous, je considère Cameron comme mon propre neveu et même comme mon fils maintenant que j'en ai la garde.

— Ça ne change rien, *buddy*. Tu le sais. Ne l'écoute pas.

— Tu parles trop, s'énerve Snake.

Puis un coup de feu résonne dans le bâtiment et je tombe au sol en hurlant de douleur. Ce salopard vient de me tirer une balle dans la jambe !

— Oncle Bobby ? crie Cameron.

— Bon, j'en étais où ? Ah oui ! Mes projets pour toi. Les Hellys peuvent te protéger. Te faire évoluer. T'être loyaux. Nous ne supportons pas la trahison et toi, petit, tu as été trahi toute ta vie. Je peux t'offrir mieux. Une vie sans foi ni loi. Une vie de pouvoir. Mais avant, j'ai besoin que tu fasses un petit truc pour moi…

Malgré la douleur, j'implore silencieusement Cameron de ne pas le croire. De ne pas le laisser l'atteindre.

— Qu'est-ce que vous voulez ? demande-t-il en nous regardant tour à tour.

— Que tu tues ton cher *Oncle Bobby*.

— OK.

— *Quoi ?* hurlé-je, abattu.

Tout en se mettant à applaudir, Snake éclate de rire tandis que Cameron me fixe, une lueur étrange dans le regard.

Putain de bordel à cul ! Il l'a eu…

Snake tend son arme au gamin et celui-ci s'en saisit sans l'ombre d'une hésitation. J'entends Francky grommeler quelque chose derrière moi mais je n'y prête pas vraiment attention, trop occupé à fixer Cameron.

Je cherche au fond de moi quelque chose à lui dire pour le faire revenir à lui. Pour lui faire comprendre qu'il a encore sa vie devant lui mais j'ai l'impression qu'il n'est plus là. Comme s'il était à des années-lumière d'ici.

Riley[2]

Résigné, je prends une profonde inspiration et ferme les yeux tandis qu'il s'avance vers moi, l'arme au poing.

Il a pris sa décision et je ne peux lui en vouloir.

Chapitre 40

Cameron

Je peux le faire. Je peux le faire. Je peux le faire.

Je me répète ce mantra tandis que j'avance jusqu'à Oncle Bobby. J'ai pris ma décision. Ce n'est sûrement pas l'idée du siècle mais mon choix est fait. Je ne laisserais pas mon oncle mourir entre les mains de ce connard sans me battre. Si nous devons mourir tous les deux, eh bien soit, maintenant que Riley est en sécurité, le reste m'importe peu.

Cet enfoiré de Snake pense vraiment qu'en me racontant que mon oncle n'est pas le frère de mon père, je vais me retourner contre lui. Peu importe que nous ayons le même sang ou non, Bobby ou Riley et là encore peu importe son nom, il a toujours été présent dans ma vie. Il m'a recueilli alors qu'il n'était pas obligé de le faire. Il est hors de question que je le laisse tomber.

Je jette un regard en direction de Francky qui ne m'a pas quitté des yeux depuis que j'ai récupéré le flingue, et discrètement, je lui adresse un clin d'œil.

Je m'arrête devant Bobby et le mets en joue.

— Allez, c'est bien, gamin. Tu peux le faire. Appuie sur la détente, Cameron. Ce type n'est qu'un imposteur. Un manipulateur. Il t'a menti toute ta vie. Tue-le !

Oncle Bobby ne bouge pas, il semble complètement résigné. Le voir comme cela me brise le cœur et m'énerve en même temps. Comment peut-il croire que je suis autant influençable ? Comment peut-il croire que je pourrais le tuer ?

Je ferme les yeux, prends une profonde inspiration et me retourne vivement, pointant mon pistolet sur la tête de Snake. Cependant, je ne m'attendais pas à ce qu'il en ait un deuxième et qu'il me mette en joue également.

— Tu me prends pour un idiot, Cameron ? Tu as eu tort de me sous-estimer, dit Snake d'une voix sombre.

— Et toi, tu t'écoutes un peu trop parler, dit Francky.

Je me décale légèrement et je sens la balle effleurer mon oreille avant d'aller se planter dans le torse de Snake. Des coups de feu retentissent de toute part et je me jette au sol tandis qu'Oncle Bobby passe un bras par-dessus mes épaules.

Malgré sa blessure, il m'arrache l'arme des mains et se met à tirer à tout va tout en nous faisant nous déplacer. Soudain, une détonation retentit et des hommes en uniforme entrent par dizaine dans le bâtiment en hurlant.

— FBI ! Plus un geste !

Merci, Seigneur.

Oncle Bobby renverse la table et il nous cache derrière tandis que les échanges de coup de feu continuent. Je ne sais pas combien de temps tout cela dure mais lorsque le silence s'impose dans l'entrepôt, je retiens mon souffle.

— Tant que je ne t'autorise pas à bouger, tu restes là, compris ?

J'acquiesce d'un hochement de tête. De toute façon, je ne suis pas sûr d'avoir envie de découvrir ce qui se cache derrière ma cabane de fortune.

— T'en as mis du temps, Ducon ! dit Oncle Bobby d'une voix forte.

— On attendait le bon moment, répond un homme.

De son index, Bobby m'autorise à me lever. Je prends une profonde inspiration et lorsque je me redresse, je découvre qu'il ne reste que deux hommes de Snake debout. Francky est touché à l'épaule et déjà en train d'être soigné par les membres de l'unité d'intervention. Le Numéro 1 de Fort Hood est quant à lui, menotté malgré sa blessure au thorax.

— Beau travail, Bobby, dit l'un des agents en tendant sa main à mon oncle.

Riley²

— Je m'appelle Riley, répond-il en la lui serrant.

L'homme lui sourit et reprend :

— Beau travail, Riley.

— Merci.

— Tu devrais te faire soigner.

— Je dois voir ma fille d'abord. M'assurer qu'elle va bien.

— Elle est en sécurité. Secouée mais en sécurité. Elle a appelé sa mère au téléphone. Ne t'inquiète pas pour elle, maintenant. Occupe-toi de toi et de lui, dit-il en me pointant du doigt. J'avoue que tu m'as fait peur, Cameron. J'ai bien cru que tu allais buter ton oncle.

— On ne touche pas à la famille, réponds-je, simplement.

Oncle Bobby passe son bras autour de mes épaules et m'ébouriffe les cheveux.

— Ne me fais plus jamais une peur pareille, *buddy*.

— Je te le promets, Oncle Bo… *Riley* ? J'avoue que je ne sais plus comment t'appeler.

— Tu auras tout le temps de trouver. C'est fini maintenant, hein, Ferguson ?

— L'affaire est loin d'être classée encore mais oui, c'était le deal depuis le départ. On te rend ta liberté. Vous allez intégrer le service de protection des témoins et disparaître. Tu l'as mérité. En attendant, fais-toi soigner. Puis, on vous emmènera dans une planque et je vous donnerai tous les détails de la suite des événements, d'accord ?

Oncle Bobby lui tend la main et l'agent spécial lui serre avec rigueur, du respect dans le regard.

— Merci, Ferguson.

L'homme hoche la tête puis il se retourne et tout en dessinant un cercle dans les airs crie à son équipe.

— Allez, les gars, on remballe ! On laisse la place à l'équipe de nettoyage. Hop, Hop, Hop, on se dépêche.

Oncle Bobby chancèle et je le retiens en passant un bras dans son dos. Je l'amène jusqu'aux agents qui s'occupent de Francky et ils le prennent rapidement en charge, me demandant de m'écarter et de leur laisser le champ libre.

Francky passe son bras valide autour de mes épaules et me murmure à l'oreille.

— Beau travail, gamin. C'était complètement inconscient mais carrément couillu.

— Merci ?

Il me donne une tape dans le dos en riant puis il suit un agent jusqu'à l'extérieur du bâtiment. Je le regarde s'éloigner et soudain, je réalise que c'est vraiment fini. Riley est en sécurité, saine et sauve. Oncle Bobby se fait soigner. Snake va croupir le restant de sa vie derrière des barreaux. On va pouvoir repartir à zéro. Loin des Hellys. Loin de toute cette merde. Recommencer notre vie ailleurs.

Riley[2]

Et puis… puisque maintenant je sais que Riley et moi ne partageons pas le même sang, que nous ne sommes pas cousins comme nous le pensions, plus rien ne peut nous empêcher d'être ensemble. Je meurs d'envie de la retrouver et de le lui dire. Je meurs d'envie de sentir ses lèvres contre les miennes. Je meurs d'envie de la serrer contre moi et de ne plus jamais la laisser partir.

— Ça va, *buddy* ?

Oncle Bobby revient vers moi en boitillant et me sourit.

— Yep.

— Je suis désolé, Cameron. Snake a raison, on t'a menti toute ta vie.

— C'était pour mon bien. On ne peut pas dire que tu aies eu vraiment le choix.

— Tu ne m'en veux pas ?

— Pas le moins du monde.

— Je crois que je ne te l'ai jamais dit mais… je t'aime, mon grand, dit-il d'une voix chargée d'émotions.

— Je t'aime aussi.

— Je sais, *buddy*.

Il m'adresse un clin d'œil puis après avoir fait comme Francky en me donnant une bonne tape dans le dos, il me passe devant et se dirige vers la sortie. Je le regarde s'éloigner, ému, puis il se retourne et me lance d'une voix moqueuse :

Clémence Lucas

— Alors ? Tu veux pas venir retrouver ta chérie ?

Je sens un sourire se dessiner sur mes lèvres puis sans hésiter, je m'élance vers la porte qui me mènera à *ma chérie* comme il vient de le dire. Malgré les dernières quarante-huit heures éprouvantes que je viens de passer, j'ai l'impression que je ne marche pas mais vole.

Je vole vers la porte qui me sépare de la liberté. Je vole vers une nouvelle vie qui s'offre à nous. Je vole vers la fille qui fait battre mon cœur à mille à l'heure. Je vole vers mon bonheur… *Tout simplement.*

Riley[2]

Chapitre 41

Riley

J'ai l'impression d'être tout droit sortie du film *Taken*, vous savez celui où Brian Mills le père – joué par Liam Neeson – fait tout pour retrouver sa fille, Kim, et qu'il tire sur tout ce qui bouge ? Eh bien, Bobby vient de faire la même chose.

Wouah !

En l'espace d'une fraction de seconde, il est passé du stade de *connard de géniteur à mon père ce héros.*

Après son apparition, tout se passe très vite. Bobby se livre à Snake puis il ordonne à ses hommes de nous libérer, Cameron et moi. Et là… alors que je pense que nous sommes enfin hors de danger, Cameron s'élance

Riley[2]

sur Snake.

— Cameron, non ! crié-je à pleins poumons. Reviens !

J'ai beau hurler à m'en casser la voix, il ne m'écoute pas. Snake le rattrape par les cheveux et mon cœur rate un battement. J'essaie de me débattre, de faire lâcher les deux hommes qui tentent de me secourir mais ils sont plus forts que moi. Ils resserrent leur poigne et me traînent jusqu'à la sortie alors que Cameron et mon père sont toujours retenus par les Hellys Angels.

Dehors, je suis amenée dans un fourgon noir où m'attendent des agents du FBI et les hommes me balancent à l'intérieur sans ménagement.

— Pitié, il faut y retourner. Ils sont en danger, les imploré-je d'une voix brisée.

— Ne t'inquiète pas, Riley. Nos hommes savent ce qu'ils ont à faire, me répond l'homme en costume.

Le camion vient tout juste de partir pourtant, nous nous arrêtons déjà. L'agent et les deux hommes de mon père sortent en premier et j'hésite une seconde à les suivre. Après tout, je ne les connais pas et qui me dit qu'ils sont réellement avec nous ? Qui me dit que ce n'est pas un nouveau piège ?

Je recule jusqu'à la cloison qui sépare les sièges avant et mon cœur bat de façon désordonnée dans ma poitrine. J'ai l'impression de manquer d'air et d'être au bord de la crise cardiaque à seulement seize ans. Je ferme les yeux et essaie de me calmer mais une voix me fait sursauter.

— Riley ? murmure l'agent. Tu viens ?

Je hoche la tête dans la négative et enroule mes bras autour de mes jambes. Je crois que je subis le contrecoup de ce qui vient de se passer. Je suis en état de choc.

L'homme revient dans le camion et s'accroupit en face de moi.

— Riley, c'est terminé. Tu peux venir avec moi.

Je me mets à me balancer d'avant en arrière et me renferme sur moi. Je ne le crois pas. Cameron et mon père sont toujours dans l'entrepôt avec Snake, en danger. Qui me dit que je ne le suis pas encore ?

— Écoute, Riley. Je sais que ce que tu viens de vivre est traumatisant mais que dirais-tu si j'appelais ta mère ?

C'est ça, oui ! Il croit vraiment m'avoir comme ça ? Je ne suis pas née de la dernière pluie !

Face à mon mutisme, l'homme soupire. Puis, je l'entends trifouiller dans ses poches et tout à coup, je sens son téléphone à mon oreille.

— Allô ?

Maman !

Au son de sa voix, les larmes me montent aux yeux.

— Ma… man ? sangloté-je.

— Riley ? Oh, Riley ! C'est bien toi ?!

— Maman ?

— Mon bébé… Tu… vas bien ? dit-elle en pleurant.

Riley[2]

Soudain, ma carapace se brise… *C'est terminé.* L'agent devant moi ne mentait pas. Je suis *vraiment* sauvée. Malgré la joie immense que je ressens à cet instant, mes pensées ne peuvent s'empêcher d'aller vers Cameron et mon père.

Pourvu qu'il ne leur arrive rien.

Tout à coup, comme un écho à mes pensées, un vacarme de tous les diables retentit. On se croirait presque au feu d'artifice du 4 juillet mais malheureusement, ce n'est pas le cas. Instinctivement, je me recroqueville sur moi-même et je suis incapable de répondre à ma mère.

— Riley ? Riley, qu'est-ce qui se passe ? demande maman d'une voix où transperce l'inquiétude.

Je ferme les yeux de toutes mes forces et tremble de tout mon être. Les détonations et les coups de feu ont beau se passer à deux cents mètres de là où je suis, j'ai l'impression qu'ils se tirent juste à côté de moi.

— Riley ?

— Maman…, réponds-je d'une voix faible.

— Riley, ma puce, écoute-moi. Concentre-toi sur ma voix. Tu es en sécurité. Rien ne peut t'arriver.

— Mais… Cameron ? Et Riley ? J'ai peur pour eux.

— Tu n'as pas à t'inquiéter, mon bébé. Ton père est le type le plus fort et le plus débrouillard que je connaisse.

— Oui mais…

Je m'arrête brusquement lorsqu'une détonation plus forte que les autres me fait sursauter.

Clémence Lucas

— Ça tire de tous les côtés, maman. Et s'ils mou…

— Je t'interdis de terminer cette phrase. Ils vont s'en sortir, Riley. Ton père me l'a promis et s'il dit qu'il va revenir, il le fera, OK ?

Même si je ne la crois pas sur parole, j'acquiesce quand même et me concentre alors sur le son de sa voix.

Je continue de parler au téléphone avec maman jusqu'à ce que la tempête dans l'entrepôt laisse place au calme. Ensuite, je reste encore quelques minutes dans le fourgon avec Rodriguez et nous bavardons un peu. Il me dit qu'il s'appelle Antonio, qu'il est issu d'une famille de cinq enfants dont il est le seul garçon. Tout à coup, il reçoit un message dans son oreillette et avec un sourire, me dit qu'il est temps d'aller au point de contrôle.

Maintenant qu'il a toute ma confiance – depuis qu'il m'a permis de parler avec ma mère – je le suis sans hésiter. Lorsque nous arrivons au poste de commandement, un ambulancier vient s'occuper de moi et un agent m'apporte un muffin.

Comme si j'avais faim.

Bien que je suis heureuse d'être en sécurité, je n'arrête pas de me faire du souci pour Cameron et mon père. J'ai l'impression de ressentir un poids sur ma poitrine, comme si respirer était devenu difficile. Comme s'il me manquait une partie de mon être.

Riley[2]

Tout à coup, j'entends de l'agitation autour de moi et le bruit d'un moteur se rapprocher. Je me lève de la chaise et pars en courant vers le van qui se gare. Les portes s'ouvrent et soudain, j'ai l'impression de respirer pour la première fois. Cameron sort du camion puis il tend une main à mon père et immédiatement, mon cœur rate un battement en découvrant qu'il a été blessé.

— Papa ! crié-je en me rapprochant.

Papa ?

Mon père s'arrête net. Apparemment, il est aussi surpris que moi et un sourire se dessine sur ses lèvres. Il dit quelque chose à l'oreille de Cameron et celui-ci recule d'un pas tandis que *papa* écarte les bras.

Sans réfléchir, je me jette dedans et le serre de toutes mes forces. Il titube légèrement et je m'apprête à reculer pour ne pas lui faire mal mais il resserre notre étreinte et murmure à mon oreille.

— C'est bon de te revoir, ma fille.

Sa fille.

Peut-être que nous n'avons pas eu un bon démarrage ensemble mais il a risqué sa vie pour me sauver. Peut-être qu'il n'avait pas pris les bonnes décisions mais il est quand même venu pour moi. Pour Cameron, aussi.

Cette fois, il ne nous a pas abandonnés.

D'un même mouvement, nous nous écartons l'un de l'autre puis je me jette au cou de Cameron. Il me fait tournoyer dans les airs et nous rions tous les deux à gorge déployée. Lorsque mes pieds touchent de nouveau le sol, son regard s'attarde sur mes lèvres, comme s'il mourait d'envie de m'embrasser. Embarrassée, je recule d'un pas.

J'ai très envie de le faire, moi aussi, mais nous savons que nous n'en avons pas le droit. Le fait que nous soyons libres n'efface pas le fait que nous soyons cousins, au premier degré.

— Les jeunes, je sais que vous avez pas mal de choses à vous dire mais avant, j'aimerais parler avec Riley. Ensuite, qu'est-ce que vous diriez de prendre quelques minutes pour vous pendant que je vais débriefer avec les autres ? Après, on se tire d'ici !

Je lance un regard à Cameron et celui-ci accepte en hochant d'un signe de tête puis il se tient en retrait tandis que nous nous écartons un peu.

Mon père m'attrape la main et pendant plusieurs secondes, nous ne parlons pas, nous nous contentons de nous regarder. C'est quand même dingue que notre ressemblance ne m'ait pas frappée au premier regard.

—Je t'ai menti, Riley…, commence-t-il en se frottant la nuque. Je n'ai pas choisi les Hellys plutôt que ta mère et toi.

— Tu travailles pour le FBI.

—Je travaillais pour eux. C'était ma dernière mission.

— Et qu'est-ce qui va se passer, maintenant ?

— Nous allons tous intégrer le programme de protection des témoins.

— Comment ça, tous ?

Riley[2]

— Ta mère, Cameron, toi et moi.

— Comme une famille ?

— Ça, ça dépendra de ta mère et toi. Je suis vraiment désolé, Riley. Pour tout. Je n'ai jamais cessé de vous aimer, ta mère et toi, jamais. Je ne peux pas te raconter toute l'histoire maintenant, ça prendrait beaucoup trop de temps mais si tu en as envie, plus tard, je te dirai tout.

— Quand tu veux, réponds-je d'une voix tremblante en lui souriant au travers de larmes que je n'avais pas senti arriver.

Il me serre encore dans ses bras puis lorsque nous nous détachons, je m'aperçois que lui aussi pleure.

— Allez, va le retrouver, dit-il en montrant Cameron du menton.

Nous retournons auprès de lui puis mon père nous sourit et en partant, nous ébouriffe à tous les deux les cheveux.

Une fois que nous sommes seuls, Cameron met ses mains dans ses poches et regarde autour de lui. J'ai la gorge nouée.

— On marche ? demande-t-il en m'implorant du regard.

— Yep.

Nous avançons l'un à côté de l'autre sans dire un mot puis nous nous arrêtons à l'écart du centre de commandement. Ne sachant pas quelle attitude adopter, je cale mon dos contre un arbre tandis que Cameron reste à quelques pas de moi. Son regard toujours posé sur mes lèvres.

Je me racle la gorge et, mal à l'aise, mords nerveusement dans ma lèvre inférieure.

— Ça va ?

Nous posons la question en même temps et éclatons de rire.

— Yep, répondons-nous encore une fois à l'unisson.

Nous rions encore et qu'est-ce que ça fait du bien ! Pendant ma captivité, j'ai imaginé plein de scénarios différents, plus morbides les uns que les autres. Alors, me retrouver en liberté avec Cameron… avec mon père et bientôt ma mère – puisqu'un agent du FBI est parti la chercher –me rend folle de joie.

— Donc… tu appelles Bobby, papa ?

— Et toi, tu l'appelles toujours Bobby ?

Nous nous regardons en souriant et mon cœur rate un battement. Comme à chaque fois que je me retrouve avec Cameron, ces saletés de traîtres de papillons reprennent vie dans mon ventre, ma respiration s'accélère… J'ai l'impression que tout mon être me crie de le serrer dans mes bras et de ne plus jamais le laisser partir. Malheureusement, nous ne pouvons pas.

— Quand Ice et Fire t'ont sauvée, j'ai appris quelque chose d'intéressant, dit-il d'une voix rauque en avançant vers moi.

— Qu… quoi ? demandé-je en bégayant.

Riley[2]

— Eh bien… il semblerait qu'en réalité, Bo… Riley, ton père n'est pas véritablement mon oncle.

— Qu'est-ce que tu veux dire ? demandé-je le cœur battant à tout rompre, maintenant.

— Qu'en vérité… mon père et le tien étaient… amis. Juste : amis.

— Tu es sûr ?

— Absolument certain d'être sûr.

— Ça veut dire que…

— … nous pouvons être ensemble, termine-t-il à ma place en s'arrêtant à quelques centimètres de mon visage.

Nos regards s'ancrent l'un à l'autre et nous nous sourions.

Cameron tend une main vers moi, repousse une mèche de mes cheveux derrière mon oreille puis ses doigts descendent le long de mon cou et s'immobilisent. Puis, lentement, il se penche en avant, ma respiration s'accélère et lorsque ses lèvres se posent sur les miennes, plus rien n'existe autour de nous. Plus rien n'existe à part nos langues qui s'emmêlent dans une danse sensuelle. Plus rien n'existe à part nos corps qui se retrouvent. Plus rien n'existe à part les sensations qu'il me procure. Plus rien n'existe à part lui.

Clémence Lucas

Épilogue

Hope

Quelque part, aux États-Unis...

Aujourd'hui, cela fait deux ans que notre vie a changé. Deux ans que nous sommes partis de Fort Hood sans
un regard en arrière. Deux ans que nous avons changé
d'identité. Deux ans que nous sommes devenus une fa
mille. Deux ans que nous sommes arrivés ici, mes parents,
mon petit-ami et moi. Depuis ce jour, je mentirais si je
vous disais que la vie est un long fleuve tranquille. Ce
n'est pas le cas mais chaque jour, nous essayons de nous
apprivoiser.

Riley[2]

Même dans mes rêves les plus fous, je n'ai jamais envisagé que mes parents se remettent ensemble mais c'est le cas. Ils se sont mariés le jour où le FBI leur a donné leurs nouvelles cartes d'identité. Malgré les années qu'ils ont passé loin l'un de l'autre, leur amour est toujours aussi fort. Indestructible. Passionnel. Parfois, entre eux, ça fait des étincelles mais à chaque fois, ils se réconcilient et dans ces moments-là, Ashton et moi, aimerions devenir sourds, si vous voyez ce que je veux dire.

Enfin, j'imagine que vous devez être décontenancés par nos changements de prénoms, rassurez-vous, nous aussi, on a eu du mal. Et parfois, surtout quand les parents sont en rogne après nous, ils leur arrivent de nous appeler comme avant.

Moi, comme vous vous en doutez, c'est Riley et désormais je m'appelle Hope Donovan. Fille de Tracy et Richard Donovan. Ma mère est toujours institutrice et mon père ne tient plus un bar. Maintenant, il gère un garage, comme le faisait avant Michael, son meilleur ami.

Mon petit ami, Cameron se fait nommer Ashton Mosby. Oui, vous ne rêvez pas. Comme Ted de *How I Met Your Mother*. Il dit que le jour où nos enfants seront assez grands pour comprendre, il s'amusera à leur conter notre histoire comme le héros de la série télé. À chaque fois qu'il dit une chose pareille, nous sourions tandis que mon père monte tout de suite sur ses grands chevaux en disant qu'il ne faudra jamais raconter la vérité.

Bien sûr, il a raison. Nous avons dû couper tout contact avec notre passé, Jessica et Lydia y compris et nous ne devons jamais révéler notre véritable identité.

En revanche, le jour où j'aurai des enfants, il est hors de question que leur existence repose sur un mensonge. On a bien vu où tout cela nous avait menés avant. Mentir, ça craint.

— À quoi tu penses ?

Je tourne la tête vers Ashton et il m'observe en souriant. Comme toujours lorsque je le regarde, mon cœur bat à tout rompre et les ailes de papillons menacent de prendre leur envol au creux de mon ventre. Je ne sais pas comment c'est possible mais j'ai la sensation de tomber tous les jours un peu plus amoureuse de lui. Lorsqu'il me prend dans ses bras, m'embrasse, plus rien n'existe autour de nous. Je ne pensais pas qu'on pouvait aimer si fort à tout juste dix-huit ans pourtant, c'est bien le cas.

— À nous, murmuré-je avant d'effleurer ses lèvres.

Soudain, Lilas se met à gigoter dans mes bras et je l'embrasse sur le front.

— Tu as faim, mon bébé ?

Pour toute réponse, elle se met à brailler. Je ne pensais pas qu'un si petit être pouvait avoir autant de voix !

— Je crois que tu as ta réponse, se moque Ash.

Je lui tends la petite et il commence à la bercer tandis que je fonce dans la cuisine afin de préparer son biberon. Même si ça ne sert à rien, je ne peux m'empêcher d'encourager le micro-ondes à faire son travail. *Dépêche-toi. Dépêche-toi. Dépêche-toi.* Je ne voudrais pas que Lilas réveille les parents.

Riley[2]

Lorsque le compte à rebours indique une seconde, je l'ouvre avant qu'il ne se mette à sonner et vérifie la température sur mon poignet. *Parfait.*

Je cours jusqu'au salon où la petite continue de s'époumoner et alors que je la récupère dans mes bras, j'entends la voix ensommeillée de maman.

— Elle a faim ?

— Oui mais c'est bon, on s'en occupe, réponds-je en lui offrant un sourire.

— Tu es sûre ? Je peux m'en… occuper, dit-elle en baillant.

— T'inquiète, maman. Ce soir, Ashton et moi, on vous remplace, papa et toi. Depuis que tu as accouché, elle ne vous a pas laissé passer une vraie nuit de sommeil…

— On gère, tante Tracy, me coupe Ash.

Les yeux de ma mère étincellent et elle vient nous serrer dans ses bras avant de retourner se coucher.

Vous vous rappelez quand je vous parlais des réconciliations sur l'oreiller ? Eh bien, c'est ainsi qu'a été conçue ma petite sœur Lilas, âgée de tout juste deux mois et deux jours.

Quoi ? Vous n'avez quand même pas cru que j'avais pu avoir un enfant ? Rassurez-vous, ce n'est toujours pas d'actualité.

Je n'aurais jamais imaginé un seul instant avoir une petite sœur, encore moins avec les mêmes parents. Combien y avait-il de chances pour que mon père et ma mère se remettent ensemble et aient de nouveau un bébé ? Sincèrement, je n'en ai aucune idée mais je pense que je dois avoir une bonne étoile au-dessus de ma tête pour que le bonheur soit venu frapper à ma porte.

Parfois, je me dis que cette bonne étoile n'est autre que Michael et Gwen, les parents d'Ashton. Je me dis que c'est eux qui nous ont remis sur le même chemin. C'est peut-être n'importe quoi mais j'aime me raccrocher à cette magie.

Que pourrais-je rêver de mieux ? Mes parents sont à nouveau un couple. Ma petite sœur est merveilleuse et il me tarde de la voir grandir. Mon petit ami est le garçon de mes rêves. Avec lui, je me sens entière. Complète.

Et alors que je suis en train de nourrir ma sœur et qu'il me regarde amoureusement, mon cœur déborde d'amour pour lui. Je sais que tout ne sera pas toujours rose mais je suis certaine que nous serons assez forts pour traverser les épreuves. Je crois en nous. Je crois en notre amour. Je crois en la vie.

Tout simplement…

Riley²

Clémence Lucas

Ashton

Alors qu'Hope est en train de donner le biberon à Lilas, je ne peux m'empêcher d'imaginer le jour où elle tiendra notre enfant entre ses bras. Je sais que nous sommes encore jeunes pour penser à cela mais je suis convaincu qu'Hope Donovan est la femme de ma vie. Un jour, elle deviendra Hope Mosby et je serai le plus heureux des hommes.

Vous auriez vu sa tête, le jour où je lui ai annoncé ma nouvelle identité, c'était à pleurer de rire. Elle était complètement stupéfaite, les yeux écarquillés, la bouche grande ouverte comme si elle allait se décrocher la mâchoire et puis… elle a adoré.

Riley²

— *Tu déconnes, hein ?*

— *Nope.*

— *Mais… mais… Tu peux pas t'appeler comme ça !*

— *Si. Ferguson m'a dit : choisis le nom que tu veux. J'ai choisi Mosby.*

— *Non, mais t'as un grain, ma parole ? Et tant que tu y es, tu devrais te faire appeler Ted, aussi !*

— *Putain ! Quel con ! Pourquoi j'y ai pas pensé avant. Je vais tout de suite appeler John et lui dire.*

Riley croise ses bras sur sa poitrine et fronce les sourcils. À cet instant précis, j'ai l'impression d'être face à Oncle Bobby en version féminine. Beaucoup plus sexy. Carrément plus sexy. Encore plus quand elle est en colère.

— *C'est pas drôle ! Franchement, Cam, c'est ridicule ! Je peux savoir ce qui t'a pris ?*

— *Eh bien… le jour où toi et moi, nous aurons des enfants, je leur raconterai comment je suis tombé amoureux de leur mère alors qu'elle ne m'avait même pas remarqué. Je leur raconterai comment ma vie a pris un sens quand je t'ai rattrapée dans ce couloir. Je leur raconterai comment ma vie est devenue haute en couleur alors qu'avant, elle n'était qu'en noir et blanc. Je leur…*

— *Tais-toi ! dit-elle en pressant ses lèvres contre les miennes.*

Clémence Lucas

Au départ, j'avais prévu de lui faire une blague parce que j'avais découvert qu'à part les séries qui contenaient des vampires et des loups garous ou des gros costauds, ma petite amie adorait la série *How I Met Your Mother*. Mais lorsqu'elle m'a demandé de me justifier, ce nom a pris tout son sens. Je voulais que mes enfants sachent à quel point leur mère avait embelli ma vie dès l'instant où elle y était entrée. Et lorsqu'elle m'a embrassé, des larmes roulant sur ses joues, je me suis dit que c'était le meilleur choix que je pouvais faire.

Alors aujourd'hui, quand je la regarde s'occuper de sa petite sœur, il me tarde que ce soit notre bébé. Bon… pas tout de suite. Je veux quand même profiter d'Hope autant que je le peux avant. Je vois bien comment ça se passe pour Tracy et Rich, ils n'ont plus de temps pour eux.

De toute façon, tout ce que je veux, c'est son bonheur.

Nous avons prévu un plan de vie. D'abord, nous terminons nos études. Sans grande surprise, elle souhaite devenir professeur d'histoire tandis que moi, allez savoir pourquoi mais j'ai décidé de devenir psychologue pour enfants. Peut-être que c'est lié au fait que je sois orphelin, j'ai envie d'aider les gosses qui n'ont pas la chance d'avoir un *Oncle Bobby* ou qui sont en difficulté. J'ai besoin de me sentir utile et je pense qu'avec ce métier, je le serai.

Ensuite, une fois que nous serons diplômés, nous nous marierons et plus tard, nous aurons des enfants. Deux. Au minimum. Hope souhaite avoir une famille nombreuse. Je ne sais pas si tout se passera comme nous le prévoyons mais peu importe, tant que nous restons ensemble jusqu'à

Riley[2]

la fin des temps.

— À quoi tu penses ? me paraphrase-t-elle.

— À nous, la copié-je à mon tour.

Elle me sourit et comme à chaque fois, mon cœur se tape un sprint dans ma cage thoracique. Je ne me lasserai jamais de ce sourire. De ce regard qu'elle me rend avec amour. Si elle ne tenait pas le bébé dans les bras et si la chambre de ses parents n'était pas à quelques mètres de nous, je lui montrerais avec mon corps combien je l'aime. Combien je l'aie dans la peau.

Mais parfois, les regards valent encore plus que des mots ou des gestes tendres. Ils expriment toutes nos émotions et celle qui prédomine dans nos yeux est l'amour.

Tout simplement…

TRACY

Je remercie le Seigneur d'avoir des enfants si merveilleux et retourne me coucher auprès de mon mari. *Mon mari*. Pendant des années, j'avais perdu tout espoir d'épouser l'homme de ma vie et pourtant, c'est le cas.

Même après deux ans de vie commune et un nouveau-né à la maison, j'ai toujours du mal à réaliser que nous formons enfin une famille. Mais pourtant, c'est le cas.

Depuis deux ans, je suis une femme comblée. J'ai retrouvé l'homme de mes rêves, le père de mes enfants et même si parfois, il me rend folle et me donnerait presque des envies de meurtres, pour rien au monde je ne voudrais être encore séparée de lui. Il est mon roc. Mon épaule sur laquelle je peux me reposer. Mon cœur. Mon âme.

Je m'allonge de mon côté du lit et me blottis contre son dos.

Riley[2]

— Elle dort déjà ? demande-t-il la voix ensommeillée.

— Non. Les gamins s'en occupent.

Richard se retourne et soudain, il n'a plus l'air endormi du tout.

— Tu veux dire que…

— Hope et Ashton sont juste à côté avec le bébé, murmuré-je tandis qu'il m'embrasse dans le cou.

— Mmm…

— Rich, ils vont nous entendre.

— Comme si c'était la première fois. Ce n'est pas ma faute si tu es bruyante quand tu jouis, ma chérie.

Je lui assène une claque dans le dos et il éclate de rire contre mon oreille, me donnant des frissons.

— Tu es incorrigible.

— Qu'est-ce que j'y peux si je suis toujours excité par ma femme comme au premier jour ? rétorque-t-il en commençant à me caresser.

— Tu n'es qu'un beau parleur !

— Et tu adores ça.

Je m'apprête à protester mais il m'en empêche en écrasant ses lèvres sur les miennes. Comme à chaque fois qu'il fait cela, le monde arrête de tourner. Plus rien ne compte à part nos corps qui se cherchent et se trouvent afin de sceller notre amour de la plus sensuelle des façons.

Clémence Lucas

Cette nuit encore, nous traumatiserons nos enfants mais qu'importe ! Il vaut mieux que cela soit parce qu'ils ont des parents qui s'aiment comme au premier jour plutôt qu'en se déchirant, non ?

Oui, je me rassure comme je le peux.

Et lorsque Rich me murmure à l'oreille que c'est l'homme le plus chanceux sur cette Terre et qu'il m'aime, plus rien n'a d'importance.

Je ne pensais plus jamais avoir droit au bonheur et pourtant, je l'ai retrouvé avec le seul homme que j'aie jamais aimé. J'ai deux merveilleuses filles. Un beau-fils que je considère comme mon propre neveu. Un mari attentionné…

Que pourrais-je rêver de plus ?

À bout de souffle, je pose la tête sur le torse de Rich, nous joignons nos mains et regardons nos ailes, noire et blanche, notre Ying et Yang, notre cœur rassemblé en souriant avant de nous endormir, comblés, ivres de bonheur, amoureux.

Tout simplement…

Riley[2]

RICHARD

Je n'aurais jamais cru qu'un jour je retrouverais ma liberté et pourtant, deux années ont passé depuis que nous sommes partis de Fort Hood. Deux années durant lesquelles, la vie n'a pas toujours été facile mais pour rien au monde, je ne les vivrais différemment car j'ai enfin tout ce que j'ai toujours désiré : une famille et une vie loin des Hellys Angels.

Je regarde ma femme profondément endormie, blottie contre mon corps et souris. Et dire que je pensais la quitter pour une année tout au plus et que nous avons été séparés pendant plus de seize ans. Je suis vraiment un putain de type chanceux qu'elle ne m'ait jamais oublié et qu'elle m'ait pardonné mes décisions. Elle aurait pu m'en vouloir mais au lieu de ça, elle a simplement été heureuse de me retrouver. Peut-être qu'avoir sauvé notre fille a joué en ma faveur mais quand bien même, l'essentiel est que nous nous soyons retrouvés.

Riley[2]

Le plus dur dans notre nouvelle vie et de voir ma fille et celui que je considère comme mon fils sortir ensemble. Savoir qu'ils passent leur nuit dans le même lit comme nous le faisons ma femme et moi me donne des poussées d'urticaire mais selon Tracy, il vaut mieux que cela se passe sous notre toit que Dieu sait où.

Pour le coup, je ne suis pas vraiment d'accord avec elle.

Vous aimeriez savoir, vous, que votre enfant peut forniquer quand bon lui semble ? Je ne crois pas non, donc vous me comprenez. Enfin… j'espère.

Donc voilà, malgré ce petit inconvénient ma vie est encore mieux que dans mes rêves les plus fous. Vous imaginez ? J'ai retrouvé ma femme, ma fille et maintenant, je suis encore papa.

Lilas est arrivée alors qu'elle n'était pas prévue. Comme quoi, la pilule n'est pas un moyen de contraception fiable à cent pour cent ! Et même si ce bébé ne faisait pas partie de notre plan, nous l'avons accueillie avec tout l'amour que nous avions en nous. C'est notre petit bébé miracle. Riley… Enfin, Hope était le fruit de notre amour. Lilas est celui qui le scelle à nouveau. Ce n'est pas pour rien que nous avons choisi ce prénom. Dans le langage des fleurs, il symbolise le premier amour. Et Tracy est mon premier et mon dernier amour alors c'était naturel de choisir un prénom le symbolisant.

En revanche, je mentirais si je disais qu'il n'y a rien qui me manque de ma vie d'avant. Comme nous avons dû partir en abandonnant tout derrière nous, j'ai dû laisser toutes mes motos et voitures à Fort Hood. La seule que je n'ai pu me résoudre à laisser derrière moi est ma vieille Harley. Celle que je n'avais plus conduit tant que Tracy n'était pas à mes côtés. Cette bécane a trop de valeur pour moi. Elle représente toutes ces années où je me suis contenté de la bichonner en attendant de retrouver la femme que j'aime. Depuis, une fois par semaine, je prends Tracy derrière moi et pendant une petite heure parfois plus, nous roulons sans but précis. Juste pour avoir le plaisir de nous retrouver tous les deux. Loin de tout pendant un petit instant.

J'adore ces moments. Ils me rappellent l'époque où nous sommes tombés amoureux et je crois qu'à chaque fois que nous nous échappons, nous retombons un peu plus amoureux si tant est que cela soit possible.

Tracy bouge dans son sommeil et ouvre les paupières. Son regard encore endormi et rempli d'amour me frappe en plein cœur et j'effleure tendrement ses lèvres. Elle me sourit et l'espace d'un instant, le temps semble s'arrêter.

Je crois que je ne serai jamais rassasié de cette femme. Jamais je ne pourrai me passer d'elle. Elle est ma vie. Elle est mon être. Elle est mon âme.

Tout simplement…

FIN

Riley[2]

Clémence Lucas

Remerciements

Comme toujours, écrire les remerciements est un exer-cice compliqué. On pourrait croire qu'écrire une histoire est le plus dur mais je vous assure que pour moi, les remercie-ments, c'est loin d'être de la tarte !

Alors, comme toujours, je tiens à remercier ma famille qui me soutient chaque jour et qui me supporte dans mes moments de doute.

Merci à ma binômette, mon acolyte, mon amie, ma troi-sième grande sœur, mon Mousquetaire, Maddie, pour son aide, nos fous rires et nos discussions à bâtons rompus.

Merci à Karine et Aurélie, mes deux autres Mousque-taires, d'être des filles merveilleuses, des épaules sur qui je peux compter, et de l'aide qu'elles m'ont apportée dans la relecture de Riley.

Merci à Fabienne, Elvina, Mathilde, Sandrine, Jennifer pour leur implication dans leur rôle de bêta.

Riley²

Merci à Véronique et Stéphanie pour leur aide dans la relecture finale de Riley à J − 10 de sa sortie. Votre travail m'a énormément aidée.

Merci aux blogueuses / chroniqueuses qui répondent toujours présentes quand j'arrive au dernier moment avec mon Service Presse. Vous êtes géniales !

Un immense merci à vous, mes lectrices. Celles qui me suivent depuis le début et celles qui arrivent en cours de route. Comme je le dis tout le temps, sans vous, rien de tout cela ne serait possible. Merci de me permettre de vivre un rêve éveillé.

À bientôt pour de nouvelles aventures !

Je vous embrasse,

Clémence.

Clémence Lucas

Du même auteur

Live and Hope

Love Twice

Âgée de vingt-cinq ans, Summer a tout pour être heureuse : un job qu'elle adore, une famille soudée, des amis sur lesquels elle peut toujours compter et un petit ami, Prescott, coéquipier de Chad – son meilleur ami – qu'elle aime profondément. C'est simple, tout lui réussit !

Jusqu'à cette funeste nuit où sa vie va basculer.

Love for Two

Qu'elle ait les cheveux rouges ou violet, Chelsey est toujours d'humeur égale. Là où certains voient le verre à moitié vide, elle le voit toujours à moitié plein.

Elle jongle entre le Summertime – petite boutique d'antiquités qu'elle tient avec Summer, sa meilleure amie – et son boulot de barmaid au Blue Lions – tenu par son père.

Concernant sa vie amoureuse… disons que ça pourrait être pire. Elle est folle amoureuse de Jaxon Newton depuis toujours, mais celui-ci ne voit en elle qu'une simple amitié améliorée.

Si être pompier est pour certains un simple boulot,

pour Jaxon Newton, c'est une vocation. À ses moments perdus, il profite de la vie, a des histoires sans lendemain jusqu'à ce que Chelsey Cooper le fasse craquer.

Pour la première fois de sa vie, Jaxon a envie de se poser et de vivre une véritable histoire avec Chelsey, mais un coup de fil et une petite pomme vont venir perturber les rêves qu'ils avaient projetés…

ASSASSIN

Santa Barbara, Californie.

Le corps de Peter Jenkins est retrouvé, mutilé dans une ruelle. Cela faisait trois mois qu'Azraël n'avait plus sévi, depuis le Dakota où il avait laissé trois cadavres derrière lui.

Depuis quatre ans, l'Agent Spécial Aymie Dixon traque L'Ange de la mort sans jamais réussir à l'attraper. Pourtant, elle sent au fond d'elle-même qu'elle se rapproche.

Lorsqu'au détour de son enquête, elle quitte Sacramento pour Santa Barbara, elle croise le Dr Isaac Wolfe qu'elle avait déjà rencontré lors de sa première mission.

Entre le séduisant docteur et l'Agent Spécial, l'attirance est réciproque et une idylle commence à voir le jour.

Mais Azraël et ses meurtres planent au-dessus de leur relation et la ramène à la réalité.

Clémence Lucas

Célibataire, maman et débordée

À trente ans, Mélissa, vit seule avec ses jumeaux depuis que son mari l›a quittée avec pour seul avertissement un post-It laissé sur la porte du frigo. Depuis, sa vie ne tourne plus qu›autour de ses enfants, son boulot qu'elle n'aime pas et de ses amis Pierre et Emy. Jusqu'au jour où elle rencontre Matt et où sa vie change du tout au tout.

Quand l'amour frappera à nouveau à sa porte, saura-t-elle rouvrir les yeux… et son cœur ?

Riley[2]

Clémence Lucas

Désirs Ardents
La série qui réchauffera vos nuits

Propose-moi - Tome 1

En quittant sa Provence natale pour s'installer à Paris avec sa meilleure amie, Lisa avait pour unique but de réussir ses études afin d'ouvrir sa propre entreprise d'événementiel. Sept ans plus tard, ses rêves professionnels n'ont toujours pas abouti. L'amour ? Elle ne veut plus y penser depuis que Julien lui a brisé le cœur, deux ans auparavant. C'était sans compter sur le destin qui met en travers de sa route Joshua, dont le magnétisme la fascine. Il va lui faire découvrir un monde de volupté dont elle ignorait l'existence. Le passé de Lisa refait alors surface, la confrontant avec ses souvenirs.

L'histoire de Lisa et Joshua pourra-t-elle surmonter ses épreuves ? Leur amour résistera-t-il ?

Choisis-moi - Tome 2

Lucie, une jeune femme de vingt-sept ans, travaille dans un bar branché et compose des chansons pour des artistes. Elle rêve de devenir chanteuse mais son trac l'empêche de le réaliser. Elle fera la rencontre de Salvatore qui lui demandera de composer un album. Cette proposition va changer le cours de sa vie et son amour perdu, Romain, va réapparaître. Entre le beau brun ténébreux et son premier amour, son cœur balance.

La passion ou la raison ? Lequel des deux saura gagner son cœur ?

Riley[2]

Une semaine aux Bahamas - Nouvelle 1.1

Deux ans après leur mariage et la naissance des jumeaux, Joshua décide d'emmener Lisa pour une escapade en amoureux aux Bahamas. Ce sera l'occasion pour eux de revivre la Lune de miel qu'il avait initialement programmée avant qu'on leur annonce que Lisa était enceinte, mais également l'occasion de se ressourcer et de nourrir leur couple et ce qui fait son essence, le « jeu »…

Joshua, en parfait maniaque du contrôle, a tout organisé depuis Paris pour mener sa douce soumise de surprise en surprise et aux frontières du plaisir et de la transgression…

Apprivoise-moi - Tome 3

Anna est une femme au caractère bien trempé, qui ne mâche pas ses mots. Jeune avocate, elle écrit des romans érotiques pour son plaisir dans le plus grand secret. Elle tombe sous le charme de Nico, trentenaire célibataire habitué du milieu BDSM et réfractaire à l'amour. Le hic ? Elle ne supporte pas ce type de relation et préfère le quitter. Entre désillusion et espoir, Anna se jette à corps perdu dans son travail et le footing pour tenter de l'oublier. Mais Nico ne l'entend pas de cette oreille et fera pour tout pour reconquérir sa belle. Y parviendra-t-il ?

Clémence Lucas

Grand Lake Stories

Super Connard et moi

Tome 1 & 2

Izzy Young, bientôt 22 ans, est pleine de charme malgré son irrécupérable maladresse ; et ce n'est pas son voisin Shawn, fou amoureux d'elle, qui dira le contraire !

Pourtant Izzy se croit malheureuse en amour. Pourquoi ? Parce que, depuis toute petite, elle rêve de Rick. Rick, *le* Super Connard qui a toutes les filles à ses pieds – et dans son lit. Rick, qui ne l'a jamais regardée…

Jamais, vraiment ? Alors quel est ce jeu du chat et de la souris qui s'est installé entre eux deux ? Et dans ce jeu de séduction, qui est qui, au juste ?

Super connard et elle

Tome 3

De désert sentimental, la vie amoureuse d'Izzy est devenue compliquée. Très compliquée.

Premièrement, elle a couché avec l'homme de ses rêves, Rick, alias Super Connard.

Deuxièmement, cela n'a pas plu à Shawn, son inoffensif voisin, qui a frappé Rick en l'apprenant. Et l'a embrassée, elle.

Troisièmement, Rick semble prêt à remettre ça !

Riley²

Mais Super Connard est-il capable de s'engager dans une relation sérieuse ?

Et pourquoi Izzy n'arrive-t-elle pas à oublier la sensation des lèvres de Shawn sur les siennes ?

Quand je vous disais que c'était compliqué…

Clémence Lucas

Aux Éditions Reines-Beaux

Un nouveau départ

Cassandra Lacour est une jeune femme de vingt-deux ans. Elle entre dans la vie active en faisant un stage chez Design & Co, entreprise dirigée d'une main de maître par Noah Beckham, à qui la vie sourit. Chaque nuit, ses vieux démons la hantent dans son sommeil et, chaque matin, elle s'efforce de vivre avec le lourd fardeau d'un passé insupportable. Pourtant très proche de son frère Mattéo et de son amie Barbara, elle n'a jamais réussi à se confier et n'accorde sa confiance à personne. Néanmoins, son charismatique patron va bouleverser sa vie, fissurant peu à peu la carapace qu'elle s'était forgée au fil des années.

La vie l'a abattue, mais Cassie a décidé de se relever. Trouvera-t-elle son salut dans les bras de Noah… ?

Sentinelle, volume 1

Je déteste la rentrée des classes, et cette année encore plus que les précédentes. Après dix-huit ans de mariage, mes parents ont décidé de se séparer. Ma mère a accepté un nouveau poste dans le sud de la France, et nous voilà donc, le jour de la rentrée, dans une nouvelle ville, un nouveau lycée et aucun ami. Pour la première fois de ma vie, je suis la nouvelle, que personne ne connaît et qui va devoir se trouver une place au milieu de tous ces ados qui se connaissent depuis toujours. Eh bien, me voilà mal barrée !

Riley[2]

Sentinelle, volume 2

Il n'y a pas un jour sans que je ne pense à lui. Je sais que c'est parfaitement ridicule après tant d'années, mais je ne peux m'en empêcher. Vincent Baudouin est gravé dans ma mémoire comme les inscriptions antiques le sont dans le marbre.

J'avais seulement seize ans quand nous nous sommes connus. Je venais tout juste d'arriver à Bandol avec ma mère, mon frère et ma petite sœur après la séparation de mes parents. Je ne connaissais personne et j'avais peur d'être le nouveau bouc-émissaire du lycée. Seulement, Vinz en avait décidé autrement. C'était le capitaine de l'équipe de rugby, un élève studieux, et il avait un corps de rêve. Toutes les filles du lycée lui tournaient autour. Dès le premier jour de classe, il m'a pris sous son aile. Nous sommes devenus meilleurs amis et, de fil en aiguille, il est devenu mon premier amour.

Mais le décès de mon frère a tout chamboulé. Mes parents se sont remis ensemble et ont décidé de retourner vivre à Paris. Alors, j'ai préféré quitter Vinz plutôt que tenter une relation longue distance.

J'ai longtemps espéré qu'il me contacte ou qu'il débarque à Paris pour me retrouver, un peu comme dans les films, mais, apparemment, il m'a complètement oubliée. Je n'aurais peut-être pas dû le quitter, mais je crois profondément au Destin. Si c'est écrit, je suis sûre que nous nous retrouverons…

Clémence Lucas

Sentinelle, volume 3

Cléa et Vinz ont passé sept années séparées l'un de l'autre, mais le temps et la distance n'avaient rien enlevé aux sentiments qu'ils éprouvaient lorsqu'ils étaient adolescents.

Malheureusement, le destin n'a pas fini de les tourmenter, et Vincent se voit confronté à une révélation qui ne fera que les éloigner davantage.

Entre amour et trahison, nos deux héros vont devoir affronter de nouvelles épreuves mais leurs chemins finiront-ils par se recroiser, cette fois ?

Riley²

Dépôt Légal
Novembre 2017

Clémence Lucas

409

www.ingramcontent.com/pod-product-compliance
Lightning Source LLC
Chambersburg PA
CBHW071354150726

48000CB00001B/16